감으로 읽고
각으로 쓴다

감으로 읽고 각으로 쓴다
활자중독자 김미옥의 읽기·쓰기의 감각

초판 1쇄 발행	2024년 5월 10일
초판 3쇄 발행	2024년 5월 16일

지은이	김미옥
펴낸이	정해종
편집	현종희
표지 디자인	ZINO DESIGN 이승욱
내지 디자인	이재희

펴낸곳	㈜파람북
출판등록	2018년 4월 30일 제2018 - 000126호
주소	서울특별시 마포구 와우산로29가길 80(서교동) 4층
전자우편	info@parambook.co.kr
인스타그램	@param.book
페이스북	www.facebook.com/parambook/
네이버 포스트	m.post.naver.com/parambook
대표전화	02 - 2038 - 2633

ISBN 979-11-92964-94-2 (03800)
책값은 뒤 표지에 있습니다.

활자중독자 김미옥의
읽기 · 쓰기의 감각

—

감으로 읽고
각으로 쓴다

책머리에

위태로운 청춘을 무사히 건너게 해준 것이 독서였다면 나를 일으켜 세운 것은 글쓰기였다. 오랜 세월 동안 내 글의 유일한 독자는 나였다. 글쓰기는 내가 숨을 쉴 수 있는 유일한 해방구였다. 생각하면 나는 죽고 싶을 때마다 글을 썼다.

부정과 거부로 점철된 어린 시절을 보내고 내가 얻은 것은 공황장애였다. 의사도 고치지 못한 증상을 낫게 한 것은 글쓰기였다. 글을 쓰면 공황장애가 있다는 것도, 우울증이 있다는 것도 잊었다. 그 어떤 약보다 효력이 탁월했다. 글은 나를 치유하게 하는 힘이 있었다.

아무도 당신의 이야기에 귀를 기울이지 않을 때, 세상에 혼자 남겨졌다고 느낄 때, 나는 글을 쓰라고 말한다. 잘 쓰고 못 쓰고는 문제가 되지 않는다. 우선 살아야 하지 않겠는가. 글이 나를 살게 했던 것처럼 당신도 살게 할 것이다.

삶에 대한 열망이 내 글쓰기의 첫걸음이었다. 먼저 자신에게 이야기를 들려주라. 쓰고 또 쓰다 보면 어느 날 깨닫게 될 것이다. 글을 쓴다는 것만으로도 존재의 이유가 될 수 있다는 것을.

내 글이 생의 기미를 보일 때 문을 열어준 고마운 사람들, 읽고 쓰며 마음을 나눈 모든 분들에게 고개 숙여 감사의 마음을 전한다.

꽃 피는 시절에
김미옥

목차

2부 시대의 경계를 읽다

목차

4부

우리는 아름다울 수 있을까

1부

그대가 읽지 않아 내가 읽는다

내가 버린 것들은 나를 기다린다

'자기만의 방', 그리고 어느 소설가의 초기작

어린 시절 한 집에서 일 년 이상을 산 기억이 없다. 가난하고 병치레가 잦은 데다 이사를 자주 다니니 친구가 없었다. 유일한 친구가 책이었다. 그걸 눈여겨본 담임선생님은 문예반장을 시키면서 내게 책을 읽고 정리하는 일을 맡겼다. 선생님은 아이들에게 학급문고를 만들 테니 책을 가져오라고 했지만 대부분 책을 살 여력이 없었다.

무성의한 어른들은 이가 빠진 『한국단편문학전집』이나 성인소설을 보냈다. D.H. 로렌스의 『채털리 부인의 연인』이나 플로베르의 『보바리 부인』이 있었다. 가장 충격적이었던 것은 일본 소설가 이시하라 신타로의 『태양의 계절』이었다. 학급문고 도서목록에 간단한 책의 내용을 적어야 했는데, 남자가 생식기로 문풍지를 뚫는 장면에서 나는 어리둥절했다. 나는 그 책을 폐품수거함에 넣어버렸다.

　그나마 『한국단편문학전집』은 점잖은 편이었다. 선우휘의 「불꽃」에서 왜 모자가 번갈아 허벅지를 찔러대는지 이해가 안 가서 머리를 싸맸다.

　이호철의 「닳아지는 살들」과 이범선의 「오발탄」은 강렬했다. 혼자 해가 지는 운동장을 가로지를 때 귀에서 소리가 들렸다. '가자!' 절규이거나 끝날 것 같지 않은 규칙적인 굉음이었다. 내 독후감을 읽고 기묘한 표정을 짓던 담임의 표정이 생각난다. "누가 써준 거니?"

　나만의 글을 써보고 싶다는 생각을 했다. 학창시절 백일장에서 상을 곧잘 받으니 커서 작가가 될 거란 덕담도 들었다. 모두 당연히 내가 문학을 전공하리라 생각했다. 그러나 나는 작가가 아닌 독자가 되리라 결심했다. 여고 시절이었다.

　버지니아 울프의 『자기만의 방』을 읽고 나는 나무에 기대어 울었다. 혹독했던 그녀의 시대가 나의 시대에도 별반 달라질 게 없다는 절망감 때문이었다. '돈과 자기만의 방'이 없는 가난한 여자가 무슨 글을 쓰겠는가?

　읽고 싶은 책만 살 수 있어도 성공한 인생이라고 생각했다. 문예반 지도 선생은 《창작과비평》, 《문학사상》의 정기 구독자였는데 그런 내게 읽기를 강권했다. 당시 꽤 알려졌던 책들도 본인이 읽고 나면 내게 전달했다. 지금 생각하면 나는 운이 좋았다. 그때 써냈던 나만의 독후감이 밑거름이 될 줄 누가 상상이나 했겠는가. 가정교사를 전전할 때, 가는 집마다 서재가 있어 '가난 속의 풍요'를 누릴 수 있었다. 내가 입주한 집의 학생들은 거의 이과생들이었다. 나의 독서는 인문학을 넘어 사회과학과 자연과학을 넘나들게 되었다.

내가 사회인이 되었을 때 건조체를 구사하는 직장생활이 힘겨웠다. 가난했던 학창시절이 그리울 지경이었다. 과부하가 걸린 내 인생에 공황장애가 찾아왔는데 여러 병원을 전전해도 낫지 않았다.

그때 다시 나를 구원한 건 '읽고 쓰는' 것이었다. 해외 출장길이었는데 공항 음식점에 약병을 두고 챙기는 걸 잊었다. 숨을 쉴 수 없어 죽을 것만 같은 절박감에 비행기 창문을 열어줄 수 없냐 물었고, 선량한 승무원이 황당한 표정을 애써 감추고 공기 많은(?) 넓은 자리로 옮겨줘 글을 쓸 수 있었다. 쓰기에 집중하자 숨이 쉬어졌고 작은 노트 한 권이 채워졌다. 그 후 책을 읽고 독후감 쓰는 일이 습관으로 굳어졌다. 건강문제로 명퇴를 하고 '자기만의 방'을 꾸몄다. 읽고 싶은 책은 모조리 주문했다. 평생의 소망이었던 '마음껏 책을 읽는 일'에 몰입할 수 있었다.

젊은 날 내게도 지적 치기가 있었다. 편집과정이 허술하거나 비문이 보이고 내용이 부실하면 가차 없이 책을 버렸다. '준비되지 않은 자의 책이 인쇄되는 불행'이라고 함부로 지껄였다. 돈을 주고 책을 사서 시간을 들여 읽는 독자는 '갑'이었다. 특히 작가의 꿈을 접은 독자는 터무니없이 눈이 높다. 그러다 어느 날 나의 사고가 전환되는 일이 생겼다. 유독 잘 쓴 소설을 만났는데 문체가 익숙했다. 작가의 초기 작품을 읽고 집어던졌던 기억이 났다. 기다릴 줄 몰랐던 것이다.

　　나는 책을 읽었지만, 문체나 가독성에 치중해서 정작 작가를 읽지 못했다. 작가가 작품에 몰입했던 것처럼 독자에게도 인내심이 필요했다. 작가가 간절하게 말하려 하는 목소리를 찾아내는 것도 독자의 몫이다. 내 어린 시절 나를 일으켜 세워준 건 작가들인데, 왜 그리 혹독하게 굴었던 걸까? 나는 독자도 진화해야 한다고 생각했다.

『자기만의 방』, 버지니아 울프 지음, 1929. 원제 *A Room of One's Own*

책 읽는 법을 책으로 배우다

『책 읽기는 귀찮지만 독서는 해야 하는 너에게』

독서에 관한 책을 읽다가 아들들과 벌였던 '책들의 전쟁'을 떠올렸다. B군은 "추억이 없는 인간은 죽은 것과 다름없다!"고 미쳐 날뛰었다. 만화 『짱구는 못말려』 시리즈가 실종된 탓이다. A군은 『리니지 가이드북』이 사라지자 피눈물을 흘렸다. 좁은 공간에서 자신의 책을 지키려는 투쟁은 부모도 몰라보는 하극상이었다. 애들 할머니도 가세해서 창간호든 희귀본이든 낡은 책은 다 갖다버렸다.

서가의 권력 투쟁은 집 공간이 넓어지면서 일단락되었다. 그전까지 자신의 책을 살리려는 주인의 투쟁은 눈물겨웠다. 책도 경쟁인지라 한정된 공간에서의 자리다툼을 피할 수 없다. 집고양이도 제 맘대로 가족의 서열을 정해 하층계급(?)을 무시하지 않던가? 한 번씩 대청소할 때면 낮은 서열로 판정된 책들이 주인도 모르는 새 버려지는 수모를 겪었다.

김경민의 『책 읽기는 귀찮지만 독서는 해야 하는 너에게』가 소환한 추억이다. 이 책 역시 고교생인 아들과 엄마가 등장한다. 그들이 같은 책을 읽고 토론하는 내용인데 흥미진진하다. 문학, 인문, 사회, 과학 부문의 책이 모두 24권인데 도서 선정부터 놀랍다. 무엇보다 아들의 사유를 끌어내는 엄마의 생각이 대단했다.

　　내가 『책 읽기는 귀찮지만 독서는 해야 하는 너에게』에 경탄하는 지점이 있다. 작가 김경민은 아들 김비주에게 '의심'을 끌어내는 데 성공했다. 우리가 철석같이 믿고 있던 사실을 의심하는 것, 이것이야말로 지식의 문 속으로 성큼 들어서는 첩경이다. 고등학교 1학년인 아들 비주가 헉슬리의 『멋진 신세계』를 읽고 '행복'에 대하여 의혹하고 혜경궁 홍씨의 『한중록』에서 역사적 사실과 수필 문학의 묘미를 깨닫는 이중 느낌의 대목은 국어 선생님이었던 작가 김경민의 탁월한 '끌어내기 방식'이다.

　　김경민은 독서를 가르치려는 부모들에게 여러 유용한 조언을 한다. 가정에서 독서로 아이들과 실랑이를 벌인다면 그건 가치가 아닌 인식의 문제라는 것이다. 내가 생각하는 책의 가치를 자식이 무가치로 인식한다면 대화가 '많이' 필요하다. 물론 약간의 보상체계도 있어야 한다. 완독하면 반대급부를 보장하는 식으로. 작가 김경민은 책을 읽은 아들에게 게임 시간을 더 주는데, 현명한 처사라고 생각한다. 보상에 홀려서 읽다가 어느 시점에 도달하면 스스로 책에 빠져들게 된다.

과거 아들에게 이렇게 이야기하던 기억을 떠올렸다. 고전 읽기를 유순하게 잘 따라오던 B군은 어느 날 저항을 하기 시작했다. 첫째, 재미가 없고 둘째, 이 시대에 통용되지 않는 낡은 사고이며 셋째, 비과학적이라고 했다. 그때 내가 말한 것은 '균형 감각'과 '인간에 대한 이해'였을 것이다. 나는 지나치게 한쪽으로만 쏠린 무모한 지식인들을 많이 알고 있었다.

"네가 말한 비과학의 대표 격인 『그리스로마신화』에 나오는 아폴로는 미국 우주선의 이름이야. 그가 누이인 달의 여신 아르테미스를 만나러 간다는 의미인데, NASA의 과학자들이 문학을 몰랐다면 결코 그 이름은 나오지 않았을 거야. 지금 읽는 단테의 『신곡』도 얼마나 많은 문장이 과학과 인문학과 사회에 인용되고 있는지 몰라. 너는 책의 제목만으로 그 작품을 꿰뚫을 만한 힘을 갖게 될 거다. 그러니 읽어라."

나는 어릴 때 책이 없는 환경에서 자라서 책만 보면 읽는 남독형이었다. 독서에 관한 한 '돌멩이를 담은 가방이 훗날 금덩어리 가방'이 된다는 인식이 내게 있었다. 어릴 때 읽었던 책이 어른이 되었을 때 큰 깨달음으로 오는 경험이 있는 사람은 알 것이다. 그러니 나의 지도방식 역시 '닥치고 읽기'였을 수밖에.

아마 작가 김경민이 나보다 일찍 태어났다면 나의 독서 지도는 달라졌을 것 같다. 독서 지도의 목적은 더 이상 지도가 필요 없는,

스스로 독서의 가치를 인식하게 하는 것이다. 그러니 이 책은 어른과 청소년 모두를 위한 것이기도 하다.

칼 세이건의 『코스모스』의 추억을 떠올린다. 과학적인 너무나 과학적인 아들 둘과 『코스모스』를 세 번 완독한 후 천문대에 갔었다. 지금의 저 별빛이 몇억 년 전의 빛이라는 것에 감탄하고 쓸쓸해하면서.

『책 읽기는 귀찮지만 독서는 해야 하는 너에게』, 김경민·김비주 지음, 우리학교, 2022.

책의 운명

『기차, 기선, 바다, 하늘』, 그리고 어느 독일인의 유품 시집

서재의 책이 서고 눕더니 이제 걸어서 거실까지 나가버렸다. 읽는 속도보다 더 빨리 책이 온다. 이사를 할 때면 책 때문에 매번 수고비를 얹어야 했다. 정기적으로 책을 기부해도 내보내지 않는 책이 있으니, 저자의 친필 서명본이다. 행여 두 사람의 이름을 친필로 적은 책이 헌책방을 떠돌 생각을 하면 우울했다. 어떤 책은 저자가 서명란에 정성껏 사군자를 치니 미술품에 가깝다. 그렇게 쌓인 책이 조금씩 버거워지기 시작했다.

얼마 전 어떤 작가가 자신의 서재를 공개해서 책을 판매했다. 저자의 친필이 있는 책을 정가보다 가격을 올렸는데 시끄러웠다. 비록 책을 내보내지만, 저자 서명의 희귀성이 있으니 취득자가 잘 보관할 거라는 생각과 자신에게 기증한 책을 어떻게 팔 수 있느냐

는 비난이 부딪혔다. 서명한 책장을 찢어서 판매해야 했다는 의견도 있었고 끝까지 소장해야 한다는 주장도 있었다. 이 일은 한동안 지인들 사이에서 찬반양론을 불렀다. 자신이 서명한 책이 헌책방에 팔리는 게 가슴 아프다는 작가와 서점에서 판매한 것도 아니고 선물한 책인데 어떻게 그럴 수 있느냐는 작가도 있었다.

언젠가 헌책방에서 책을 구매한 이가 친필 서명을 사진으로 공개한 적이 있었다. 저자가 모 정치인에게 선물한 책이었는데 이 일로 정치인은 사과문까지 올렸다. 정작 기증한 작가는 아무 말이 없었다. 불쾌하다거나 괜찮다는 표명도 하지 않았다.

나의 지인은 헌책방에서 친필이 있는 소설가 이제하의 단편집 『기차, 기선, 바다, 하늘』을 구매했다. 1978년에 발간된 책이었다. 작가로부터 친필 서명본을 받은 이는 문학계의 꽤 알려진 인물이었다. 나는 그를 얼마 전 어느 모임에서 일별한 적이 있었다. 지인은 이제하 선생이 운영하는 혜화동의 카페를 찾아가 서명을 부탁했다. 선생은 책을 찬찬히 들여다보더니 친필이 있는 앞날개를 넘겨 다시 서명을 했다. 이 책이 왜 당신에게 있는지 묻지도 않았고 책장을 찢지도 않았다. 나는 뒤통수를 맞은 기분이었다.

책도 사람처럼 운명이 있다. 인간에게 자기만의 서사가 있듯 책도 자신의 역사가 있다. 누군가의 서명과 여백에 깨알같이 쓴 글은 책이 살아온 시간이 아니겠는가. 헌책을 대하는 나의 자세가 경건해질 때가 있다. 책을 소장했던 이의 품격이 느껴지는 경우다.

호주에 사는 나의 지인이 헌책방에서 구입한 책을 내게 보낸 적이 있다. 1906년에 독일에서 발간된 중세의 영시집이었다. 스코틀랜드 고어(古語) 위에 연필로 쓴 독일어가 한 군데 눈에 띄었고, 책갈피에 옛 주인이 노트를 찢어 독일어 필기체로 메모한 종이가 있었다. 가로줄 위에 느낌을 적었는데 그가 붙들린 문장에 눈길이 머물렀다. 시간과 공간은 달랐지만, 그와 나는 같은 생각을 하고 있었다.

　　책은 그가 세상을 떠난 후 유품을 정리하던 후손에 의해 헌책방에 보내진 것 같았다. 독일에서 호주로 또 바다를 건너 한국에 사는 내게 온 것도 책의 운명이라고 생각한다. 나는 그를 예우하는 마음으로 책장을 조심스럽게 넘겼다. 책의 뒷날개에 연필로 쓰인 그의 이름 아래 나도 연필로 두 번째 주인인 내 이름을 썼다. 먼 훗날 세 번째 책의 임자가 우리의 흔적을 발견하고 어떤 생각을 할지 궁금하다. 우리가 이 책을 아꼈던 것처럼 그도 그러하리라 믿는다.

　　독일에서 발간된 책은 백여 년의 시간이 흘렀어도 상태가 깨끗했다. 훼손되거나 변질되었다면 지인이 내게 선물할 생각을 못 했을 것이다. 책은 내용도 중요하지만, 물성으로서의 품격도 중요하다. 어린 시절 부자 친구 집에 놀러 가면 금박 장정 화려한 전집이 거실을 빛냈다. 장식용이라는 것은 알았지만 펼쳐보면 제본 과정의 엉성한 절수로 책갈피가 붙어있거나 활자가 뒤집혀 있기도 했다.

　　내게 온 저자의 서명 책들은 세월과 함께 변색한 것도 있다. 헌책방에서 구매한 초판이나 절판된 책은 전 주인들의 볼펜 글씨도 품고 있다. 처음엔 이마를 찌푸렸지만, 누구를 만나느냐에 따라 운명이 달라지는 인간처럼 책도 그렇다는 생각이다. 작가의 품을 떠난 책은 유기체가 된다. 장성한 자식이 좋은 인연을 만나 순탄한 삶을 살기 바라는 부모처럼 작가도 그런 마음이었으면 한다.

자신의 서명을 품은 책이 여기저기 전전해도 그것이 책의 운명임을 초연히 받아들였으면 좋겠다. 내가 소장하던 책도 그리고 나의 책도 먼 훗날 헌책방을 떠돌게 될 것이다.

『기차, 기선, 바다, 하늘』, 이제하 지음, 문학동네, 1998.

잘생긴 손님에게는 2절이 필요하다

「에드워드, 에드워드」

그날따라 상당히 많은 책이 집에 도착했다. 차를 주차하고 있는데 경비아저씨가 집배원이 맡긴 책 박스와 책 봉투를 들고 있었다. "매일 웬 책이 이렇게 많이 오나요?" "책이 저를 찾아오는 겁니다."

호주 퀸즐랜드의 바닷가 도시 브리즈번에서, 말 그대로 산 넘고 물 건너 코로나를 헤치고 오느라 5개월 만에 도착한 책들. 박스를 뜯다 웃음을 터트린 건 『가로세로 낱말풀이 사전』 때문이었다. 무려 939쪽의 하드커버 벽돌 책이다. 영문 잡지나 신문에 실리는 낱말풀이 퍼즐에 요긴하게 쓰일 것 같다. 그리고 기다리고 기다리던 책, 1906년산. 무려 114년 전에 발간된 영시집이었다.

나는 읽던 책들을 밀어놓고 이 시집에 수록된 시 「Edward, Edward」를 노래 불렀다. 중세 영어로 지어진 이 시는 아버지를 죽인 아들과 엄마가 대화하는 내용이다. 스코틀랜드에서 구전된 작자 미상의 발라드 시인데 '발라드(ballade)'는 중세 유럽의 정형시로 음유 시인에 의해 불려진 자유로운 형식의 짧은 서사시이다.

> 왜 네 칼에서 피가 떨어지니, 에드워드야,
> 묻는 엄마에게 아들 에드워드는 매를 죽였다고 한다.
> 그러나 매의 피는 그리 붉지 않다고 추궁하자 결국 아버지를 죽였다고 한다.
> 탄식하며 울부짖는 어머니에게 아들은 말한다. 지옥의 저주가 내 것이라고.
>
> ―「Edward, Edward」, 7연 중 1연, 작자미상

이 근친살인의 발라드 시는 전 세계로 퍼져 노래가 되었다. 심지어 러시아의 차이콥스키도 가곡으로 작곡을 했다. 세계의 내로라하는 가수들도 이 시를 가사에 담아 노래했다. 'Murder'와 'Mother'의 유사발음과 'Edward, Edward'의 반복이 주는 언어의 유희만은 아닐 것이다.

근친살인은 근친상간과 본질을 같이하는 것인가. 타인과의 사이에 생긴 은원관계는 영혼을 잠식할 만큼 치명적인 것은 아나나 가족 간의 원한은 영혼을 파괴한다. 삶의 뿌리가 뽑히는 깊은 슬픔은 존재를 부정하는 분노를 부른다. 인류의 집단 무의식 가운데 하나의 원형인지도 모르겠다. 그래서 그리스 신화의 아버지를 죽이고

엄마를 취한 오이디푸스는 죽지 않고 눈이 먼 채 떠돌았던가.

시 한 편만으로도 내 저녁 시간을 다 잡아먹었다. 책에는 중세의 발라드와 16세기에서 19세기의 영미 시인들의 시가 모여있었다. 출판사가 독일의 'Velhagen & Klasing'인데 서문만 독일어다.

그리고 책의 첫 시, 스코틀랜드 고어(古語) 위에 옛 주인이 머뭇머뭇 연필로 쓴 독일어 문장이 다시 내게 말을 건넸다. 영어 고문(古文)에 상당한 지식이 있는, 책을 몹시 사랑한 남자라는 사실을 알았다. 메모지로 쓰인 노트는 희미한 연청색 가로줄이 쳐있어 아주 오래된 느낌을 줬다. 독일에서 출판된 영시집이 어떻게 호주까지 갔을까. 호주의 백인은 앵글로색슨 영국계가 가장 많고 다음이 독일계다. 유추하건대 책 주인은 독일에서 호주에 이민 올 때 시집을 가방에 넣어온 것 같다.

호주에 사는 한국 여인이 바닷가 도시 브리즈번의 헌책방에서 그 책을 발견하기까지, 책은 오래 서서 누군가를 기다렸을 것이다. 그날 그녀가 책방에서 사진을 찍어 보냈을 때 나는 감격했다. 아주 잘생긴 책이었다. 내게 오는 데 백 년이 걸린 책에게 말을 건넨다. 이제 서있지 않아도 된다.

그는 정말 나쁜 남자다

『사랑은 지옥에서 온 개』

나는 그의 시나 소설을 욕하면서도 읽어왔다. 격앙하면서도 나는 왜 그의 글을 읽었던 걸까.

그는 미국의 하급 노동자 출신이었다. 동침한 여자들의 신체를 거침없이 누설하는 글을 썼고 자신이 힘센 사내임을 거들먹거렸다. 폭력적인 아버지 밑에서 가난하게 자라 또래들에게 늘 왕따를 당했고 우편배달부, 공장 노동자, 잡부 등 하류층에서 맴돌았다. 술과 창녀와 도박으로 떠도는 부랑자였다. 반사회적 성향으로 FBI의 사찰대상이었으며 긁적거린 시(詩)도 비주류의 잡지에만 기고했다. 평생을 주류에 편입하지 못했고 불온하고 불운했다.

문단에서 쓰레기 취급을 받는 아웃사이더였지만 나는 그의 시를 좋아했다. 나를 움직인 것은 '연민'이었다. 본능적으로 그가 여린 속살의 갑각류임을 알았던 것 같다. 가슴은 머리보다 힘이 세다. 내 무의식의 선택은 비주류였다.

대표작인 「파랑새」의 첫 연에서, 그는 자신의 심장 속에 한 마리 파랑새가 있다고 말한다. 하지만 그는 '강한 남자'기에 그 파랑새를 남들에게 보여줄 수 없다. 나의 가슴은 그 순간부터 아파오기 시작한다.

몸을 부풀려 강한 남자임을 자랑하는 건 위악이다. 그가 힘을 자랑하는 곳은 밑바닥의 세계다. 창녀, 싸구려 술집의 바텐더, 식료품 가게 점원이 그의 세상이다. 그는 모두가 잠든 밤에 '파랑새'에게 말한다. "거기 있는 줄 알아, 그러니까 슬퍼하지 마."

매일 밤 도박에 싸움에 술로 취하는 나날이지만 그가 원하는 세상은 아니었다. 그도 자신의 인생이 바닥이라는 걸 안다. 마지막 문단의 줄은 더 아프다. 울지 않는다고 허세를 부리지만 혼자 운다는 거 안다. 시인만 그런 것이 아니다. 누가 들을까 수돗물을 틀어놓고 소리죽여 우는 것. 그게 인생이다.

그는 나이 49살에야 뒷골목 하류 인생의 글을 쓰기 시작했다. 술과 섹스와 도박, 사회에 대한 냉소와 조롱, 그의 삶은 부정 그 자체였다. 평생 그렇게 살아왔고 그렇게 살다 갔다. 그는 미국 주류 문단의 관점에서는 통속적인 저질 작가였다. 그러나 현대문학에서 '가장 위대한 아웃사이더'로 평가되고 있다.

우리나라에서 번역 출간된 『사랑은 지옥에서 온 개』는 그의 시집이다. 시를 읽다 보면 그는 정말 나쁜 남자다. 본인 스스로 나는 나쁜 놈이고 개새끼라고 인정한다. 그런데 시로 중얼거리는 악행에서 젖은 눈물이 느껴진다. 아버지의 가죽 혁대로 잦은 폭행을 당하고 이민자의 어눌한 말투로 괴롭힘을 당하던 소년이 거기 있다.

뒷골목에서 약하게 보이면 안 된다. 그는 제도권의 세상에도 마초의 허세를 부린다. 뒷걸음치는 순간 낭떠러지로 떨어질 것 같은 절박함이다. 그가 지키고 싶었던 것은 파랑새였을까? 아무도 보호해주지 않던 힘 없고 어린 자아였을까? 고통이 글을 쓰게 한다.

얼마 전 바르베 슈뢰더가 감독한 영화 〈술고래(Barfly)〉를 보다가 벌떡 일어섰다. 뒷골목 인생, 미국의 작가 헨리 찰스 부코스키(Henry Charles Bukowski)의 이야기였다. 그는 1920년에 태어나 1994년에 세상을 떠났다.

『사랑은 지옥에서 온 개』, 헨리 찰스 부코스키 지음, 황소연 옮김, 민음사, 2016.

잠식당했지만 괜찮다, 완전히

「롯실드의 바이올린」

책 때문에 연애에 실패한 적이 있다.

첫 만남에 남자는 아버지의 차를 가져와서 내게 물었다.

"어디 가고 싶어요?"

서점에 갔다.

책을 읽다가 나는 남자를 잊어버렸다.

얼른 집에 가서 나머지를 읽어야겠다는 생각뿐이었다.

남자는 나의 변명을 기다렸다.

집에 일이 있어서, 혹은 갑자기 배가 아파서.

사랑에는 변명이 필요하다는 걸 몰랐다.

연애는 시작도 하기 전에 끝나버렸다.

남자는 주변 사람들에게 나를 맹비난했는데

억울하지만 사실이었다.

누가 첫사랑을 물으면 나는 책방에 두고 왔다고 한다.

내 기억 속의 남자는 지금도 혼자 책을 읽으며

문을 닫을 때까지 나를 기다리고 있을 것이다.

오늘 라벤더 꽃과 안톤 체호프의 단편소설 책이 왔다.

나는 또 책부터 집어 들었다.

소설의 첫 문장은 중요하다.

나는 가끔 첫 문장은 첫사랑과 같다는 생각을 한다.

수많은 소설의 도입부 명문장이 있지만

나는 멜빌의 『모비 딕』 첫 문장을 좋아했다.

"나를 이스마엘이라고 불러다오."

어린 시절 이 문장을 만났을 때 심장이 뛰었다.

내 삶의 서막을 알리는 출사표로 이 문장을 인용하고 싶었다.

첫사랑이 각인되듯 첫 문장은 소설을 지배한다.

체호프의 소설 「롯실드의 바이올린」은 이렇게 시작한다.

"시골보다도 못한 도시였다. 거의 노인들만 사는데도

죽는 경우가 드물어 짜증이 날 지경이었다."

나는 첫 문장으로 소설을 다 읽은 기분이었다.

죽음을 기다리는 직업, 가난한 환경, 단순무식한 인격.

소설의 주인공 늙은 야코프는 관을 짜는 일을 했다.

사는 게 손해고 죽는 게 이익이다.

아내가 죽음이 임박하자 줄자로 재는 모습은 희극이다.

그런데 아내가 죽음을 기뻐한다.

"나 죽어요!"

나는 안톤 체호프가 죽기 전에 독일어로 외쳤다는 말이 떠올랐다.

"나는 죽는다(Ich sterbe)!"

그도 기뻤을까?

책을 다 읽고 덮었을 때 집안에 라벤더 향이 가득했다.

나는 꽃을 잊고 있었다.

다시 책방에 두고 온 첫사랑을 생각했다.

추억은 시간을 화석으로 만든다.

「롯실드의 바이올린」에서 주인공의 인생을 구원한 것은 음악이다.

라벤더 향에서 〈엘비라 마디간〉의 모차르트 21번을 떠올린다.

꽃밭에서 죽음을 맞던 소녀의 웃는 모습이 보인다.

모차르트와 라벤더와 안톤 체호프가 있는 밤이다.

「롯실드의 바이올린」, 안톤 체호프 지음, 1894, 원제 *Skripka Rotshilda*

서재의 창 너머로

'재건축 플래카드'

지금 내가 사는 아파트는 지은 지 33년이 넘었다. 요즘 재건축 논의가 진행되어 공원 산책길에 플래카드가 걸려있다. 3년 전 우연히 지인의 집을 방문했다가 동네가 마음에 들어 이사를 결정했다. 울창한 나무들은 바람에 흔들렸고 사람도 건물도 함께 풍화되는 것 같았다. 나의 이웃은 노인들이다. 층간소음은 먼 나라 이야기여서 평화로웠다. 너무 조용해서 문득 불안해지면 나는 김치전을 들고 계단을 오르내렸다. 공원 벤치에 앉아 처음 본 할머니의 이야기를 듣는 것도 나쁘지 않았다.

생각하니 나는 어린 시절부터 노인들을 좋아했던 것 같다. 잦은 이사로 나는 동네에 친구가 없었다. 낮이면 아이들은 학교에 가고 어른들은 일하러 갔다. 눈을 뜨면 윗목에 밥상만 놓여있었다. 이사한 집은 퇴락한 한옥이었는데 나는 탐험하듯 집 안팎을 돌아다

넜다. 뒤뜰의 툇마루에서 할아버지를 발견했다. 그는 둥근 양은 밥상에서 방금 식사를 끝냈는지 틀니를 빼서 그릇에 헹궜다. 여섯 살의 나는 입에서 뛰쳐나온 이빨에 너무 놀라 까무러칠 것 같았다. 틀니를 다시 입에 넣는 모습이 마술 같았다. 싱긋 웃는 그의 이가 가지런했다.

나는 매일 눈을 뜨면 뒤뜰의 그를 찾아갔다. 그는 곁을 맴도는 어린 내게 눈길도 주지 않고 바둑판만 들여다보았다. 나는 그의 관심을 내게 돌리려 바둑판에 손가락을 살짝 얹어 톡톡 두드렸다. "저리 가거라." 말은 그렇게 했지만 퉁명스럽지는 않았다. 나는 그의 입속을 들여다보고 싶었다. 그는 바둑이 심심해지면 가끔 내게 '틀니 탈출 묘기'를 보여주었다. 틀니가 빠지면서 홀쭉해지는 볼과 동굴 같은 입안을 들여다보았는데 자주 보니 아무렇지도 않았다. 틀니를 내게 건네주었다면 깨끗하게 씻어서 그의 입에 정성껏 끼워줄 수도 있었다. 친구도 가족도 그의 곁에 오지 않으므로 세상에 우리 둘뿐이었다. 그에게 오목을 배웠는데 내가 지면 틀니를 뺀 그가 가끔 헐헐 웃었다. 우리 가족이 그 집을 떠난 후에도 혼자 있을 때면 나는 가끔 그의 틀니를 생각했다. 내가 조금만 컸더라면 덜컹거리던 그의 틀니를 고칠 수 있었을 것 같다.

지금의 아파트로 이사 온 후 나는 오래된 틀니처럼 덜컹거리는 집안의 소모품들을 수선했다. 싱크대의 수전이나 천장 등을 교체하는 것은 남의 손을 빌리지 않고 혼자 했다. 대형 상가에 가면 공구

세트 앞에서 어슬렁거렸다. 내가 볼 때 시간은 인간과 건물 모두에게 공평했다. 노화와 풍화에서 유지 보수하는 일은 손이 많이 간다. 오래되었거나 유행이 지나서 버리는 일은 익숙하지 않았다. 알뜰하거나 검소해서가 아니라 시간이 주는 아름다움을 좋아했다. 오래된 건축물을 만날 때도 나는 곧잘 감동한다. 이끼 긴 담장, 세월이 묻은 붉은 벽돌, 오랜 손길로 윤이 나는 마루, 자연의 감가상각이 건축물을 더욱 풍요롭게 만드는 경우다.

사람도 그렇다. 노년에 이르러 자신의 길을 찾은 영혼의 인간을 만나면 나는 감탄한다. 세상이 준 수많은 상처를, 인간을 이해하는 실마리로 쓰는 이를 보면 콧등이 시큰해진다. 환경과 경험이 존재를 규정함에도 상황을 초월하는 인간은 경이의 대상이다. 쇠락이 완성의 과정이 되는 존재를 어떻게 좋아하지 않을 수 있겠는가. 장구한 세월을 견뎌온 건축물에서도 나는 비슷한 느낌을 받는다. 그들의 시간은 소멸의 과정이 아니라 매 순간 완성의 과정으로 보인다.

콘크리트의 수명은 백 년을 보고 슈퍼 콘크리트는 이백 년을 감당한다. 그러나 현대는 더 많은 이익을 위해 수명이 다하지 않은 건물을 파괴한다. 미학이 가치를 앞서는 시대가 되었다. 젊음을 권장하는 사회가 성형과 보톡스를 강요하듯 건축도 영원한 젊음을 꿈꾼다. 그러나 건축의 젊음은 신축으로 완성된다. 아파트도 수영장과 헬스장 등 각종 부대시설을 갖추어야 하고 이웃과 더욱 폐쇄적으로 격리되는 독립성을 강요하는 세상이다.

얼마 전 치과에서 어금니 두 개를 발치했는데 의사가 임플란트를 권유했다. 나는 할아버지의 틀니가 떠올라 의치가 덜컹거리는 이유를 물었다. "안 맞아서 그렇죠. 잇몸이 주저앉았거나." 의사는 심드렁하게 대답했다. 건물이나 사람이나 노후는 관심에서 멀어지게 한다. 그는 여섯 살의 외로움을 놀아준 넉넉한 사람이었다. 입에서 뛰쳐나와 기이하기 짝이 없던 '틀니 탈출 묘기'는 어린 날의 슬픔을 잊게 했다.

그는 내게 입을 벌려 동굴 같은 입속을 보여주었고 오목을 가르쳐주었고 박하사탕도 가끔 주었다. 나는 덜컹거리던 틀니가 그리운지 그가 그리운지 조금 헷갈렸다. 내게 만약 손자가 생긴다면 틀니 묘기를 부려볼까 장난스러운 생각이 들었다. 나는 치과 의사에게 임플란트는 좀 더 생각해 보겠다고 대답했다. 그는 6개월 후면 잇몸이 단단해지니 그때 식립해도 된다고 설명했는데 생각보다 간단하지 않았다.

친구에게 아파트 벽면에 재건축 플래카드가 붙었다고 했더니 걱정하지 말고 잘 살라고 했다. 멀쩡한 건물 파괴가 쉬운 일이 아니라는 것이었다. 인구가 증가하면 인프라 구축 과정도 복잡하고 수억대의 재건축 분담금도 노인들에게는 부담스러울 거라는데 갑자기 머리가 아파졌다. 현대가 아무리 미학이 가치에 우선하는 시대라지만 '건축의 역사'는 세월과 환경으로부터 건물을 지키려는 투쟁이었을 것이다.

그가 있기에 책과 서재가 있었고, 내가 있었다

'광주 이모'와 '윌리어머나 플래밍'

아이가 있고 직장이 있는 여자들의 소망은 믿을 수 있는 '타인의 손'이다. 나도 예외가 아니어서 늦게 퇴근하는 날은 애가 탔다. 이런저런 우여곡절을 겪다 인연이 닿은 분이 동료가 소개한 '광주 이모'였다. 연세가 지긋했지만 나는 따질 처지가 아니었다. 처음 그녀와 나의 조우는 경악의 연속이었다.

휴일이면 나는 진이 빠져서 누워 책을 봤는데 그녀는 사정없이 내 주변을 청소했다. 나는 몸통을 굴려서 공간을 확보했는데 그녀는 나의 굴렁쇠 몸짓에 경악했다. 나 역시 그녀가 마음에 들었던 건 아니었다. 얼마나 부지런한지 나이가 환갑임에도 요리와 청소를 잠시도 쉬지 않았다. 그러나 걸레질한 바닥은 물이 흥건했고 식탁에 행주 자국이 남아있었다. 그녀가 오랜 노동으로 관절이 좋지 않다는 것은 나중에 알았지만, 순식간에 음식을 만들어내는 솜씨는 흡

족했다. 장을 보고 가계부도 썼는데 비뚤비뚤 정직했다.

　그녀와 내가 호흡이 맞았던 건 둘 다 잔소리를 싫어한다는 사실이었다. 오래전에 남편과 헤어지고 자식들과 살았는데 집에 가는 걸 머뭇거렸다. 당연히 우리 집에서 자는 일이 많았는데 내가 서재에서 밤을 새우면 야식을 만들어주었다. 같이 식탁에 앉아 밥을 먹으며 그녀의 이야기를 들었다. 아침을 안 먹는 내게 억지로 수저를 쥐여주며 한술이라도 뜨고 출근하라고 했다. 그녀는 혼자 번 돈을 자식들에게 다 쏟아서 가진 것이 없었다.

　내가 거실에 앉아 책을 읽고 있으면 설거지를 마친 그녀가 옆에 누워 코를 골았다. 순식간에 잠드는 그녀가 재미있었다. 생각하면 그녀는 내 삶의 목격자였다. 단순한 가사도우미가 아니라 기쁠 때 함께 웃고 슬플 때 음식으로 위로하던 인생 선배 같은 친구였다. 그녀가 있을 때 내 서재는 언제나 빛이 났다. 책상은 깔끔했고 음식은 정갈했으며 내가 잠이 들면 보던 책의 갈피를 접어서 덮었다. 나는 책 접는 걸 질색했지만 나를 위해서 했던 것임을 안다. 나는 다음 생에 남자로 태어나면 '광주 이모'와 결혼하겠다고 농담하는 사이가 되었다.

　오랜 노동으로 나이가 들면서 그녀의 행동은 눈에 띄게 느려졌다. 나는 잔소리 대신 청소기를 돌렸다. 사람과 헤어지려면 정이 들기 전에 해야 한다는 걸 그때 알았다. 힘이 들어서 쉬어야겠다고 그녀가 먼저 말했다. 그날 우리는 같이 외식을 했다. 전화로 가끔 안부를 물었지만, 그것도 뜸해질 무렵 그녀가 자기 집에서 쓰러졌다는 소식을 들었다. 병원에 찾아갔지만, 그녀는 누구도 알아보지 못했다. 아이들도 컸고 나도 사는 게 바빠 그녀를 서서히 잊었다.

몸살 기운에 한기가 들면 나는 그녀가 끓여준 국밥이 그리웠다. 부위를 알 수 없는 소고기와 냉장고의 시들어가는 채소를 몽땅 넣은, 해장국인지 육개장인지 정체불명의 국밥은 어디에서도 그 맛을 찾지 못했다. 아이들과 나는 식탁에 앉아 가끔 '광주 이모'를 얘기했는데 그리운 게 국밥인지 그녀인지 헷갈렸다. 식당에서 국밥을 먹으면 가끔 눈두덩이 뜨끈해졌다.

나는 강연을 할 때면 '말머리성운'을 처음 발견한 여자가 가사도우미 출신 '윌리어미나 플레밍'이라는 이야기를 한다. 내 이야기를 듣는 싱글맘들이 많기 때문이다. 그녀의 남편은 16살이나 많은 결혼 전력이 있는 사람이었다. 그는 21살 만삭의 임산부를 버리고 떠나 버렸다. 여자가 살기 위해 가정부로 들어간 집은 하버드대학교 천문학 교수 피커링의 집이었다. 비록 가난해서 학교는 다니지 못했지만, 그녀는 계산 능력이 뛰어나서 그 집의 재정 관리서를 작성했다. 실력을 인정한 부부는 천문대 사무직에 시급 25센트로 그녀를 고용했다.

단순 사무직이던 그녀에게 피커링 교수가 항성 분광분석법을 가르치자 그녀는 항성의 스펙트럼에 포함된 수소 비율에 따라 항성 분류 체계를 고안했다. 그녀는 '말머리성운', '백색왜성'과 더불어 10개의 신성, 52개의 성운, 310개의 변광성도 발견했고 미국 여성 최초로 영국 왕립 천문협회 명예 회원이 되기도 했다. 누구나 그녀처럼 운이 좋은 것은 아니다. 그러나 그녀는 정직했고 자기가 잘하는 일에 최선을 다했다.

최근 나처럼 하늘의 별을 좋아하는 싱글맘이 책을 내고 작가가 되었다. 처음 망설이는 그녀에게 내가 한 말은 자신이 가장 잘하는 일을 하라는 것이었다. 그녀는 정직했고 그녀가 잘하는 일은 진솔하게 글을 쓰는 일이었다. 누구에게나 자신만의 고유 영역이 있는 법이다. 나의 '광주 이모'도 세상에 하나밖에 없는 국밥을 내게 끓여 준 사람이었다.

누군가에게 평생 잊히지 않는 사람도 괜찮은 생을 산 사람이라고 생각한다. 시대는 달랐지만 정직했고 가장 잘하는 일을 하며 살았던 사람이었다. 나는 그녀처럼 남의 살림에 반짝반짝 광을 내준 이를 본 적이 없다.

고양이의 삶과 죽음

늦은 밤 창가에 서면 가로등 아래로 길고양이가 빠르게 지나간다. 밤엔 고양이가 주변과 색을 맞추는 보호색이 있는 듯이 느껴졌다. 나는 고양이에게 선택당한 적이 있다. 오래전 정릉 암자에 들렀다가 숲에서 만난 새끼고양이가 '습득이'다. 집에 가라고 소리를 지르면 작은 관목 뒤에 숨었다가 다시 부스럭부스럭 따라왔다. 새끼고양이는 어미에게 내쳐진 것 같았다. 한숨을 쉬며 차에 태웠는데 피곤했는지 금방 잠이 들었다. 나는 길에서 주웠다고 장난스레 이름을 '습득이'로 지었다.

생각하니 나는 고양이에게 입양 당한 것만 같다. 오자마자 녀석은 잘 먹고 잘 놀더니 나를 길들이기 시작했다. 제법 살이 올라 예뻐지면서 자신감이 붙었는지 야단을 치면 말대꾸를 했다. 습득이는 영리하고 깔끔하며 독립적인 고양이였다. 가끔 노트북 자판 위로 올라와 내 글이 마음에 안 들면 삭제해버리는 신공을 발휘했다. 글이 안 써지면 나는 장난감 낚싯대로 습득이와 놀았다. 역할을 바꿔가며 술래잡기를 했는데 내가 고양인지 고양이가 나인지 헛갈렸다.

저녁 산책을 함께 다녀온 후 습득이는 바깥에 정신을 빼앗겼다. 위험하다고 해도 현관 앞에서 얼마나 울부짖는지 넋이 나갈 지경이었다. 한 시간 후에 돌아오라고 언질을 주었는데 정말 습득이가 돌아왔다. 우리는 매일 1층 현관 앞에서 극적인 상봉을 했다. 나는 두 팔을 벌렸고 습득이는 폴짝 뛰어올라 품에 안겼다. 습득이는 동네에서 유명한 고양이가 되었다. 언젠가는 책을 읽다 깜박 마중 시간을 잊었는데 현관 자동문 앞에 앉아있다가 이웃과 함께 엘리베이터를 타고 올라왔다. 주민들은 누구나 습득이를 알아보았다.
"집에 가니?"

어느 날 습득이가 집에 돌아오지 않았다. 이틀을 뜬눈으로 밤을 새우고 고양이를 찾는 전단을 붙였다. 가출한 고양이를 찾는 '고양이 탐정' 업체가 있다는 것도 그때 알았다. 나는 모든 일을 작파하고 고양이를 찾으러 다녔는데 눈치 없는 이웃이 '습득이'가 '분실이'가 됐다고 농담을 했다. 자식을 잃은 것만 같은 내게 그게 할 소리냐고 따지려다 외면했다. 정이 그렇게 무서웠다.

사흘째 되던 밤은 가랑비가 내려서 나는 걱정이 태산 같았다. 다시 아파트를 나섰는데 비쩍 말라서 눈빛만 살아있는 고양이 한

마리가 내게로 쪼르르 달려왔다. 나는 습득이를 다시 '습득'하고 울면서 욕설을 퍼부었는데 졸지에 고양이는 강아지가 되었다. 다음날도 습득이는 현관 앞에서 울었는데 문을 열어주지 않자 창틀에 앉아 거리를 바라보았다. 나는 습득이의 등에 얼굴을 대고 창밖을 보며 중얼거렸다. "날이 따뜻해지면 네가 살던 정릉에 가보자." 심심해진 습득이는 내 노트북 자판에 올라가 사뿐거리며 알 수 없는 문장을 쓰기도 했다. 어느 날부터 고양이의 움직임이 둔해지면서 자꾸 침대 밑으로 들어갔다. 병원에서 신장염이란 진단을 받았다. 습득이는 입원과 퇴원을 거듭하며 투병했는데 병원에서 연락이 왔다. 아무래도 오늘을 넘기기 힘들 것 같다는 전화였다. 습득이는 마지막 숨을 몰아쉬며 눈물을 글썽거렸다. 고양이도 운다는 사실을 처음 알았다. 나는 작별 인사를 했다. "나를 선택해 줘서 고마웠고 행복했다. 사람이 죽으면 자기와 살았던 동물이 마중 나온다는데 그때 네가 나온다면 나는 참 행복할 것 같구나."

그날 정릉 숲속에서 새끼 고양이를 무심히 지나칠 수도 있었다. 사람처럼 동물도 인연인지라 이별은 사랑의 연속선상에 있었다. 가슴 속에서 습득이를 보내지 못한 탓인지 꿈을 자주 꾸었다. 어느 날 새벽에 중국 고승들의 이야기가 생각났다. 절에 새끼 고양이가 나타나자, 동서로 나뉜 스님들이 서로 키우겠다고 다툼을 벌인다. 주지 남천선사가 풀을 베던 낫을 고양이의 목에 대고 학승들에게 말했다. "고양이를 두고 왜 다투는지 말하라. 이치에 맞으면 고양이의 목숨을 구해주고 맞지 않으면 고양이를 베겠다." 모두 머뭇거리자 남천은 가차 없이 고양이의 목을 베었다. 저녁에 수제자 조주가 돌아오자 주지는 그날 있었던 이야기를 하고 그의 의견을 물었다. 그러자 조주는 신었던 신발을 머리에 얹고 절을 떠나버렸다.

오랜 세월이 지난 이제 나는 조주가 절을 떠난 이유를 이해할 것 같다. 부처를 보면 부처를 베고 조사를 보면 조사를 베라는 '살불살조(殺佛殺祖)'를 스승이 행했다면 조주에게 고양이는 그냥 고양이였다. 엄격한 가르침에 제자는 유연했다. 고양이 목을 벤들 고양이의 아름다움이 어디 가겠는가? 내가 습득이와 함께 했던 시간이 사라지겠는가? 나는 머리에 신발을 얹는 대신 캣맘이 되었다. 밥을 먹던 고양이가 보이지 않으면 영역이나 서열에서 밀려났거나 수명을 다했을 거라 짐작했다. 생태계의 질서라지만 그래도 가슴이 서늘했다. 사람 사는 세상도 마찬가지가 아닌가. 나는 다시 창밖을 본다. 혹독한 겨울이 오고 있다.

우리들의 데카메론

가끔 여행길에서 보카치오의 『데카메론』같은 밤을 맞을 때가
있다. 처음 만난 사람끼리 이야기를 나누다 호기심을 갖게 되는 경
우다. 저녁을 먹은 후엔 호의를 가진 이들끼리 서로 초대에 응했다.
어느 여행에서 시인과 나, 교수 부부를 자기 방으로 초대한 이는 스
님이었다. 그날 대화의 주제가 '혹(惑)'이었을 것이다. 바랑에서 녹
차를 꺼내 우려주던 스님이 천천히 이야기를 시작했다.

그녀는 어린 시절 불가에 입적해서 용맹정진한 인물이었다. 일
취월장 공부도 깊어 젊은 나이에 일찍 오를 수 있는 자리에 올랐다.
스님이 네팔로 성지여행을 떠난 것은 40대 중반이었다. 순례 중에
만난 영국인 부부와 포카라에서 함께 트레킹을 하기로 약속했다.

카트만두에서 포카라행 버스를 탔을 때였다. 버스 기사가 돌아

보며 싱긋 웃었을 뿐이었는데 고통이 시작되었다. 어디선가 본 듯한, 늘 그리워했던 것 같은 얼굴이 거기 있었다. 심장이 뛰기 시작했고 눈을 그에게서 돌릴 수가 없었다. 그녀는 버스가 종점에 도착하자 기사에게 다가가 말을 걸었다. "내일 제가 머무는 숙소에 와서 차 한잔하시겠습니까." 남자가 유순하게 그러겠다고 대답했다. 숙소로 돌아간 그녀에게 불면의 밤이 시작되었다.

평생 한 공부가 하루아침에 허사가 될 것 같았다. 뜬눈으로 밤을 새운 그녀 앞에 남자가 나타났다. 그때 그녀는 지금처럼 차를 우려 그를 대접했다. 차를 다 마시고 문을 열어 그를 보낼 때 돈을 건넸으나 남자는 한사코 돈을 받지 않았다. 남자가 마지막으로 한 말은 당신을 이해한다는 것이었다.

다음 날 새벽 그녀는 버스 종점 어둠 속에 서있었다. 그가 첫차를 운행할 것 같다는 느낌 때문이었다. 남자가 버스에 오르는 모습을 보았고 그의 차가 보이지 않을 때까지 오래 지켜보았다. 자신도 모르게 오래전부터 기다렸던 것 같은 남자의 마지막 모습이었다. 그러나 그것이 끝이 아니었다.

카트만두로 다시 돌아왔을 때 포카라의 숙소에 물건을 두고 왔다는 것을 깨달았다. 호텔에 전화했더니 사람을 시켜 보내겠다고 해서 기다렸다. 이튿날 물건을 들고 온 사람은 버스 기사였다. 심장이 터질 것 같았지만 내색하지 않고 웃으며 합장했다. 마지막 만남이었다.

나는 이야기를 듣다가 인간의 자유의지와 우연이 겹치는 필연의 상관관계에 대해 말하려다 입을 다물었다. 모든 것을 초월한 듯한 스님의 눈빛 때문이었다. 스님의 이야기는 얼마 전 새로 번역된 괴테의 『선택적 친화력』을 떠올리게 했다. 중년의 부부가 사는 저택에 두 명의 남녀가 등장하면서 파국으로 치닫는 내용이었다. 그중 유일하게 유혹에서 벗어나는 인물이 부인 '샤를로테'였다.

　부부가 각자 사랑에 빠지지만, 이성적인 아내는 혼자 울면서 사랑하는 남자를 냉정하게 떠나보낸다. 그녀는 불륜을 규제하는 사회제도가 그녀에게 줄 손해를 냉철하게 계산했다. 남편은 사랑에 빠져 모든 것을 두고 가출하지만, 그녀는 혼자 가정과 재산을 지킨다. 본능적인 욕망과 맹목적인 사랑으로 자신이 가진 모든 것을 버리는 남자는 '인간적'이고 이혼을 거부해서 남자의 사랑을 불륜으로 만드는 여자는 '합리적'으로 보인다.

　'선택적 친화력'은 화학 용어다. 두 물질이 만나 상호작용하여 선택에 따라 결합하는 현상을 말한다. 괴테는 문학가이면서 동시에 과학자였다. 그런 그가 이 소설에 대해서 이렇게 말했다. "내가 경험하지 않은 것은 단 한 줄도 들어있지 않다." 합리적이면서 동시에 인간적인 모든 순간을 살았다는 고백이었다.

　괴테는 나이를 가리지 않는 숱한 연애로 유명했는데 자신이 사랑했던 여인들을 작품에 등장시켰다. 『젊은 베르테르의 슬픔』의 여주인공 샤를로테는 괴테 친구의 아내로 『선택적 친화력』에서도 동명으로 출현한다. 어쩌면 작품 속 그녀와 사랑에 빠지지만, 모두를 위해 떠나는 매력적인 건축가는 괴테의 분신이었는지 모르겠다.

스님처럼 혹은 샤를로테처럼 모든 이들이 이성적인 판단을 하지는 않는다. 내가 아는 모범적인 삶을 살던 이들도 중년에 들어서 예기치 않은 난관에 부딪히기도 한다. 빼앗고 싶은 유혹, 정신 못 차리는 미혹, 모든 것을 잊게 하는 현혹과 강렬한 소유욕의 매혹, 영혼을 사로잡는 고혹까지 수많은 혹(惑)이 40대가 넘어서 출몰했다. 모든 욕망은 물질에서 사람까지 이르렀다. 어떤 친구는 자신의 인생에 어떤 불법적인 사고도 일어나지 않았다고 담담하게 말했다. 나는 정색을 했다. 일어날 뻔했던, 일어날 수도 있었던 모든 일을 무사히 지나가게 해주신 하느님께 감사하라고. 우리는 결합하고 분리하며 서로에게 영향을 주는 자연적 존재가 아닌가.

글을 쓰다 말고 스님에게 전화했다.
"그 버스 기사분 성함이 기억나시나요?"
"아니, 기억 안 나네. 그게 언제 적 일인데…."
과거의 나는 지금의 내가 아니란 말씀으로 새겨들었다. 유혹은 머무르지 않고 스쳐 간다. 공자가 살던 시대의 불혹은 지금의 노년이었을 것이다.

『선택적 친화력』, 괴테 지음, 1809, 원제 *Die Wahlverwandtschaften*

물푸레나무 아래

최후의 서재

엄마는 납골당을 무서워했다. 유골함이 찬장 안에 들어가 갇힌 거라고 여겼다. 둘째 오빠의 납골당에 다녀온 후 더 신경이 날카로워졌다. 설날 아침에 엄마는 형제들 앞에서 나를 붙들고 울었다. 땅한 평 없는 이내 신세, 양념통보다 못한 이내 팔자, 뜨거운 불에 태워 손바닥만 한 찬장에 넣지 말고 차라리 길에 뿌려라. 술 취한 형제가 빚쟁이처럼 나를 노려보았다. 나는 이 집안에 빚이 있었다. 부채만 남기고 세상을 떠난 아버지 대신 엄마는 닥치는 대로 일했다. 형제들은 중학교를 중퇴하고 공장을 다녔지만, 손가락만 잃었다. 대출을 받아 식당도 했지만 망했다. 가출하기 전날 내 책을 찢으면서 엄마는 울었다. "다른 집 딸들은 오빠들 뒷바라지로 집안을 일으킨단 말이다."

최종학력 국졸인 세 오빠 중 한 명은 자살했다. 엄마와 살고 있는 두 형제도 암 투병에 알코올중독이다. 나는 산을 사서 수목장을 하면 어떻겠냐고 했다. 개발의 여지가 있는 산이면 좋을 것이다. 엄마는 진심으로 기뻐했다. 자식들과 옹기종기 나무 아래 모여 살면 얼마나 좋으냐? 모여 산다는 표현이 우스웠다. 같이 있으면 죽어도 죽은 것이 아니었다. 산 좋고 물 좋은 산을 사거라. 나무 아래 벤치를 만들어 후손들이 놀러오도록 하자. 오빠들은 살아서 찾아오지 않는 자식이 죽어서 찾아올 거라 생각했다. 나는 입을 다물었다.

휴일이면 작은 배낭을 메고 혼자 산을 찾아다녔다. 처음엔 팔당이 보이는 경기도 광주 남종면의 산을 올랐다. 나무 아래 앉아 강물을 바라보며 텀블러의 커피를 마셨다. 바람이 머리카락을 헤집으면 까무룩 잠이 들기도 했다. 그러나 산은 어두웠다. 엄마와 형제들은 내게 산을 샀는지 수시로 물었다. 바다가 보이는 강화도는 어떠냐고 했더니 모두 좋아했다. 김포에 사는 그들에게 가까운 곳이었다. 또 배낭을 메고 산에 올라 바다가 보이는 위치를 찾았다. 나무에 기대어 바라보는 바다의 윤슬은 어족의 비늘 같았다. 김밥과 커피를 마시면서 가져간 책도 읽었다. 신석정의 「작은 짐승」에 나오는 수종을 생각했다. 시인은 하늘보다 푸른 바다를 바라보며 나무의 이름을 불렀다. 밤나무, 소나무, 참나무, 느티나무….

나는 상수리와 물푸레, 오동과 자작나무를 생각했다. 바다가 보이는 곳에 집을 짓고 싶어졌다.

의자를 마당에 내어놓고 저물녘 앉아있어야겠다고 마음을 먹었다. 죽은 이는 산에서, 살아있는 이는 집에서 바다를 바라보면 좋을 것이다. 땅은 사계절을 지켜봐야 한다는 내게 엄마가 또 조르기 시작했다. 부동산도 사람처럼 인연이 되어야 오는 거라고 말했다.

　　엄마와 형제들에게 어떤 나무를 좋아하냐고 화제를 돌렸다. 상수리나무, 물푸레나무, 오동나무, 들메나무, 소나무, 자작나무 중 뭘 심을까? 놀랍게도 모두 '물푸레나무'라고 했다. 소나무와 밤나무 이외엔 수종 식별이 불가한 사람들이었다. 물푸레나무가 어떻게 생겼는지 알기나 하냐고 물었다. 이름이 좋으니 나무도 근사하지 않겠냐고 했다. 물푸레나무 아래 옹기종기 모일 혈족을 생각하니 눈두덩이 후끈해졌다. 부동산 개발 여지를 생각했던 내가 싫어졌다.

　　둘째 오빠는 햇빛도 들지 않는 납골당 찬장 밑 칸에 있다. 쪼그리고 앉아야 그를 볼 수 있었다. 그는 우리 형제 중 제일 작고 왜소했다. 말까지 더듬어 또래에게 놀림을 받았다. 그는 중학교 1학년 때 등록금 미납으로 학교를 그만두었다. 어린 소년은 공장 프레스에 손가락을 잘렸다. 두 개의 손가락을 잃은 그는 진통제가 듣지 않아 괴성을 지르며 동네를 뛰어다녔다.

　　배가 고파 한밤중에 자기가 다녔던 중학교 매점에 들어가 빵을 훔치다 들켜서 동네 파출소로 끌려갔다. 파출소장은 동네 사람이었다. 가난한 우리를 벌레 취급했다. 그는 배고픈 소년이 빵을 훔친 걸 절도죄로 작성했다. 그동안 도난당한 빵도 그가 훔친 것으로 뒤집어씌웠다.

　　경찰차가 왔고 수갑을 찬 소년이 차에 타기 전 소리 내어 울었다. 나는 한밤중에 슬리퍼 한 짝을 잃고 서있었다. 어린 그가 고개를 돌려 자기보다 더 어린 내 이름을 불렀다. 부를 이름이 나밖에 없었기 때문이었다. 이름이 불리는데 아무것도 할 수 없었다. 좌절이나 체념이 아니었다. 어렸지만 내 분노는 시퍼렇게 타올랐다.

가난은 죄였다. 판사는 손에 붕대를 감고 있는 소년을 소년원에 보냈다. 겁 많고 배고팠던 소년은 일 년 만에 돌아왔다. 눈빛이 달라져 있었다. 왜소한 그가 어떤 짓을 당했는지 세월이 흘러 알았지만 나는 그의 주먹이 아팠다. 견딜 수 없는 순간이 오면 미치거나 보복을 다짐해야 했지만, 그는 모든 것을 체념했다. 대신 자기보다 약한 내게 주먹을 휘둘렀다. 그는 이유 없이 나를 폭행하고 자기 손목을 그었다. 나는 벌레처럼 기어서 그가 흘린 피를 걸레로 닦았다.

그를 이해했다. 폭력을 연민한다는 것, 그에게 맞으면서 이해된다는 것이 슬펐다. 내가 집을 떠나 자리를 잡는 동안 내 혈육들은 성장을 멈추었다. 고통으로 동네를 뛰어다니듯 늘 제자리에서 펄쩍펄쩍 뛰었다. 그는 하는 일마다 실패했다. 왜소하고 말을 더듬는 그를 사람들이 만만하게 보았다. 어설픈 똘마니로 오락실 종업원으로 전과자로 꿈 없이 살았다. 아니 그는 꿈이 있었다. 한탕으로 평생을 놀고먹는 꿈이었다.

그는 내게 그 꿈을 실천하려 했는데 초등학생 때부터였다. 동네 또래 꼬마들을 모아놓고 저금통장을 만들어 나눠주었다. 공책을 찢어서 만든 통장이었는데 크레용으로 색색 꽃이 그려진 것이었다. 그는 우리가 돈을 저금하면 두 배로 돌려주겠다고 했다. 통장의 이름은 '희망은행'이었다. 어린 나는 그를 믿었다. 나와 아이들은 푼 돈이 생기면 열심히 그에게 저축했다. 몇십 원인지 몇백 원인지 기억이 나지 않는다.

우리는 어느 날 돈이 필요했고 은행장인 그에게 돈을 요구했다. 그는 땀을 뻘뻘 흘리며 말했다. "어어, 으, 은행이 부, 부도났어." 그는 내 인생을 여러 번 부도낼 뻔했다. 여전히 내게 '희망'을 더듬거렸지만, 희망은 찢어진 공책의 어설픈 꽃이었다.

그는 자기보다 작은 여자를 만났지만 술이 취하면 폭행했다. 여자는 서류 정리도 하지 않은 채 아들과 사라졌다. 그의 마지막 직업은 영등포 뒷골목 오락실의 늙은 종업원이었다. 그는 모두의 놀림거리였다. 그가 일터로 찾아오면 나는 지갑에서 서둘러 돈을 꺼냈다. 같이 밥을 먹지도 커피를 마시지도 않았다. 부도난 '희망' 대신 절망을 저금했다. 나는 그가 부끄러웠다.

그는 알코올중독에 간경화였다. 죽기 얼마 전 그가 내게 전화했다. "우, 우리 어어, 어릴 때 바, 바닷가에 살았어." 부산 광안리 바닷가의 파도 소리를 떠올렸지만, 술 취한 목소리였다. 그는 경상남도 시골 바닷가에서 세상을 떠났고 사흘 만에 발견되었다. 아마 고향인 부산에 먼저 갔을 것이다. 고층 빌딩숲으로 변한 바닷가 풍경에 놀라 자리를 떴을 것이다. 그는 자신보다 크고 강한 것에 늘 주눅이 들어있었다.

새우처럼 웅크리고 죽은 그를 데려와 김포에서 장례 지냈다. 마지막에 본 그는 더 작아보였다. 그를 납골당이 아닌 바다로 보낼까

잠깐 생각했지만 잊었다. 내게서 형제는 오래전에 심리적으로 분리되어있었다. 동네 슈퍼에 갔을 때 주인이 아는 척을 했다. "파라솔 밑에서 동네 사람들과 술 마시면 늘 동생 얘기를 했어요." 거리에서 만나면 큰소리로 같은 행색의 사람들에게 나를 소개했다. "전에 말한 내 동생이야!" 안다. 그가 나를 얼마나 자랑스러워했는지.

   내 꿈은 평범하게 사는 거였다. 부자도 빈민층도 아닌 중간 어디쯤이면 사람들 속에 묻히리라 생각했다. 누구의 눈에도 띄지 않는 보통의 삶을 살고 싶었다. 출발점이 바닥이어서 남들보다 몇 배나 기를 써야 했다. 간신히 평범해진 나를 자랑스러워한 그가 그립다. 나는 그를 바다가 보이는 물푸레나무 아래로 데려올 것이다. 모자가 모두 모여 옹기종기 행복하리라 믿는다. 아들밖에 모르는 엄마가 딸인 나도 같이 묻힐 것으로 생각하고 있었다. 너무나 당연하게 말해서 어리둥절했다. 나는 함께 있을 생각을 해본 적이 없었다. 웃으면서 말했다. 엄마도 알다시피 나는 어디 갇혀있는 성격이 아니잖아. 죽으면 바다에 뿌려져 바로 새가 될 거야.

   엄마와 오빠들이 있는 물푸레나무에 집을 지을게. 이번 생에서 음치였으니 다음 생은 노래를 잘하는 새가 되고 싶어. 내가 노래하면 들어 봐. 냉정한 딸이 다정다감하게 말하자 늙은 엄마가 꿈을 꾸는 표정을 했다. 제대로 살아본 적 없는 가족들이 물푸레나무 아래에서 모여 살 것이다. 엄마의 표현처럼 '모여 사는' 죽음은 삶의 연속선 위에 있었다. 형제들에게 아직 말하지 않았지만 그를 데려올 생각이다. 나는 물푸레나무 위에, 그는 물푸레나무 아래.

친구의 등에 숨어서 그녀를 훔쳐보았다

『한(恨)』, 그리고 『평양미술 조선화 너는 누구냐』

서재를 정리할 때마다 적지 않은 책을 기부하는데, 기부 목록에 휩쓸리지 않고 오랜 세월 함께하는 책들이 있다. 그중에 천경자의 『한(恨)』은 수십 년이나 자리를 지켜 왔다. 『태백산맥』이나 『혼불』이 나오기 이전에 발행된 책이었고, 책을 읽으면서 나는 그녀의 전라도 사투리에 반했다. 글이 쓸쓸해 나는 가끔 책갈피를 스치는 바람 소리를 들었다.

우리의 집의 북 클리너는 친정엄마였다. 아이들이 크는 동안 같이 살았던 엄마의 책 처분 기준은 오직 '헌것과 새것'이었다. 퇴근해 집에 오면 서재의 책들이 사라졌다. 절판본이나 희귀본 심지어 간신히 구한 원서도 있었다. 총알처럼 뛰어나갔지만 이미 사라진 뒤였다. 살아남은 책들은 대부분 두꺼운 사회과학서적이거나 전문서적이었다. 천경자의 『한(恨)』은 누렇게 변색되었는데도 어떻게 살아남았는지 모르겠다. 책도 사람처럼 운명이 있어 인연이 닿는 것 같다. 화백은 젊은 시절 모자를 쓰고 빨간 립스틱에 하이힐을 신고 다녔으니, 그녀의 그림은 자화상이었을 것이다. 배우 윤여정은 그녀를 뉴욕에서 만났는데 전라도 사투리가 그렇게 잘 어울리는 멋쟁이를 처음 보았다고 했다. 나는 그녀를 전시회에서 만난 적이 있고 강연장에서 본 적이 있다. 오랜 세월 나 혼자 친밀했으니 그녀가 세상을 떠나고 인연도 여기서 끝난 줄 알았다.

작년에 러시아의 고려인 출신 화가 변월룡에 대한 글을 쓸 일이 있었다. 그의 삶도 꽤나 기구했는데, 나는 그의 화풍에 관심이 있었다. 변월룡은 레닌그라드(현재의 상트페테르부르크)레핀미술대학을 졸업하고 교수를 지내다 당의 지시로 북한에서 평양미술대학 학장을 지낸 사람이었다. 그는 정치적 이유로 남과 북에서 입국을 거절당했다. 그의 전시회도 다녔는데 여전히 사실적 기법의 북한 그림을 보는 기분이었다. 국내에 출간된 북한 미술 관련 책을 구매했는데 화가이자 미국 조지아대학 교수인 문범강의 책이었다.

그의 책은 국내에 『평양미술 조선화 너는 누구냐』 한 권이 출간되었다. 그는 북한 미술을 연구하면서 북한을 여러 차례 드나들어 FBI의 조사도 받았다. 한국에서 '비누 가게'라는 작품전시회도 해서 친구와 관람했던 기억이 있다. 천경자 화백을 스쳐 지나갔듯 그를 스쳐 지나갔다.

나는 그를 모르고 그도 나를 모른다고 생각했는데 놀랍게도 그

는 나의 SNS 친구였다. 한두 해가 아닌 오래된 친구였는데도 몰랐
다. 얼마 전 새 계정을 만든 그와 대화를 할 일이 있었다. 나의 글을
잘 읽고 있다고 해서 이런저런 얘기를 나누다 어안이 벙벙했다. 그
가 화가 문범강인 줄도 몰랐고 천경자 화백의 사위인지도 몰랐다.
장모의 지명도나 영향으로 자신의 독립성이 침해받지 않기를 바랐
던 것 같다. 자신의 내력을 둘러싼 어떤 이야기도 없이 순수하게 미
술과 글에 대해서만 대화했다. 그러니 타인에 무심한 내가 더더욱
무심했을 것이다.

　미대에 다니던 친구들을 따라 천경자 화백의 전시회에 갔던 일
이 있다. 나는 친구의 등에 숨어서 그녀를 훔쳐보았다. 그림 속의
여인처럼 모자를 쓰고 있었다. 어린 우리에게 "참으로 이뻐요" 하던
목소리가 지금도 들리는 것 같다. 세상이 거미줄 같다. 인연이란 강
철보다 강하고 고무줄보다 유연하다. 잊었다고 잊힌 것이 아니고
버린다고 버려지는 것이 아니다. 나의 의지와 관계없이 항상 내 곁
에 있었다. 단지 모를 뿐.

『한(恨)』, 천경자 지음, 샘터사, 1977.
『평양미술 조선화 너는 누구냐』, 문범강 지음, 서울셀렉션, 2018.
원제 *North Korean Art : The Enigmatic World of Chosonhwa*

살아남은 자의 슬픔

『바람이 되어 살아낼게』

세월호에 325명의 단원고 학생이 타고 있었다. 그중 생존 학생은 75명이었다. 살아남은 학생들의 모임이 '운디드 힐러'인데 뜻은 '상처 입은 치유자'이다. 이들은 재난 재해를 입은 사람들을 위한 활동을 하고 있다. 그중의 한 생존자가 『바람이 되어 살아낼게』라는 책을 썼다. 2014년 4월 16일 아침의 기록이다.

머지않아 배 안의 불까지 꺼졌습니다. 한 친구가 필사적으로 경사진 길을 걸으며 구명조끼를 찾아서 우리에게 나눠주었습니다. 우리는 어둠 속에서 구명조끼를 착용한 채 상황이 나아지기만을 기다렸어요. 얼마쯤 기다렸을까요. 배 안의 스피커에서 안내방송이 흘러나오기 시작했습니다. "가만히 있으세요! 가만히 계세요."

저자는 믿지 않았다. 친구와 일어나서 갑판에 오르기 전 뒤를 돌아보았을 때 아이들은 어둠 속에 앉아있었다. 소방호스를 잡고 오르다 떨어지고 다시 시도해서 마침내 갑판에 닿았다. 그들은 거의 침몰 직전의 배에서 헬기에 구조되어 '서거차도'라는 섬에 내려졌다. 스스로 탈출한 아이들만 살아남았다.

보호자를 기다리며 보던 TV 뉴스에서 낭보가 보도되었다. "전원 구조되었습니다!" 현장에 가지도 않은 기자가 국정브리핑에 앵무새처럼 읊조렸다. 어른들의 말을 믿었던 아이들은 결국 수장되었다.

생존 학생들은 병원에 격리되어 죽은 친구들의 장례식에도 갈수 없었다. 다시 중소기업 연수원으로 옮겨졌고 그들이 학교로 돌아간 건 2014년 6월 25일이었다. 70일 동안 외부와 접촉하지 못하게 한 건 박근혜 정부였다. 그 와중에도 기자들은 갖가지 방법으로 생존 학생들에게 접근했다.

살아남은 학생들은 이상 증세를 보였다. 어떤 학생은 교실에서 지나치게 잠을 잤고 어떤 학생은 지나치게 책을 보았고 저자는 지나치게 산만해져 어떤 일에도 집중하지 못했다. 이들에게 기자들이 수시로 접근해서 트라우마를 일깨웠다. 무책임한 어른들은 단원고 학생이라면 호기심을 갖고 그날의 일을 물었다.

그가 만난 가장 좋은 어른은 택시기사였다. '단원고'라고 하면 또 물어볼까 싶어 옆 건물 이름을 댔는데 그는 차비를 받지 않았다. "그냥 가." 나는 이 대목에서 눈물이 글썽해졌다. 어른인 것이 부끄럽고 미안하다. 나는 TV 실시간 중계방송으로 침몰하는 배를 구경한 시청자였다. 자식을 잃고 통곡하던 부모들 옆에서 게걸스럽게 피자를 먹던 인간들도 있었다. 놀러 가다 죽은 건데 왜 난리냐는 말은 '이태원 참사' 때도 반복되었다.

작년 9월 세월호 사회적참사특별조사위원회는 다음과 같은 결론을 내렸다. "외력 가능성을 조사했으나 외력이 침몰 원인인지 확인되지 않았다." 내인설인지 외력설인지 오리무중으로 들어갔다는 이야기다. 박근혜 정권은 진상규명을 방해했고, 문재인 정권은 방관했고, 윤석열 정권은 종결했다. 생존 저자는 지금 26세의 청년이 되었다. 몸은 땅에 있지만, 정신은 팽목항 세월호에 남아 트라우마에 시달리던 생존자들이다. 그들이 스스로를 구조한 이야기가 『바람이 되어 살아낼게』다.

살아줘서 고맙다.

『바람이 되어 살아낼게』, 유가영 지음, 다른, 2023.

송몽규의 무덤에 술을 따르다

『윤동주 평전』, 그리고 「밤」

작년 만주 여행길에 윤동주의 묘지를 찾는 일정이 있었다. 그날 나는 무슨 일로 일행을 놓치고 혼자 걸어야 했다. 앞을 분간할 수 없는 눈보라로 길을 잃어버렸다. 바람이 울음소리를 냈는데 장년의 남자들이 내는 곡소리였다. 다행히 나를 찾으러 온 일행이 있어 나는 무사히 그의 묘에 닿을 수 있었다. 그러나 내가 찾았던 것은 바로 옆 송몽규의 묘였다.

윤동주와 송몽규는 중국 길림성의 명동촌에서 같은 해 한 집에서 태어나 같이 자랐다. 같은 학교를 다녔고 같은 죄목으로 재판을 받아 같은 감옥에서 19일 간격으로 옥사했다. 『윤동주 평전』 중 문익환 목사의 이야기에 따르면, 동주는 몽규에게 항상 열등감을 느꼈다고 한다. 그는 어릴 때부터 성격이 활달했고 뛰어난 문학적 재능이 있었다. 나는 윤동주를 설명할 때 같이 언급되는 송몽규에 더 눈길이 갔다. 송몽규는 1934년 동아일보 신춘문예에 콩트 「숟가락」으로 등단했다. 그때 그의 나이는 17살이었다. 당시 문학 등단은 중앙일간지를 통해야만 했기 때문에 동주에게 상당한 자극이었을 것이다.

그의 당선작은 오 헨리의 「크리스마스 선물」을 연상하게 한다. 가난한 부부가 쌀이 떨어지자 아끼던 은수저를 팔았다. 수저는 장인이 그들에게 준 결혼 선물이었다. 밥상을 앞에 놓고 아내가 눈물을 흘리는데 영문을 모르는 남편은 뒤늦게야 그녀의 수저가 없다는 걸 깨닫는다. 나는 「숟가락」을 읽으면서 호탕하고 유머에 넘치는 송몽규를 상상했다.

등단한 이듬해 송몽규는 갑자기 학교를 자퇴하고 가출해서 상해임시정부로 떠났다. 임정에서 한국광복군의 장교 양성반 교육을 받다가 일본 경찰에 발각되었으나 나이가 어려 검사의 불기소처분을 받았다. 그러나 그때부터 그는 고등계 형사들의 밀착 감시 대상이 되었다. 다시 고향으로 돌아와 학업을 재개했는데 옆길로 빠진 시간이 있었음에도 동주와 함께 연희전문학교에 합격했다.

송몽규의 아버지는 윤동주의 고모부였다. 윤씨 집안의 부드러운 성품과는 달리 그는 대단한 웅변가였던 것 같다. 몽규는 12살의 나이에도 아버지를 따라다니며 연설을 했는데 어른들 앞에서도 결코 기죽는 일이 없었다고 했다. 그는 한마디로 실천하는 사람이었다. 그는 연희전문학교에서도 문예부장으로 활동하며 1938년 8월 조선일보에 시 「밤」을 발표했다. 이미 작가로 활동하는 그를 보며 동주는 무엇을 느꼈을까? 같은 문학을 하지만 앞서가는 이는 있게 마련이다.

이탄 시인은 시 「송몽규」에서 "학교는 그럭저럭 윤동주와 맞먹었어도 생각하는 것, 그것을 옮기는 것은 송몽규였다/ 실천자, 그는 혼자 돌아다니는 윤동주를 나무라지 않았다/ 윤동주가 시를 쓰는 일이/ 얼마나 보람된 일인가를 설명하지 않아도 알고 있었다"라고 썼다.

고요히 沈澱(침전)된 어둠
만지울 듯 무거웁고
밤은 바다보다 깊구나

홀로 밤 헤아리는 이 맘은
험한 山길을 걷고
나의 꿈은 밤보다 깊어
호수군한 물소리를 뒤로
멀-리 별을 쳐다 쉬파람 분다.

– 송몽규, 「밤」 전문

연희전문학교를 차석으로 졸업한 몽규는 교토제국대학 문학부 사학과 선발시험에도 합격했다. 동주는 이 시험에 낙방하고 다른 대학에 들어갔다가 이듬해 다시 교토에 있는 도시샤대학에 입학해

몽규를 만날 수 있었다. 성장기에 누구에게나 멘토가 되는 친구가 있다. 나는 송몽규가 윤동주의 멘토가 아니었던가 생각한다. 그는 교토로 오기 위해 세 번의 대학시험을 치렀는데 거기 송몽규가 있었다.

두 사람은 1943년 7월 10일, '재경도(在京都) 조선인학생민족주의그룹사건'으로 체포되었다. 이들은 치안유지법 위반으로 나란히 징역 2년 형을 받았다. 후쿠오카 형무소에서 함께 옥고를 치르다가 1945년 2월 16일 윤동주가 먼저 세상을 떠났고 곧이어 송몽규도 사망했다. 그때 이들의 나이는 28살이었다.

동주의 오촌 윤영춘이 사망 소식을 듣고 시신을 거두러 와서 살아있던 송몽규를 면회했다. 그때 그는 무슨 주사인지 모르지만, 동주와 같이 계속 주사를 맞고 있다고 했다. 일본 학자 고노오 에이치도 그가 혈액 대체 실험대상자였다는 글을 쓴 적이 있다. 일본의 시인 이바라키 노리코도 윤동주를 좋아해서 그의 생애를 추적하고 죽음이 형무소에서 맞은 정체 모를 주사 때문이었다고 밝혔다. 죽음의 원인이 생체실험이었다는 주장은 상당한 파장을 일으켰다.

그리고 그도 19일 후 세상을 떠났다. 그의 아버지는 일본의 화장장에서 바닥에 튄 뼛가루도 모두 담아왔다고 했다. 그때 아버지 송창희의 나이는 54세였다. 송몽규는 아버지를 닮은 아들이었다. 그의 분노와 슬픔이 어떠했을지 눈에 보이는 것 같다. 송몽규의 묘지는 명동 장재촌 뒷산에 묻혔다가 1990년에 용정의 윤동주 묘지 옆으로 이장했다. 윤동주의 비문은 '시인윤동주지묘(詩人尹東柱之墓)'

이고 송몽규의 비문은 '청년문사송몽규지묘(靑年文士宋夢奎之墓)'이다.

　　사람들이 윤동주의 묘에 모여있을 때 나는 송몽규의 묘에 술을 따랐다. 그가 세상에 남긴 글은 시 두 편과 콩트 한 편이다. 그도 러시아의 시인 만델시탐처럼 자기 원고에 무관심했던 것 같다. 시인에겐 남편의 시를 암기하고 필사하던 아내가 있었다. 내가 벌판에서 들었던 장년의 울음소리는 그의 아버지였던가. 나는 그가 쓰고 잃어버린 글들이 궁금해졌다.

『윤동주 평전』, 송우혜 지음, 서정시학, 2014.

「밤」, 송몽규 지음, 조선일보, 1938.

내 이름이 들리면 방아쇠를 당겨라

『홍범도』

시인이자 국문학자인 이동순 교수는 내가 아는 한 '홍범도' 전문가다. 1982년부터 2003년까지 집념으로 쓴 대하 서사시가 10권의 『홍범도』다. 내가 왜 이 책을 못 보았는지 의아했는데 초판을 500부만 발간했다고 한다. 이번에 평전을 새로 출판했는데 제목이 『민족의 장군 홍범도』다.

장군의 유해는 2021년 카자흐스탄에서 돌아와 대전현충원에 안치되었다. 지난 3월 7일 홍범도 장군 묘지에서 평전 헌정식을 했는데 나는 아쉽게도 갈 수 없었다. 대신 833쪽의 홍범도 평전을 읽었다. 거대한 시대의 격랑과 민중의 삶에 대한 묘사가 평전이 아닌 역사서로 읽혔다.

1811년 '홍경래의 난'에 가담해서 처형된 홍이팔은 장군의 증

조할아버지였다. 가족이 몰살당하고 혼자 살아남은 그의 아들 홍동철이 장성해서 낳은 자식이 홍윤식이었다. 그는 머슴이었고 머슴의 자식으로 홍범도가 태어났으니 1868년이었다. 생후 7일 만에 모친이 세상을 떠났고 8세 되던 해 부친마저 타계해 어린 머슴이 되었다. 그러다 15세에 평양의 친군서영(親軍西營)에 나팔수로 입대했고 사격을 잘해 명사수가 되었다. 군수물품을 빼돌리는 악질 상관을 살해한 후 탈영했고, 황해도 제지공장에서 3년간 일했으나 임금을 체불하는 친일파 공장주를 도끼로 살해했다. 도망을 다니며 절의 불목하니로 있다가 금강산 신계사에서 출가했다. 지담 스님의 상좌가 되었는데 그의 나이 26세였다.

나는 이 부분이 흥미로웠는데 교육을 받을 수 있었던 결정적 기회였기 때문이다. 불같은 성격만 있던 그가 논리적 사고를 하게 되고 민족의식에 눈을 떴다. 의병대를 조직하고 각 지역의 악질 친일파를 제거했으며 일본에 잡혀 투옥되었으나 6개월 만에 탈옥했다.

그의 삶은 끝없는 불행의 연속이었다. 비구니와 사랑에 빠져 가정을 꾸리고 아들도 둘이나 있었지만 모두 잃었다. 아내는 일본군의 고문에 옥사했고 큰아들은 같이 싸우다 전사했으며 작은아들은 병사했다. 그는 일본군 정규부대와의 전투에서 연전연승했는데 일본의 자료를 보면 홍범도의 부대원들이 그를 신처럼 우러렀다고 쓰여있다.

훗날의 기록을 보면 봉오동 전투에서 그가 부대원에게 사격 명령을 내릴 때의 구호는 '나, 홍범도'였다고 한다. '나' 하면 총을 장

전하고 '홍범도' 하면 발사했을 것이다. 작가의 상상력일지라도 나는 자신의 이름을 구호처럼 부르는 장면이 마음에 들었다. 그는 조직을 어떻게 결속하며 리더는 어떠해야 했는지 아는 사람이었다. 죽음 앞에서 부하들은 그가 신으로 보였을 것이다. 신은 아내가 죽고 자식이 죽어도 슬픈 표정을 지으면 안 된다. 그에게 불행은 불행이어선 안 되는 것이었다.

몇 번을 읽다가 책을 덮고 일어서서 서성거렸다. 그가 전선을 후퇴하며 망명한 나라들은 일본과 동맹국이 되어 그를 괴롭혔다. 온갖 모함과 세력에 시달렸고 스탈린의 강제이주정책에 중앙아시아로 떠밀려갔다.

나는 문득 그의 유해가 돌아올 때 왜 많은 이들이 반대했는가에 생각이 붙들렸다. 소련 공산당에 입당했다는 이유를 드는데 시대에 맞지 않는 기준이라고 생각한다. 윤동주나 김좌진 장군 등은 영웅처럼 떠받들면서 대체 홍범도 장군에게 왜 이리 혹독한가? 75세까지 살았던 장수의 비극인가? 젊은 시절에 요절한 그들은 해방을 보지 못했다. 그들이 살아서 해방을 보았다면 무엇을 선택했을까? 친일 경찰이 독립운동을 한 이들을 다시 붙잡아 고문하는 기막힌 '해방'이 아니었는가 말이다.

당시 미군 군정 보고서의 내용이다. "지식인과 예술인들이 북으로 넘어간다. 그들 중 많은 이들이 공산주의자가 아니다."

나는 책을 덮고 우리나라의 불우한 역사를 생각한다. 늙어 극장지기로 일하고 그마저 문을 닫아 정미소에서 일하다 쓸쓸하게 세상을 떠난 우리의 머슴 출신 '홍범도'를 떠올리며 운다. 사실에 입각한 역사와 문학의 만남이다.

『홍범도』, 이동순 지음, 국학자료원, 2003.

『민족의 장군 홍범도』, 이동순 지음, 한길사, 2023.

풍선처럼 수없는 꿈을 띄우다

『신동문전집』

영화 〈지니어스〉를 본 이들은 전설의 편집자 맥스 퍼킨스를 기억할 것이다. 출판사의 편집자였던 그는 헤밍웨이와 피츠제럴드, 토마스 울프를 발굴한 사람이다. 영화에서 퍼킨스는 토마스 울프와 치열한 문장싸움을 벌인다. 문장을 지키려는 작가와 문장을 쳐내서 이야기의 흐름을 살리려는 편집자와의 갈등이 첨예했다. 나는 맥스 퍼킨스가 작가가 되지 못한, 혹은 되지 않은 편집자라고 생각했다. 요리는 할 줄 몰라도 절대 미각을 가진 사람이 있는 것처럼.

누가 내게 한국에도 맥스 퍼킨스 같은 편집자가 있느냐고 물었는데, 나도 모르게 시인 신동문을 떠올렸다. 나는 그가 퍼킨스를 뛰어넘는 편집자라고 생각한다. 퍼킨스는 독자의 가독성과 작품만 생각하면 되었지만, 신동문은 그것과 더불어 시대와 권력과도 싸워야 했다. 그는 1927년 청주에서 태어났는데 어릴 때부터 병약했다. 입대해서도 폐결핵으로 투병했는데 병상에서 장편 연작시 「풍선기(風船期)」를 써서 1956년 조선일보 신춘문예에 당선되었다. 그리고 그해 그의 첫 시집이자 마지막 시집인 『풍선기와 제3포복』이 발행되었다.

그가 뛰어난 편집자로 자질을 보이기 시작한 것은 1960년 월간 《새벽》의 편집장을 맡고부터였다. 최인훈의 중편소설 「광장」을 발굴했고 서정주와 순수문학과 참여문학으로 논쟁을 벌였다. 당시 문단의 주류는 서정주, 김동리 등의 '순수문학파'였는데 4·19세대인 그에게 현실참여와 비판의식이 없는 그들이 좋게 보일 리 만무했을 것이다. 그는 1963년 경향신문 특집부장으로 입사하면서 당시 군사정권과 대립하기 시작했고 이듬해 반공법 위반으로 구속되었다. 그가 신문사 퇴사 후 들어간 곳이 출판사 신구문화사였다.

여기서 그는 이병주의 등단작 「소설 알렉산드리아」를 발굴했고 국내외의 문학 전집을 발간했다. 다시 신구문화사를 떠나 유신체제에서 《창작과비평》의 발행을 맡던 그는 리영희의 논문 「베트남전쟁 3」을 게재했다가 중앙정보부에 연행되었다. 그리고 다시 『신동엽전집』으로 끌려갔다 나온 후 절필하고 낙향해서 농부가 되었다. "다시는 글을 쓰지 않겠다"라는 각서를 쓰고 풀려나왔다는 말도 있다. 어떤 일이 있었는지 미루어 짐작할 수 있을 것이다.

그는 농부가 되어 스스로 터득한 침술로 이웃들을 치료하고 치료비로 노래 한 곡을 받았다. 별명은 '신바이처'였고 그의 집은 '노래하는 침방'으로 불렸다. 1993년 65세 담도암으로 임종하기 전 자신의 각막과 장기를 기증했다. 살아서 시집을 한 권 냈고 한국 문학의 내로라하는 작가를 발굴했으며 필화로 고초를 겪다 농부로 살다 세상을 떠났다는 것이 그의 생애다.

신동문은 시인이었고 뛰어난 편집자였으며 참여문학으로 오늘날의 한국 문학을 있게 한 공로자였다. 그는 편집자로 간간 회자되었으나 그의 시는 기억되지 않았다. 2004년에 솔에서 2권짜리 전집이 나왔고, 몇 년 전에 창비에서 다시 『신동문전집』이 발간되었다. 내가 그의 시를 온전하게 읽을 수 있었던 것도 그 덕분이다. 나는 오늘 다시 그 책을 꺼내 들었다.

흰 가운과 흰 캡과 흰 마스크를 한 의사와
흰 마스크와 흰 캡과 흰 가운을 입은 조수와
흰 가운과 흰 캡과 흰 마스크를 한 간호부들의 주시 아래
흰 타이루 멕키의 수술대 위에 흰 캡을 쓴 환자가 누웠다. 그는 잠시 전까지의 강렬하던 크레졸 냄새를 잊은 콧날이며 볼따구에 핏기 한가닥 없는 얼굴을 하고서 무심한 의식을 반추했다. 분명히 뜬 눈에는 지금 그의 주위를 둘러싼 채 기독처럼 긴장한 의사들의 얼굴도 흰 카세인한 천장도 차일한 커튼도 보이지 않고 다만 선명하게 너무나 선명하게도 보이는 것은 실로 진공처럼 맑은 수정 화병을 받쳐들었다는 자기의 대리석 같은 두 손의

환상이었다.

－「수정 화병(水晶花甁)에 꽂힌 현대시」 부분, 《현대문학》 1957년 7월호.

나의 관심을 가장 많이 끈 시다. 병상에 누워 환각으로 보이는 수정 화병에 시를 꽂는(쓰는) 과정으로의 연결이 다분히 카프카적으로 느껴진다. 카프카도 몽상가였고 단어의 유희를 즐겼으며 상투적인 개념들을 피했다. 그가 창작에만 몰두했다면 한국 모더니즘의 새로운 지평을 열었을지도 모르겠다. 그는 서울에서 활발한 창작과 문단 활동을 시작했지만 4·19의 희망도 잠시 5·16 군사 정변을 겪으면서 반시적 시풍이 짙어졌다.

기일(其一)
십삼인의청년이도로를질주하오
(막다른골목에서청년이된것이오)

제일의청년이데모를하오
제이의청년이데모를막으오
제삼의청년도데모를하오
제사의청년도데모를막으오

－「모작오감도(模作烏瞰圖) 연작 1호 '기일(其一)'」 부분, 1965.

이 시는 이상의 오감도를 모작했다. 은유와 패러디와 풍자가 왕성한 시대의 시는 '말할 수 없음'을 의미한다. 날카로운 비판의식을 가진 그가 시작 노트에 쓴 글이다.

> 이 땅에는 문학가가 참 많다. 더구나 시인은 부지기수이다. 소설 몇 편이나 읽고 시 몇 줄만 외고선 나는 시인이오 하는 판국에 나도 몇 편의 시를 써봤으니 시인이라고 해도 무방할지 모르겠다. (중략) 이웃도 가족도 사회도 역사도 외면하고 일생을 바쳐서 그것이 인생의 목적인 양 매달릴 일은 아닌 성싶다. 그런 시인, 즉 전문화되어 우수한 시를 쓰는 백 명보다는 시를 모르고도 열심히 그리고 성실하게 사회의 일원으로 노동을 하는 한 사람의 시인이 더욱 중요하고 대견하게만 생각된다.

그는 시대와 문단과 자신에게 염증을 느낀 것 같다. 시인으로서 편집자로서 그리고 진보 문단의 앞장에 선 그의 행군은 가시밭길이었다. 그의 절필 욕구는 '일하지 않는 하얀 손'에 대한 심리적 반발도 있었을 것이다. 1969년부터 1975년까지 7년간 《창작과비평》의 발행인이었던 그는 중앙정보부에 연행되는 시련을 겪은 후 고향으로 돌아가 농부가 되었고 그렇게 사라졌다.

편집자로 더 많이 기억되는 그에게 오늘은 '시인'을 돌려주고 싶다. 가을하늘에 풍선이 날아간다. 그의 보직은 수시로 풍선을 하늘에 띄우는 공군 기상관측병이었다. 그의 「풍선기」 32호는 '풍선

의 모국어'로 이름을 부르며 시작한다. '바룬. 바룬. 더, 바룬즈.' 그
것들은 시인의 '실마리 없는 생각의 갈피', 또는 '수없이 키워보는
꿈'이다. 하지만 한편으로는 '부질없이 흘러가는 강물 위 물거품'이
기도 하고, '기막히고 기막힌 한숨'이기도 한 것이다.

『내 노동으로』, 신동문 지음, 솔, 2004.

『행동한다 그러므로 존재한다』, 신동문 지음, 솔, 2004.

『신동문전집』, 신동문 지음, 염무웅 엮음, 창비, 2020.

시인은 어째서 울지 않는가

『백석을 찾아서』

유튜브 실황으로 백석의 '흰 바람벽이 있어, 기대 쓰다'를 주제로 백석 문학 좌담회가 있었다. 평론가 신형철, 시인 안도현, 소설가 김연수 세 사람이 백석의 시 낭송을 시작으로 그의 일생과 문학 세계를 얘기했다. 소설가 김연수는『일곱 해의 마지막』으로 백석을 그렸고 시인 안도현은『백석 평전』을 썼다. 흥미진진하게 시청하다가 최근 읽은 정철훈의『백석을 찾아서』를 떠올렸다.

백석은 감성과 열정과 지성을 갖춘 아름다운 청년이었다. 백석은 내게 '연애하는 남자'로 생각된다. 그에게 결혼은 어울리지 않았다. 너무 열정적이어서 그의 사랑은 탐색이 없었다. 첫눈에 반하면 구혼으로 직진했다. 세 번의 결혼을 하고 종종 사랑을 했는데, 그게 묘하게 어울렸다. 누구의 남자도 아닌, 그냥 백석이었다.

그와 동거했던 자야는 평생 백석이 자신을 향한 시를 썼다고 생각했다. 그녀의 믿음은 신앙이 되고 종교가 되어 그만 진실이 되고 말았다. 전 재산 천억 원을 백석을 위해 절에 기증하는 자야의 사랑을 누가 의심하겠는가. 그녀가 믿으니 모두 그렇게 믿었다. 그래서 오늘날 '아름다운 나타샤'는 자야가 되고 '가난한 나'는 백석이 되어 눈길 푹푹 빠지는 산속에서 당나귀는 지금도 응앙응앙 울어대는 것이다.

백석은 1912년에 평안남도에서 태어났다. 그의 모친은 기녀 출신이었고 집안은 가난했다. 명석한 그는 부친의 지인인 조선일보 사주 방응모의 도움으로 일본 유학을 갔다. 그는 언어에 출중해서 외국어에 뛰어난 재능을 보였다. 영어에 능통했고 독일어, 러시아어, 프랑스어, 중국어도 수준급이었다고 한다. 잘생긴 데다 명석하기까지 한 남자가 감성과 열정까지 갖췄으니 조용하게 살 수 없었으리라. 내가 좋아하는 그의 詩 「흰 바람벽이 있어」를 보자.

오늘 저녁 이 좁다란 방의 흰 바람벽에
어쩐지 쓸쓸한 것만이 오고간다
이 흰 바람벽에
희미한 십오촉(十五燭) 전등이 지치운 불빛을 내어 던지고
때글은 낡은 무명 샤쯔가 어두운 그림자를 쉬이고
그리고 또 달디단 따끈한 감주나 한잔 먹고 싶다고 생각하는

내 가지가지 외로운 생각이 헤매인다

그런데 이것은 또 어인 일인가

이 흰 바람벽에

내 가난한 늙은 어머니가 있다

내 가난한 늙은 어머니가

이렇게 시퍼러둥둥하니 추운 날인데 차디찬 물에 손은 담그고

무이며 배추를 씻고 있다

또 내 사랑하는 사람이 있다

내 사랑하는 어여쁜 사람이

어느 먼 앞대 조용한 개포가의 나즈막한 집에서

그의 지아비와 마주앉어 대구국을 끓여 놓고 저녁을 먹는다

벌써 어린것도 생겨서 옆에 끼고 저녁을 먹는다

그런데 또 이즈막하야 어느사이엔가

이 흰 바람벽엔

내 쓸쓸한 얼굴을 처다보며

이러한 글자들이 지나간다

— 나는 이 세상에서 가난하고 외롭고 높고 쓸쓸하니 살어가도
록 태어났다

그리고 이 세상을 살어가는데

내 가슴은 너무도 많이 뜨거운 것으로 호젓한 것으로 사랑으로
슬픔으로 가득찬다

그리고 이번에는 나를 위로하는 듯이 나를 울력하는 듯이

눈질을 하며 주먹질을 하며 이런 글자들이 지나간다
── 하늘이 이 세상을 내일 적에 그가 가장 귀해하고 사랑하는
것들은 모두 가난하고 외롭고 높고 쓸쓸하니 그리고 언제나 넘
치는 사랑과 슬픔 속에 살도록 만드신 것이다
초생달과 바구지 꽃과 짝새와 당나귀가 그러하듯이
그리고 또 '프랑시스 쨈'과 '도연명'과 '라이넬 마리아 릴케'가
그러하듯이

─「흰 바람벽이 있어」 전문

이 시, 윤동주의 「별 헤는 밤」과 닮지 않았는가. 윤동주는 백석
을 좋아했고 그의 영향을 받았다. 이 조선의 절창이라는 시인이 북
한에 잔류했다는 것으로 한동안 우리는 그를 만나지 못했다. 저 시
에서 '지아비와 앉아 저녁을 먹는 내 사랑하는 여인'은 백석의 상처
다. 백석이 유학에서 돌아와 조선일보 기자로 있을 때 첫눈에 반한
여자다. 그녀는 통영 여자였고 그녀에게 구혼하기 위해 친구와 함
께 갔으나 친구는 그를 배신했다. 백석의 모친이 기생 출신이라고
폭로하고 그녀와 결혼했다.

그가 25세 때 기자 생활을 그만두고 영어교사로 함흥의 영생고
보로 출근하던 날의 풍경이다. 그의 제자 김희모가 그날을 회고하
며 쓴 글이다. "양복차림의 한 모던보이가 교문으로 성큼성큼 들어
오고 있었다. (중략) 모발은 모두 뒤로 넘어가는 올백형에다 유난히
광택이 나는 가죽구두는 유행의 최첨단을 달리는 멋쟁이였다. 인구

가 고작 5만밖에 안 되는 함흥에서 좀처럼 보기 힘든 모습이었으므로 4학년이었던 우리는 창틀에 매달려 일제히 그 모던보이에게 우우 함성을 보내었던 것이다."

키가 180이 넘는 준수한 외모에 시인의 감성과 학식까지 갖춘 그를 많은 제자들이 기억했다.

그는 창씨개명과 전향을 거부하고 만주로 갔다. 해방이 되자 평양으로 돌아와 조만식 선생의 비서로 일을 했다. 그는 일체 정치적 활동을 하지 않았고 주로 러시아 문학 번역 일을 했다. 그는 사상과 함께 문학적 요소도 중요시하자는 주장을 했다가 숙청당했다. 1959년에 협동농장으로 쫓겨났고 문단에서 사라졌다. 문득 그를 굳이 월북 시인으로 분류했어야 했나 하는 생각이 든다. 수용소로 끌려가지는 않았지만, 북한에서 조명도 받지 못했다. 그의 죽음이 영양실조라는 말이 있다. 1996년에 사망했으니 '고난의 행군' 때가 맞지 싶다.

숙청 전 백석의 마지막 글은 『아동문학』에 실린 평론 「이소프와 그의 우화」이다. 그는 숨을 거둘 때까지 단 한 편의 글도 발표하지 않았다. 유언은 "지금까지 내가 쓴 모든 원고를 불태워라"였다. 그래서였던가. 그의 장남 화제 씨가 송준에게 보낸 편지를 보면 서글프다. "아버지가 생존 시 남겼던 번역 소설 원고도 휴지로 다 써 버렸다."

『백석을 찾아서』는 작가 정철훈의 백석 기행이다. 이 책은 백석

의 흔적을 찾는 탐사이자 그의 문학세계를 여행하는 르포이다. 정
철훈은 내가 처음 문학뉴스에 쓴 글 『소설 김알렉산드라』의 작가이
다. 러시아 전문가에 전기 작가며 시인이며 소설가다. 그를 만난 적
은 없지만 그가 친숙한 것은 책의 힘이다.

『백석을 찾아서』, 정철훈 지음, 삼인, 2019.

2부

시대의 경계를 읽다

린드그렌과 최말자 할머니의 공통점

『우리가 이토록 작고 외롭지 않다면』

스웨덴의 아스트리드 린드그렌(Astrid Lindgren, 1907~2002)은 우리에게 『말괄량이 삐삐』로 알려진 작가다. 전기 작가 엔스 안데르센(Jens Andersen)이 쓴 린드그렌의 평전『우리가 이토록 작고 외롭지 않다면』을 읽다가 문득 최말자 할머니를 생각했다. 그녀는 18세 때 성폭력에 저항하다 남자의 혀를 물어 유죄판결을 받았다. 당시 판사는 그녀에게 가해자와 결혼할 것을 종용했다. 여자가 유치장에 있는 동안 남자는 그녀의 집에서 행패를 부리고 합의금도 받아갔다. 56년이 지나 할머니가 된 그녀는 정당방위를 인정해달라며 재심을 청구했다. 나는 재판보다 그녀가 의식화된 과정을 주목했는데, 사건 당시 학력이 초등학교 졸업이었다. 63세가 되어서야 중고등과정을 공부하고 다시 방통대에 진학했다. 75세의 나이에 논리적으로 무장하고 세상과 투쟁을 선포한 것이다.

린드그렌은 1907년 스웨덴 남부 시골의 농가에서 태어났다. 외향적인 성격으로 머리를 짧게 자르고 남자 옷을 즐겨 입었다. 명랑하고 상상력이 풍부했으며 독립적인 성격이었다. 글짓기를 잘했고 그녀의 글은 유머가 가득했다.

13세가 되던 해 지역신문에 그녀의 에세이가 실렸다. 사주이자 편집장은 그녀가 16세 되던 해 수습기자로 채용했다. 그는 그녀보다 30세가 많았고 두 번째 결혼에 일곱 명의 아이를 둔 유부남이었다. 자기 딸 또래인 이 수습기자를 노련한 솜씨로 유혹했다. 린드그렌은 18세가 되던 해 임신했지만, 피임도 유산도 통하지 않던 시절이었다. 타지로 도망가서 출산하거나 마을에 남아 손가락질을 받으며 살아야 했다.

당시 스웨덴의 한 정치가가 여성들에게 피임기구 사용을 권하다 구속되었다. 그는 "사랑받지 못하는 아이보다는 아이 없는 사랑이 낫다"라고 연설했다. 그의 연설은 사회적 파장과 남자들의 분노를 샀다. 당시 미혼모의 사회적 차별이 어땠을지 상상이 될 것이다. 세상은 철저한 남성 중심의 사회였다.

그녀는 혼자 덴마크에 가서 아들을 출산했다. 남자는 두 번째 이혼을 한 후 그녀에게 청혼했지만, 그녀는 단호히 거절했다. 그가 그녀를 구속하고 통제하려 했기 때문이었다. 미혼모에 대한 사회의 시선을 그녀는 두려워하지 않았다. 아기를 위탁모에 맡기고 비서 일을 했다.

24세가 되던 해 비로소 자신을 이해하는 남자를 만나 결혼했다. 그녀는 자녀들에게 창작동화를 들려주었는데 37세 때 발을 다쳐 누워서 글을 썼다. 그 책이 『말괄량이 삐삐』였다. 동화책은 전세계로 퍼져나갔고 그녀는 인기작가가 되었다.

린드그렌은 우울증과 정서불안을 앓고 있었다. 그녀는 머리를 짧게 자르고 넥타이와 바지 차림으로 자신의 몸에 관한 결정권을 주장했지만, 고독과 자괴감에서 헤어 나오지 못한 채 "삶이란 속속들이 썩어 빠졌다"라고 읊조렸다. 가족도 버린 그녀를 도운 건 여자들이었다. 스웨덴 최초의 여성 변호사인 에바 안덴은 린드그렌 모자를 괴롭힌 생부와 소송을 했다. 페미니스트 잡지의 편집자이자 의사였던 아다 닐손과 코펜하겐 위탁모 그룹의 일원이던 마리 스테벤스는 그녀의 지지자가 되어 아들을 키워주었다. 여자들은 그녀의 의식화 과정에 큰 영향을 미쳤다.

린드그렌은 평생 어린이, 미혼모, 여성 문제에 목소리를 높였다. 스웨덴 반핵 운동과 동물복지법 논쟁을 촉발시켰고 아동 포르노, 청년 주택 문제 등에도 목소리를 냈다. 사회민주당의 과세 정책을 비판해서 44년 만의 스웨덴 정권 교체에도 공헌했다. 사회의 통념에 고개를 숙이고 자신을 통제하는 늙은 남자와 가정을 꾸렸으면 오늘날의 그녀는 없었을 것이다.

그녀는 국제 안데르센상 대상, 스웨덴 한림원 금상 등을 받았다. "나는 여성들을 위해 적극적으로 싸울 각오가 되어있습니다. 현실적으로 세상에 존재하는 것은 남성이란 단 하나의 성뿐이기 때문이지요." 가부장적인 사회와 보수적인 풍토 속에서 미혼모라고 손가락질받으며 그녀는 세상에 맞서 싸웠다.

　그녀의 가치관은 세상의 모든 소수자를 지지한다. "그 누구도 혼자 남아 슬피 울면서 두려움에 떨어서는 안 된다"는 그녀의 말은 시대와 국경을 넘어 세상의 작고 소외된 존재들에게 전하는 용기와 연대의 메시지다. 그녀는 남녀양성평등을 뛰어넘어 작고 외로운 존재들에게도 눈을 돌렸다. 『우리가 이토록 작고 외롭지 않다면』이라는 한글판 제목이 린드그렌의 삶과 더없이 어울린다.

　린드그렌과 최말자 할머니의 공통점은 자발적인 의식화였다. 최말자 할머니의 재심은 기각되었다. 법원 앞에서 1인 시위를 하던 할머니의 기사를 보았다. 린드그렌이 살아있었다면 무슨 말을 했을까?

『우리가 이토록 작고 외롭지 않다면』, 옌스 안데르센 지음, 김경희 옮김, 창비, 2020. 원제 *Denne dag, et liv*

우리는 쥐가 아니다

『쥐』

『쥐(Maus)』는 퓰리처상을 받은 유일한 만화책이다. 이 만화는 작가 아트 슈피겔만(Art Spieglman)이 아버지와 나눈 대화를 14년간 그린 것이다. 만화라기보다 장편 소설에 가깝다. 나는 『쥐』를 1, 2권 합본 개정판으로 읽었다. 이 책의 형식은 이중화법으로 아버지의 회고록과 아들의 자서전이 동시에 펼쳐진다.

아우슈비츠의 생존자인 아버지는 의심 많고 인색하고 고약한 유대인 늙은이다. 아들은 아버지에게 평생 치를 떨며 살아왔고 히피 생활의 여파로 정신병원에 입원한 전력이 있는 만화가다. 그의 어머니 또한 아우슈비츠 생존자였지만 자살로 생을 마감했다.

어느 날 아버지를 찾아온 아들이 아버지에게 질문을 시작하면서 이야기는 시작된다. 부자의 갈등은 세대 간의 격차를 넘어 괴리로 그려진다. 이것은 같은 유대인에게서도 보인다. 수용소를 거친 유대인과 제3세계에서 전쟁을 불구경한 유대인과의 차이도 괴리에 가깝다. 생존자가 굶주림의 경험을 얘기하면 우리도 허리를 조르며 배급을 받았다는 식이다. 한국전쟁 이후 〈국제시장〉 류의 고생담을 늘어놓는 어른들에게 그만 좀 하라고 짜증을 내는 자식들과 진배 없다. 경험은 결국, 당사자가 감내해야 할 고통이다.

  나는 문득 한나 아렌트의 『파리아로서의 유대인』을 생각한다. 그녀는 아우슈비츠 생존자들이 중산층 이상으로 성공하고 잘 살다가 갑자기 자살하는 것에 대한 분석 글을 썼다. 차별받고 억압당하는 자 '파리아(pariah)'들이 죽음에 이르는 원인이다. 인간에 대한 믿음이 사라지는 것. 어제 당신을 향해 웃던 친구들, 친절한 이웃들이 갑자기 등을 돌리는 것. 무너진 세계에서 죽음은 절망보다 가볍다는 것.
  그러나 이 만화 『쥐』의 아버지는 자살이 아니라 밤마다 악몽으로 비명을 지르고 아무도 믿지 않으면서 수용소에서 생존하는 방식으로 현재를 살고 있다. 그런 아버지를 경멸하고 지겨워하면서 아들은 담담하게 그림을 그리고 글을 쓴다. 아버지가 홀로코스트 극한의 상황에서 살아남는 통곡의 이야기라면 아들의 이야기는 과거를 벗어나지 못한 구태의연한 세대와의 가치관이 부딪히고 깨어지는 일상의 이야기다. 이 만화를 그리면서 서서히 아들은 아버지를 이해하기 시작한다.

사실적이고 객관적인 이 만화에서 지옥의 홀로코스트는 담담하게 그려진다. 이웃들은 유대인을 밀고하고 재산을 빼앗고 배신에 배신을 거듭한다. 또 게토에서 유대인 가족들은 생존을 위해 늙은 부모를 폐기하듯 수용소로 넘긴다. 가스실의 풍경은 어린아이가 바닥에 깔리고 그 위에 노인이 깔리고 약한 자가 깔리고 제일 높은 곳에 강자가 문을 긁다 시체로 남는 '힘'의 세계를 여실히 보여준다. 친구도 형제도 가족도 소용없고 생존본능의 흔적만이 남아있다.

　　이 책은 인간의 비열함과 잔인함에 대한 보고서로 읽힌다. 독일의 나치뿐만이 아니라 동유럽의 여러 국가 인종들이 유대인 사냥에 앞장서고 같은 유대인끼리 고발하고 살해하는 장면을 여과 없이 기록했다. 특히 아우슈비츠에서 유대인 간수들은 나치보다 잔인하고 비열하다. 뒷골을 때리는 장면은 이렇게 살아남은 아버지가 아들이 한 흑인을 차에 태우자 폴란드어로 격렬하게 불평하는 대목이다.

　　흑인은 도둑놈이며 비열하다는 인종편견을 거침없이 드러내며 불가촉천민으로 취급한다. 나치의 인종차별로 죽음에서 돌아온 아버지가 나치와 다름없는 백인 우월의 편견을 드러내자 아들은 분노가 폭발한다. 그러나 아버지의 편견은 지극히 사적인 경험에서 나온 것이었다. 수용소에서 석방되어 스웨덴을 거쳐 미국으로 들어왔을 때 그는 흑인들에게 강도를 당했다. 아들의 반박에도 불구하고 아버지는 '우물에 독 풀기' 식의 언행을 멈추지 않는다. 그런데 이것이 단순히 아버지만의 생각일까?

인간이 인간을 차별하고 무시하고 상대를 파멸시키는 보편성에서 우리는 자유로운가? 지지하는 당이 다르고 출신지가 다르고 사는 동네가 다르고 생각이 다르다고 해서 우리는 상대를 박멸해야 할 '쥐'로 여기고 있지 않은가?

1930년대 독일의 신문《포메라니아》기사를 보자.

미키 마우스는 지금까지 세상에 나온 것들 중에서 가장 저열한 모델이다. 독립심 강하며 명예를 아는, 건전한 정서를 지닌 젊은이라면 동물 세계 최대의 보균자인 이 더럽고 오물로 뒤덮인 동물이 동물의 이상형이 될 수 없음을 깨달을 것이다. 인류에 대한 유대인의 야만 행위를 타도하자! 미키마우스를 타도하자! 철십자를 가슴에 꽂아라!

유대인을 인종의 쥐새끼로, 박멸해야 할 대상으로 선동하고 있다. 전 국민의 동조를 얻기 위해 언론과 나치가 합세해서 이데올로기를 창출한다. 심지어 다른 국가에도 전염병처럼 퍼져 나간다.

홀로코스트는 고대 그리스에서 신에게 동물을 태워서 제물로 바치는 것을 의미한다. 유대인은 인간이 아닌 박멸대상의 쥐가 되었다. 개인의 경험이 없어도 집단적 선동은 최면성이 높다. 어떤 구호를 외치든 궁극의 목적은 권력이다. 우리는 우리도 모르게 어떤 대상을 '쥐'로 취급하고 있는 것은 아닌가. 갈등을 조장하는 '보이지 않는 손'에 휘둘리지 않는 방법은 깨어있는 수밖에 없다.

이 책은 '그래픽 노블'이라는 만화의 영역을 확장했고 구겐하임상, 미국의 퓰리처상, 전미도서비평가협회상 등을 수상했다. 나는 이 책의 제목에서 미키 마우스도 독일의 선동도 아닌 프란츠 카프카의 소설 『가수 요제피네 혹은 쥐의 족속』을 연상했다. 그도 유대인이었다.

『쥐』, 아트 슈피겔만 지음, 권희종·권희섭 옮김, 아름드리미디어, 2014. 원제 *Maus*

당신은 즐기지만 나는 소망한다

『운명의 날』

1755년 11월 1일 포르투갈의 리스본은 대지진으로 생지옥이 되었다. 건물은 무너지고 시가지는 불탔으며 해일이 사람들을 덮쳤다. 리스본의 25만 인구 중 10만이 죽었다는 소문이 돌았다. 충격적인 소식을 들은 프랑스의 볼테르는 친구와 지인들에게 편지를 보냈다.

이 수많은 희생자를 보라. 그대 감히 말할 수 있는가? 하느님이 내린 천벌이요, 죽어 마땅한 죄인들이라고 자유와 자비와 정의의 하느님이 어떻게 우리의 믿음을 저버리시는가?

– 볼테르의 편지 중

편지를 받은 루소는 냉소적인 답장을 보냈다. 나는 당신과 근본적으로 견해가 다르다며 자연재해를 사회과학적 관점에서 해석했다. 그리고 부유한 볼테르에게 무명의 가난한 루소는 냉소적인 마지막 문장을 날렸다.

당신은 즐기지만 저는 소망합니다. 그리고 소망이 모든 것을 아름답게 합니다.

니콜라스 시라디(Nicholas Shrady)의 『운명의 날』이다. 나는 "당신은 즐기지만 나는 소망한다"는 루소의 말이 이 책을 관통했다고 생각한다.

18세기 리스본에는 포르투갈의 거대한 식민지에서 들어온 막대한 부가 쌓여있었다. 하지만 그것은 어디까지나 기득권자의 몫이었다. 평민들은 가난했고 빈민 밀집 지역에 모여 부대끼며 살았다.

서민을 위한 학교도 산업시설도 없었고 그럴 필요를 느끼지도 않았다. 문맹률이 너무 높아서 경리를 쓰려면 해외에서 인력을 구해야 했다. 식민지의 금과 재화, 노예무역의 이익은 가톨릭의 사제와 왕과 귀족들의 것이었다. 신권은 강력해서 리스본은 세계에서 성당과 수도원이 가장 많았고 수도사는 인구의 10퍼센트였다. 발목에 무거운 사슬을 찬 참회 행렬들이 채찍과 사슬로 몸을 후려치며 "내 탓이오, 내 탓이오"를 외치는 풍경은 흔한 것이었다. 마녀, 유대인, 이교도와 이단주의자, 인본주의자들은 수시로 종교재판소에서 화형을 당해 성당에선 늘 살이 타는 냄새가 났다.

도망간 유대인들을 받아준 곳이 네덜란드였는데 이들은 이후 뉴욕 월가의 전설이 된다. 18세기 유럽은 데카르트의 연역법과 계몽주의, 종교개혁, 뉴턴 물리학 등 새로운 사상이 물결쳤다. 그러나 신부들은 철저하게 사상의 유입을 막아 포르투갈은 깜깜한 중세시대였다. 그리고 1755년 11월 1일은 만성절이었다.

이날의 대지진은 25분 만에 도시를 완전히 초토화했고, 시가지에서 바닷가로 도망간 사람들을 대지진의 여파인 해일이 쓸어버렸다. 신부들은 왕에게 하느님께 참회 기도를 올리라 다그쳤지만, 왕은 제정신이 아니었다. 궁전도 무너지고 간신히 살아남은 왕은 귀족들과 신하들 앞에서 울부짖었다. "하느님께서 내리신 이 형벌에 어떻게 대처해야겠는가!"

모두가 침묵할 때 한 남자가 대답했다. "죽은 사람은 묻고 산 자에게 먹을 것을 주어야 합니다." 바로 이 남자가 포르투갈 역사의 전설적인 인물 카르발류(Sebastião José de Carvalho e Melo, 1699~1782)다. 그는 평민이나 다름없는 지방 유지 출신이었으나 귀족의 딸과 결혼해서 관리가 될 수 있었다. 평민이지만 유복했던 집안에서 자라 대학에 갔으나 교회법과 훈육 위주의 교육을 싫어했다. 대학교수였던 신부들도 그의 고집과 급한 성질을 싫어했고 그는 대학을 중퇴했다. 잘생긴 외모에 열정적인 이 남자는 열 살 많은 귀족 딸과 야반도주했다. 귀족 가문에서 난리가 났지만 엎질러진 물이라 결혼을 시킬 수밖에 없었고 그는 엄청난 지참금을 받았다.

카르발류는 외교관으로 해외를 전전했다. 유럽의 과학과 새로운 사조를 보고 들었고 수완도 뛰어나 까다로운 외교 문제도 잘 해결했다. 게다가 부인이 갑자기 사망하자 더 지체 높은 귀족 딸과 재혼했다. 포르투갈의 지방 유지 출신으로 상대적으로 신분이 낮았으나 결혼을 통해 엄청난 출세 가도를 달렸던 셈이다.

지진으로 혼이 나간 왕은 그에게 전권을 위임했다. 귀족과 신부들도 위기대처능력이 없어서 그 전권 위임이 어떤 것인지 판단하지 못했다. 카르발류는 지진이 순식간에 모든 사람을 평등하게 만들었다는 것을 알고 있었다. 인류가 이루지 못했던 평등을 자연재해가 한순간에 달성했다.

그는 군인들을 이끌고 리스본에 들어가 천막을 지어 사람들을 소개했고 식량 보급소를 세웠다. 대재앙엔 기아와 전염병, 화재와 약탈이 잇따른다. 그는 엄청난 시체를 묻는 게 아니라 바다에 수장했다. 구조인력을 확보하고자 사람들을 리스본에서 도망가지 못하게 총칼로 막았다. 약탈하는 자는 교수대에서 잔인하게 처형했다. 천벌을 받은 리스본에서 신부들은 재건 대신 하느님께 참회의 기도를 올리라고 사람들을 야단쳤고 왕은 수도를 다른 곳으로 옮길 생각을 했다.

카르발류에겐 리스본을 재건하는 원대한 도시계획이 있었다. 그는 신분제도와 인종편견을 불식하고 새로운 사상을 받아들여야 한다고 생각했다. 그리고 평민들을 교육해서 새로운 인재, 신지식인으로 만들고자 했다. 그는 자유와 지식을 맛본 사람들은 그전의 세상으로 돌아가지 못한다는 걸 알고 있었다. 카르발류는 신분을 가리지 않고 능력이 있는 자는 등용했다. 평민 출신의 도시계획 전문가를 기용했고 해외의 석학들을 초빙했으며 언론과 정보를 장악했다. 귀족과 신부들과 격렬하게 부딪혔고 그의 적은 병균처럼 퍼져나갔다. 그는 모멸과 수모를 절대 잊지 않았다.

어느 날 왕이 괴한들에게 피격당하자 그는 '역모 프로젝트'에 착수했다. 막강한 귀족 가문을 자식까지 모두 처형했고 신부들을 감옥에 집어넣었다. 심지어 가톨릭의 성자로 불리는 말라그리다 신부가 감옥에서 미치자 그의 낙서를 음담패설로 몰아 처형해버렸다. 20년에 걸친 그의 리스본 재건은 적들을 살해하면서 나아가는 공포정치였다.

바티칸에서 난리가 났지만, 그는 교황에게 국교를 신교로 바꾸고 후원금을 끊겠다고 협박했다. 왕과 귀족, 신부들이 기득권을 즐기는 사이 인간적 삶을 소망하던 서민들을 위해 그는 학교를 세웠고 산업시설과 경제기반을 마련했으며 리스본을 아름답게 재건했다. 과학과 철학, 역사 분야의 책들이 쏟아졌고 인종차별을 법으로 금지해서 노예제를 철폐했다.

포르투갈의 소외 계층, 상인과 무역업자, 자유사상가, 군인, 소작농들은 모두 그를 지지했다. 카르발류는 과학적이고 합리적 이성을 가진 사람이었지만 자신을 방해하는 자는 가차없이 응징했다. 지진이 신의 형벌이 아니라 자연재앙이라고 생각해서 '폼발 조사'

라는 13개의 설문지를 발간해 포르투갈 전역의 가톨릭 교구에 배포했다. "몇 시에 지진이 시작되었고 얼마나 오래 지속되었는가?"로 시작하는 이 설문지는 지진 현상과 그 영향을 과학적인 관점으로 본 것이어서 현대 지진학의 토대로 역사에 남았다. 세계의 신앙과 이성 모두 리스본을 회생 불가능하다고 했지만, 카르발류는 재건했다. 리스본의 넓은 격자식 도로와 아름답고 튼튼한 건물들의 거리가 바이샤 지구다.

모든 건물은 4층 높이로 중정을 두어 밝은 빛이 들어오게 했고 높이와 넓이에 엄격했다. 자연재해에 끄떡없도록 지진 내구성을 가진 건축법을 제정했고 아름답게 건축했다. 후에 프랑스의 파리 개조 계획과 스페인의 바르셀로나 도시계획도 리스본을 참조했다. 정적들은 그를 제거하려 했지만, 꼬투리 잡을 만한 것이 없었다.

그는 청렴했고 정직했고 부지런했으며 자신의 안위를 구하지 않았다. 그러나 그에게 모든 것을 위임하고 마음 편하게 살던 주제 1세 왕이 죽고 그의 딸 마리아 1세가 즉위하자 그는 나락으로 떨어졌다. 아버지를 마음대로 휘두르고 가톨릭을 박해하던 그를 여왕은 용서할 수 없었다. 신앙심이 깊었던 그녀는 다시 중세시대로 돌아갔고 카르발류는 유배지에서 죽었다. 이 멍청한 여왕은 통치권을 성직자들에게 넘기고 프랑스혁명으로 공포에 떨어야 했다.

나폴레옹이 침략하자 왕실은 식민지로 달아났고 다시 돌아왔을 때 포르투갈은 초토화되었다. 국민은 기근으로 고통받고 무장봉기는 수시로 일어났으며 무한한 재원이었던 식민지 브라질은 독립을 선언했다. 국제적으로 고립되어 끝없는 내전과 가난으로 평민들은 더없이 불행했다. 사람들은 위기 대처의 천재 카르발류를 그리워했다. 유배지에 버려진 카르발류의 시신은 리스본의 화려한 교회 묘지로 이장되었다. 한참 세월이 흐른 1934년에야 그는 비로소 영웅적인 정치인으로 추앙되었다. 총리직에서 쫓겨나 치욕 속에 생을 마감했지만, 그는 포르투갈의 영웅이었다.

생각이 많아지는 책이다. 루소의 말은 카르발류가 기득권자들에게 하고 싶었던 말이었을 것이다. "당신은 즐기지만 저는 소망합니다. 그리고 소망이 모든 것을 아름답게 합니다."

『운명의 날』, 니콜라스 시라디 지음, 강경이 옮김, 에코의서재, 2009.
원제 *Last Day - Wrath, Ruin, and Reason in the Great Lisbon Earthquake of 1755*

기묘하게 일하시는 하느님

『그곳에 늘 그가 있었다』

───────────────

　며칠 책 한 권에 매달려있다. 정확히는 한 사람의 진술을 어디까지 진실로 볼 것인가로 고민했다. 내가 끊임없이 의심하는 인간이라는 것에 한숨을 쉬었다. 책의 마지막 장을 덮으면서 의문을 적정수준에서 풀었다.

　『그곳에 늘 그가 있었다』는 민주화운동의 대부 또는 민주화운동의 기획자로 불리는 김정남과 서울대 법학전문대학원 한인섭 교수와의 대담을 책으로 엮은 것이다. 이 책은 한 교수가 묻고 김정남 선생이 대답하는 형식이다. 수많은 민주투사가 거론되고 민주화운동의 야사가 펼쳐진다.

　도대체 김정남이 누구인가? 대한민국의 민주화운동 방향을 설정하고 지도부 결성에 핵심역할을 한 사람. 천주교 정의구현사제단의 모든 성명서를 작성하고 지학순 주교의 '양심선언문'을 써서 종교계에 민주화의 불씨를 당긴 사람, 김지하를 구명하고 수배자들에게 자금과 은신처를 제공한 사람.

　구속 인사들의 변론자료를 작성하고 인권변호사를 선임하고, 감옥에 간힌 민주투사들을 수발하고, 박종철 고문치사 사건을 폭로해서 6월 항쟁을 촉발한 사람, 광범위한 인간관계로 해외 네트워크는 물론 교도소의 교도관들과도 친분을 쌓아 투사들의 전달책이 되었던 사람. 민주화운동의 수많은 문건을 실제 집필하고도 법망에 걸려들거나 노출되지 않았던 사람….

　그만 골치가 아파졌다. 대한민국 중앙정보부가 그렇게 만만한 곳이 아니지 않았는가. 고문 끝에 장사 없다고 그의 이름이 노출되지 않았을 리가 없다는 생각이 들었다. 가정을 가진 그가 평생 제대로 된 직업을 가져본 적이 없었다는 것도 의문점이었다.

　그의 이름을 여러 번 들은 적은 있다. 그것도 김영삼 정부 들어서 살짝 노출되긴 했지만, 언론의 조명을 받은 적도 없다. 인터뷰어의 질문이 인터뷰이의 대답을 제대로 끌어내고 있는 건지 몇 번을 검토했다. 부드러우면서 날카로운 질문들이 꽤 있었다.

　우선 김정남 선생의 약력을 보자.

　1942년 대전에서 태어나 대전 중 · 고교를 졸업. 1961년 서울대 문리대 정치학과에 입학해서 학내《새 세대》기자로 활동. 1963년 4 · 19 혁명 3주년을 맞아 제4선언문을 작성. 1964년 한일협정 반대 6·3학생운동과 불꽃회 사건으로 구속, 이듬해 선고유예로 석방. 1966년 졸업 후 공화당 국회의원 오상직 보좌 활동 시작. 1968년 당시 소장했던 자신의 모택동과 레닌의 책 등이 '서울사대 독서회 사건'에 연루되어 수배. 1969년 리어카 채소 장사 시작, 친구 신흥범의 동생과 결혼, 장녀 출생. 1970년 위 사건으로 구속, 전병용 교도관과 친분 시작, 6개월간 복역 후 이듬해 출소. 여기까지가 그의 20대까지 일어난 일들이다. 이후 그는 구속된 적도 이름이 거론된 적도 없다. 출소 후 국회의원 신상우의 비공식 보좌 활동을 하면서 문건 작성을 했다. 그리고 천주교와 그의 협업이 시작된다.

그가 거론한 인물들이 곧 대한민국의 역사였다. 1964년 인혁당 사건에 기소할 사유가 없다고 이용훈 부장검사 등 공안 검사들이 사표를 제출하자 도예종 등 피고들은 3년에서 1년 정도의 가벼운 형량을 받았다. 당시 검찰총장은 박통의 참모 출신인 36세의 신직수였다. 신직수의 반격 시도는 1974년 '인혁당 재건위 사건'이었는데 그때 그는 중앙정보부장이었다. 검찰은 그의 세력들로 채워져 있었고 재판은 일사천리로 전개되어 도예종 등 8명이 사형선고를 받아 집행되었다. 그 신직수를 가장 존경한다고 말한 인물이 김기춘이다. 김정남은 정의구현사제단과 함께 인혁당 유족들의 지원과 문건 작성을 해냈다. 그는 1970년대 민주화운동의 특징은 하느님의 역사 개입이라고 했다.

천주교의 정의구현사제단을 말하려면 '제2차 바티칸 공의회'를 말하지 않을 수 없다. 60년대 중반 로마에서 개최된 제2차 바티칸 공의회는 가톨릭의 썩은 부분을 도려내는 혁명수준이었다. 교황을 권력이 아닌 사목자로 돌리는 대대적인 개혁이었다. 그때 로마 유학을 하고 돌아온 이가 지학순 주교였다. 국내에서 순교자의 후예들이 사회 활동 없이 조용히 신앙으로 살아왔다면 해외 유학파인 지학순 주교는 제2차 공의회의 지침에 준하는 사목 지침을 만들어 돌렸다. 해외 교류 사업도 활발했고 강원도 수재 때는 전 세계를 다니며 기부금을 받아왔다. 신용협동조합 운동을 전개해서 탄광촌과 농촌에 재해대책사업을 조직적으로 꾸려나갔다.

　지학순 주교는 사제보다는 혁명가의 성격이 짙었던 것 같다. 1965년 그는 원주교구장이 되었는데 그때부터 김지하 등 많은 이들이 원주로 내려갔다. 사회변혁이 꿈틀거리면서 원주가 대한민국 민주화의 산실로 탄생하는 순간이었다. 지학순 주교는 원주교구에서 '부정부패 척결과 정의'를 내세우며 시위를 벌였다. 이때 전국을 통틀어 100만 명에 불과하던 천주교 신자가 200만 명으로 늘어났다. 작가 박완서도 그때 천주교 신자가 된 것으로 유명하다. 그러나 정작 천주교의 손이었던 김정남은 비신자였다가 한참 후에 신자가 된다.

　김지하, 박재일, 장일순, 김영주 등이 활동했고 수배자들이 소도처럼 원주로 숨어들었다. 그리고 흥국탄광의 광부로 변신하거나 농사꾼으로 변장했다. 김정남은 지학순 주교의 손이어서 대외적으로 나가는 지학순 주교의 모든 문서를 작성했다. 천주교 정의구현

사제단과 일했고 김수환 추기경과 만나 일본의 송영준과 연결되어 일본 언론에 민주투사들의 행적을 게재했다.

1974년 최종길 교수가 고문 끝에 사망했는데, 처음 들여온 고문 기계 오작동으로 심장이 파열되어 사망했다는 소문이 돌았다. 그 사건을 사제단 이름으로 폭로한 이도 김정남이었다. 장기표, 조영래의 수배 생활을 천주교에서 도왔다. 1975년에는 민주회복국민회의 이름으로 양심선언 운동을 제창해서 많은 이들이 호응했다.

인혁당 사건의 진상 조사 사제단 성명서도 그의 작품이었다. 조영래의 『전태일 평전』도 일본으로 보내 출간했고 김지하 구명 운동도 조직적으로 했다. 정보부 요원들이 원주 김지하의 집을 쓸고 간 후 그 집을 찾아가 시 「타는 목마름으로」의 원고를 찾아내 일본에 보냈고, 그의 변론을 작성했다. 부산 미문화원 방화사건과 서울 미문화원 점거사건 변론요지서를 작성했고 김영삼의 「국민에게 드리는 글」, 「단식에 즈음하여」도 작성했다. 민주화 투쟁에 그의 손길이 닿지 않는 부분이 없었다.

천주교의 정보수집 능력이 얼마나 뛰어났냐면 광주 5·18 사건이 일어날 것을 미리 알고 김수환 추기경이 이희성 계엄사령관을 만나 작전을 취소할 것을 요구했지만 거절당했다고 한다. '박종철 고문치사 사건'은 이부영의 옥중편지를 받고 김정남이 사제단의 이름으로 「박종철 군 고문치사 사건의 진상이 조작되었다」라는 성명서를 발표했다. 그는 이부영의 도피 방조와 범인은닉 혐의로 처음 수배되었으나, 그해 6·29 선언 즈음하여 수배에서 해제된다.

인터뷰어인 한 교수는 생활비에 대해 질문을 했다. 그는 신상우 의원과 지학순 주교에게 매달 요즘 돈으로 300만 원을 받았다고 했다. 그 돈으로 아이들 교육과 가정 살림을 꾸려나갔다고 했다. 그는 항간의 소문에 중앙정보부에서 돈을 받는다는 얘기가 있는데 아니라고 부인했다. 모두가 그를 보호했고 운도 좋았다.

그가 해외로 보낸 수많은 자료가 언론에 떠들썩하게 게재되면서 많은 해외 지식인들이 당시 대한민국 정부에 등을 돌렸다. 누가 보냈는지 중앙정보부에서 철저하게 파고들었지만 끝내 알아낼 수 없었다고 한다. 90년대는 김영삼 대통령 밑에서 청와대 1년을 근무했고 다시 재야로 나와서 전교조 해직교사 복직, 교육개혁 위원회 구성, 월드컵 유치, 조선총독부 건물 철거 등을 주도했다. 그는 시대의 증언자로 여러 책을 집필했다.

이 책에 수많은 민주투사가 거론된다. 변절했거나 형장의 이슬로 사라졌거나 권력의 자리로 올라갔거나 아직도 생생하게 숨 쉬고 있는 사람들. 그는 자기로 인해 해직당하고 고문당하고 고초를 겪은 모든 이들에게 사과했다. 김지하를 변론하다 피고석으로 내려앉아 구속된 강신옥 변호사를 생각한다. 1976년 크리스마스이브 전날 재판정에서 김지하의 시 「타는 목마름으로」를 낭독하던 홍성우 변호사도 생각한다. 김정남과 그들이 없었다면 그는 사형 언도를 받았을 것이란 생각이 든다. 지독한 고문으로 모양이 달라진 그의 얼굴과 그의 변절에 울었던 나의 밤을 생각한다. 이제 하느님은 대한민국의 역사를 어떻게 준비하고 계시는가? 이 책에서 가장 강력하게 기억에 남았던 인터뷰어 한인섭 교수의 말이다.

현대사를 보면서 한 사람이 신화적으로 위대하다, 이런 생각은 다 접고 특정한 시점에서 했던 특정한 활동에 대하여 개별 평가를 해야 한다.

이 책은 691쪽의 상당한 분량이다. 민주화운동의 기획자라고 불리는 김정남을 떠나서 대한민국의 현대사와 민주 투쟁사를 같이 읽기에 더없이 좋은 책이다. 판단은 각자의 몫에 맡긴다.

『그곳에 늘 그가 있었다』, 김정남·한인섭 지음, 창비, 2020.

흑인은 존재하지 않는다

『인종차별주의자와 대화하는 법』

미국 작가 필립 로스의 소설 『휴먼 스테인(The Human Stain)』을 보면 역설적인 장면이 나온다. 흑인 부부에게서 다른 자식들과 달리 백인의 피부를 한 아이가 태어난다. 그 옛날 할머니를 성폭행한 백인 농장주의 멜라닌 색소 유전자가 발현된 것이다. 그는 흑인 가족을 보고 놀란 애인이 울면서 도망간 후 가족을 버린다. 유대인 행세를 하며 대학교수까지 되었지만 잘못 쓴 단어로 인종차별주의자로 몰린다. 강의 중에 흑인 학생을 유령(Spooks)이라고 했는데 그 단어의 다른 뜻은 '검둥이'였다. 결국, 진짜 흑인인 그는 대학에서 퇴출당한다. 그러나 자신이 흑인임을 결코 밝히지 못한다.

우리가 알고 있는 영국 작가 애거서 크리스티 소설 『열 꼬마 인디언(Ten Little Indians)』의 원제목은 『열 꼬마 검둥이(Ten Little Niggers)』다. 1939년에 출간된 소설은 1963년까지 '검둥이'로 쓰이다 그 후 '인디언'으로 바뀌어 출간되었다.

미국의 전 대통령 트럼프와 기자들은 코로나바이러스를 '중국인 바이러스', '중국 바이러스'라고 불렀다. 또 가장 인종차별적인 욕설인 '쿵 플루(Kung Flu)'라고도 불렀다. 사람들이 그의 언어선택을 지적하자 그는 그게 '중국에서 왔기 때문'이라고 했다. 그해 중국계와 한국계 미국인에 대한 공격이 수천 건씩 발생했다.

유전학과 역학을 연구하는 과학자들은 이렇게 말한다. 많은 사망자를 냈던 과거 스페인 독감의 명칭이 '스페인'으로 붙은 이유는 스페인이 발생지여서가 아니라, 유럽에서 유일하게 언론통제를 받지 않아 실시간으로 보도되었기 때문이며 아직도 원인이 밝혀지지 않았는데 프랑스, 그리고 캔자스의 군부대에서 시작되었을 거란 가설이 유력하다. 코로나바이러스도 중국 우한에서 처음 확인된 것이지 정확히 어디서 발생했는지 알 수 없다. 박쥐에 있던 바이러스가 어떤 원인으로 종의 장벽을 넘어 인간에게 전파되어 인수공통전염병이 된 것으로 추측되고 있을 뿐이다. 전염병은 이처럼 인종과 사실 무관하지만, 인종차별과도 무관하지는 않다.

영국은 코로나로 사망한 흑인의 사망자 수가 백인의 두 배이고 미국 시카고는 인구의 3분의 1이 흑인인데 사망자의 4분의 3가량이 흑인이었다. 뉴욕도 코로나 입원환자가 백인과 비교해 히스패닉이나 라틴계가 두 배 가까이 높았다. 대부분 백인 유럽 혈통인 사람들보다 현저히 높은 위험에 노출된 사람이었던 거지 발병률이 생물학적 인종 우열의 증거라고 할 수 없다. 17세기 이후 유럽 학자들은 인류를 범주화하기 시작해서 63가지의 인종으로 분류했다. 하지만 이것부터가 식민지를 확장하며 주민들을 노예로 부리던 유럽인들의 자기중심적 편견에서 나온 것이었다.

『인종차별주의자와 대화하는 법』은 유전학자 애덤 러더퍼드 (Adam Rutherford)가 쓴 책이다. 유전에 대한 최초의 언급은 유대인의 『탈무드』이다. 유대인은 사내아이가 태어나면 할례를 하는데 다른 남자 가족이 할례를 받다가 죽은 사례가 있으면 면제하는 지침이다. 이는 오늘날 혈우병으로 알려진 유전질환을 말한다. 과거 서구사회에서 유전학과 우생학은 긴밀했고 우생학은 인종차별과 연결되어있었다. 선별적 번식을 통해 인간 집단이 향상될 수 있고 약한 개체는 사회에서 제거할 수 있다는 사상의 기반을 제공한 것이 우생학이다. 장애를 가지고 태어나면 국가에서 불임수술을 했다. 우수종족을 보존한다는 명목으로 나치뿐만이 아니라 미국도 그런 짓을 자행했다. 그런 순혈주의는 백인을 제외한 나머지 인종은 열등하다는 고정관념이 되었다.
미국의 경우 백인 경찰이 흑인을 폭행하는 것은 다반사고, 심지어 살해하기도 한다. 수 세기를 내려온 구조적 인종차별주의는 서구 문화에 너무 깊이 각인되어 일상적인 편견이 일상적인 좌절감으로 쌓였다가 한 번씩 시위와 폭력으로 표출된다. 그렇다면 정말 백인을 제외한 나머지 인종은 열등한가?

저자는 피부색, 혈통의 순수성, 스포츠 그리고 지능이라는 주제로 글을 끌어나간다. 인종차별주의자의 인종 혐오가 과학을 자기편이라고 주장하는 경우 조목조목 반박하는 것은 과학자의 임무라고 설파한다. 그러니 이 책은 누가 자기 인종의 우월성을 거만한 얼굴로 내세운다면 과학적 근거를 들어 격파하는 것이다. 인종은 차별과 혐오의 기준이 아니라는 것이 저자의 주장이다.

저자는 최신 유전학 연구사례를 열거하며 진실을 전달한다. 그는 "스포츠 유전자는 존재하는가"라는 질문을 던지면서 단거리 달리기를 사례로 들었다. 속근세포(ACTN3의 RR 대립유전자)가 선수들 사이에서 많이 나타나지만, 이는 흑인의 고유 영역이 아니다. 저자는 흑인들이 두각을 보이는 것은 일종의 문화적 현상이라고 했다. 인종차별주의 시대에 인종차별주의자들이 만들어낸 인류 유전학이 오늘날 인종의 과학적 오류를 입증하고 있다는 사실은 흥미롭다.

엘리트 육상선수들의 경우 속근세포가 필요하지만, 육상에서의 성공에 충분조건은 아닌 것으로 보인다. 지역에 따라 성공을 거두는 정도가 다른 이유는 문화다. 20세기 초, 핀란드인들은 장거리 달리기에서 압도적으로 우세를 보였지만 달리기 문화가 사라지면서 그것은 끝났다. 현재 장거리 달리기에서 케냐인들과 에티오피아인들이 우세를 보이는 것은 그들에게 압도적 강세라는 문화와 아이콘들이 있기 때문이다.

이 책은 모두 4부로 나뉘어있다. 1부 '피부'에서 색소 침착의 유전학, 인간 분류의 역사, 유전학과 손잡은 역사, 고대 DNA의 시대를 다룬다. 2부 '당신의 조상이 내 조상이다'에서 당신의 가계도, 인종적 순수성이라는 환상, 누구 혹은 언제부터, 유전적 혈통 검사의 허상, 당신은 당신의 유전자가 아니다. 3부 '블랙 파워'는 스포츠에서의 고정관념, 스포츠 유전자는 존재하는가, 스포츠의 인종주의화를 다룬다. 4부 '백색 물질'에서 인종과 지능, 유전이 아니라 환경이다, 유대인의 경우, '문화에 답이 있다'를 다룬다. 인종은 우리가 인식하기 때문에 실재하고 인종차별주의는 우리가 그렇게 행동하기 때문에 실재한다. 이 모두가 과학에 토대를 둔 것이 아니다. 우리가 인종이라고 부르는 것은 지리상의 땅덩어리, 또는 피부 색소에 불과한 신체 특징이다.

웃기는 건 인간 게놈 프로젝트의 지휘자며 DNA 이중나선 구조의 공동발견자인 제임스 왓슨이 인종차별주의자라는 것이다. "인종은 평등한가"라는 질문에 "흑인 직원하고 근무해보면 안다"는 지극히 개인 체험적인 대답을 했다.

인간에 대한 불평등은 쉽사리 사라지지 않을 것이다. 편견이 어찌 생물학적 결정론만 있겠는가. 이 좁은 대한민국에서도 지리적 편견으로 얼마나 많은 이가 눈물을 흘렸는가 말이다.

『인종차별주의자와 대화하는 법』, 애덤 러더퍼드 지음, 황근하 옮김, 삼인, 2021.
원제 *How to Argue With a Racist*

반란을 준비하는 이들에게

『오인된 정체성』

제93회 아카데미에서 남우조연상과 주제가상을 받은 영화가 흑표당의 몰락을 그린 작품 〈유다 그리고 블랙 메시아〉다. 맬컴 엑스가 살해당한 후 미국 흑인들은 흑표당(Black Panther Party)을 세웠다. 그 창립자가 바비 실과 휴이 뉴턴이었다. 휴이 뉴턴은 법 전문가로 모든 시위를 합법화해서 백인 기득권자들을 진저리치게 했다. 그 흑표당을 다시 떠오르게 한 책이 아사드 하이더(Asad Haider)의 『오인된 정체성』이다.

저자 아사드는 미국의 파키스탄 무슬림 이민자의 딸이었다. 2001년 뉴욕의 쌍둥이 빌딩이 공격을 당하자 당시 초등학생이었던 그녀는 친하게 지냈던 백인들로부터 혐오의 대상이 되었다. 학교 친구들은 그녀를 '오사마'라고 불렀고 선생들은 방관했으며 이웃은 고함을 질렀다. 친구가 없었던 그녀는 어려서부터 독서를 유일한 놀이로 삼았다. 그녀가 생물학 공부를 하려고 도서관에서 아이작 뉴턴 책을 찾다가 잘못 뺀 책이 휴이 뉴턴의 책, 독학으로 사회철학 박사를 취득하고 흑표당의 창설자가 된 그의 자전적 이야기 『혁명적 자살』이었다. 다음은 그 책의 한 구절이다.

> 단 한 번도 나에게 삶의 지혜와 관련된 조언을 해주는 교사를 본 적이 없었다. 그들은 과학, 문학, 철학, 역사 등 세계를 탐구하는 데에 필수적인 지식을 나에게 전수해준 적이 없다. 그들이 나에게 해줬던 유일한 것은 나 자신이 독자적으로 터득한 가치와 삶에 대한 지혜를 파괴하는 것이었다.

어떤 이에겐 한 권의 책이 운명을 바꾼다.

전과자였던 휴이 뉴턴이 감옥에서 플라톤의 『국가』를 여러 번 읽고 삶을 바꿨듯이 왕따였던 초등학생이 읽은 그의 『혁명적 자살』은 그녀의 생을 송두리째 바꾸었다. 이 책이 그녀를 사로잡았던 건 휴이 뉴턴이 자기의 경험을 통해 바깥 세계로 의식을 확장했다는 것이다. 그녀가 쓴 『오인된 정체성』도 그의 책과 일맥상통한다. 그녀는 성장해서 박사 학위를 받은 다음 좌파 매체 《뷰 포인트(Viewpoint)》를 창립했다. 좌파가 될 수밖에 없었던 이유는 사회가 여전히 불평등했기 때문이었다.

저자는 고교 2학년 때 이라크 침공 반대 시위에 앞장섰다. 촘스키의 극렬 독자였고 제국주의와 자본주의의 종식이 폭력과 고통의 해법이라고 생각했다. 『오인된 정체성』은 200쪽도 되지 않는 책이다. 번역이 원문에 충실하기도 했지만 700쪽 단행본을 읽는 기분이었다.

이 책은 트럼프가 미국 대통령에 당선되었던 시기에 출간되었다. 극우주의가 부상하고 그에 대응하는 사회운동이 우왕좌왕 분열하자 실망감에서 쓴 책이다. 생물학적인 인종, 사회학적인 인종, 그리고 이 둘을 합한 인종 이데올로기는 이미지에 불과하다는 것으로 시작한다.

정체성 정치가 약한 자들끼리 누가 더 약자인지 사회적으로 인정받고 보상받기 위해 서로 경쟁하고 대립하도록 만들었다는 것이 이 책의 골자다. 그 예로 백인종의 발명과 미국 흑인운동의 역사와 정체성 정치의 부상을 논하며, 연대가 분열할 때의 특정 방식과 현상을 분석하고 있다. 내가 누구인지 정체성을 확고히 하는 정치가 오히려 보편적 해방의 사회운동을 분열시키고 연대와 공통을 찾는 노력을 멈추도록 만들었다는 것이다.

이 책 저자의 경험이나 마틴 루터 킹과 맬컴 엑스의 알려지지 않은 이야기, 문학 논쟁 등은 상당히 읽을 만하다. 휴이 뉴턴이 자기의 경험을 통해 바깥 세계로 향했던 것처럼 그녀도 그렇게 하고 있다.

아, '정체성 정치(Identity politics)'란 용어는 컴바히강 공동체

(Combahee River Collective)라는 호전적인 흑인 레즈비언 단체에서 나온 용어다. 연대나 단체, 조직에 속해있다면 이 책을 권한다. 사회가 어떻게 분열되는지 알 수 있다면 통합 또한 알 수 있지 않겠는가.

『오인된 정체성』, 아사드 하이더 지음, 권순욱 옮김, 두번째테제, 2021.
원제 *Mistaken Identity*

『혁명적 자살』, 휴이 롱 지음, 1973. 원제 *Revolutionary Suicide*

나는 그에 대해 할 말이 많다

『아이 엠 낫 유어 니그로』

라울 펙이 감독한 영화 〈아이 엠 낫 유어 니그로〉의 오리지널 각본집을 읽고 있다. 나는 이 영화를 몇 년 전에 보았다. 원작은 작가 제임스 볼드윈의 『이 가문을 기억하라』인데 미완성 작품이다.

제임스 볼드윈에 대해 나는 할 말이 많다. 내가 그를 특별히 기억하게 된 건 미국의 《뉴욕 리뷰 오브 북스(The New York Review of Books)》의 창간 50주년 기념 다큐멘터리를 보고서였다. 잡지의 서평이라는 렌즈를 통해 문학사, 정치사, 문화사를 격렬하게 관통하던 논쟁적 사건들을 조명한 이 다큐의 제목은 〈50년간의 논쟁〉, 감독은 마틴 스코세이지(Martin Scorsese)다. 작가와 서평가, 엄밀히 말하면 서평을 쓴 독자 사이의 논쟁이 내겐 가장 흥미진진했다.

여기 한 소설가를 펜으로 사정없이 발라버린(?) 것으로 자신하던 젊은 독자가 있다. 미국의 대표적인 흑인 소설가, 제임스 볼드윈이 그 대상이었다. 사생아에 흑인에 동성애자였던 볼드윈은 살해의 위협으로 1948년 미국을 떠나 유럽으로 떠돌았다. 흑인과 동성애자에 대해 냉혹했던 그 시기에, 문제의 독자는 시종일관 게이들에게 야유를 퍼부으며 볼드윈을 조롱하는 서평을 썼다. 어느 날 파티에서 우연히 만난 늙은 소설가에게, 독자는 자신의 글을 읽었느냐고 물었다. 소설가는 읽지 않았다고 말했다. 독자는 서평을 낭독했다. 그리고 무슨 일이 일어났을까.

영화의 장면이다. 독자는 그런 무례한 자신에게 '관용과 이해'의 미소로 답하는 볼드윈과 마주한다. 시간이 지나 1987년 제임스 볼드윈의 장례식이 열렸고, 이것은 그 독자가 평생 처음으로 참석한 장례식이 된다. 1998년 볼드윈의 에세이 모음집과 초기 작품들이 미국도서관 판본으로 나왔을 때, 독자는《뉴욕 리뷰 오브 북스》에 과거를 반성하는 서평을 싣는다. "고통은 모두를 관통한다"는 볼드윈의 말 그대로, 그의 삶에 가해졌던 가혹한 박해를 독자가 깨닫는 모습이 영화에서 그려진다.

이 장면에서 나는 울었다. 사회적 핍박으로 미국을 떠나 유럽을 떠돌던 늙은 흑인 작가에게 야유와 조롱의 서평을 쓰던 독자가 회한에 가득한 에세이를 낭독한 것이었다. 후에 그 독자는 전문서평가가 되었다. 내가《뉴욕 리뷰 오브 북스》의 간헐적 독자에서 정기 구독자로 바뀐 계기이기도 했다.

다시『아이 엠 낫 유어 니그로』로 돌아간다. 제임스 볼드윈의 미완성 에세이『이 가문을 기억하라』에는 세 명의 흑인이 등장한다. 메드가 에버스(1925~1963), 마틴 루터 킹 주니어(1929~1968), 맬컴 엑스(1925~1965), 이 세 사람의 공통점은 흑인이고 인권운동가였으며 모두 암살당했다는 것이다. 나는 흑표당을 창설한 휴이 뉴턴(1942~1989)이 빠진 것이 의아했는데 볼드윈이 저 글을 쓸 때 그는 타국에서 생존 중이었다.

영화를 만든 라울 펙 감독은 아이티 출신 흑인으로 문화부 장관을 지냈다. 내가 아는 가장 성공적인 흑인 노예반란은 프랑스령의 아이티였다. 노예 출신 탁월한 지도자는 직접 병력을 모집하고 타국과 합종연횡하며 결국 독립을 쟁취했으나 자신은 감옥에서 죽었다. 남이 독립을 시켜준 나라가 아니라 스스로 독립을 쟁취한 만만치 않은 민족이다.

볼드윈의 원작은 에세이가 아니라 유려한 서사시로 읽힌다. 매끄러운 번역 덕인가? 세 사람의 흑인 인권운동가의 삶과 죽음, 타국에 있었기에 살아남은 그가 쓴 글이다.

나는 메드가, 맬컴, 마틴보다 나이가 많았다.
자라면서 연장자는
젊은이에게 모범이 되어야 한다고 배웠고
당연히 내가 먼저 죽을 줄 알았다.
세 사람 중 누구도 마흔을 넘기지 못했다.

볼드윈은 펜으로 인권운동을 했다. 각본집『아이 엠 낫 유어 니그로』를 읽고 나서 영화를 꼭 보기 바란다. FBI 보고서와 고전 영화에 나오는 흑백 갈등의 장면들과 실제 세 인권운동가의 필름, 제임스 볼드윈의 격렬한 논쟁, 그리고 밥 딜런의 〈그는 장기판의 졸이었을 뿐(Only a Pawn in Their Game)〉을 들어보라.

메드가 에버스는 가족 앞에서 백인들에게 살해당했다. 밥 딜런은 자신의 노래에서 그가 총탄을 맞고 묘지에 묻히는 광경을 묘사한다. 그리고 그를 살해한 사람도 결국은 죽음을 맞을 것이다. 그 비문의 간단한 글자들을 딜런은 상상한다. '그도 장기판의 졸이었을 뿐'.

『아이 엠 낫 유어 니그로』, 제임스 볼드윈·라울 펙 지음, 김희숙 옮김, 모던아카이브, 2023. 원제 *I Am Not Your Negro*

전복할 것인가, 전복당할 것인가

『바이마르 문화』

어떤 책은 읽고 바로 독후감을 쓰지 못하겠다. 피터 게이(Peter Gay)의 『바이마르 문화』가 그렇다. '바이마르 공화국'이란 혼돈의 땅에 이름 모를 꽃들이 피어나듯 예술과 과학이 만개했다. 그 아름다움에 숨이 막힐 듯하다.

'바이마르 공화국'은 독일의 제2제국과 제3제국 사이의 14년을 말하는 비공식 명칭이다. 1918년 제1차 세계대전에 패한 독일에서 11월 혁명이 일어났다. 왕정이 무너지고 의회민주주의가 수립되었을 때 사람들은 희망으로 벅차올랐다. 그들은 시끄러운 베를린을 피해 바이마르에서 헌법을 제정했으니 일명 '바이마르 헌법'이다.

헌법의 제1조는 "독일은 공화국이다"와 "권력은 국민으로부터 나온다"고 명기되었는데 이 법의 초안자는 후고 프로이스라는 유대인이었다. 유대인과 비유대인이 한마음으로 제정한 헌법은 곧 과거와의 충돌이었다. 왕정이 무너지고 나치 히틀러가 집권하기까지 1919년부터 1933년까지 14년 동안 좌파와 우파, 진보와 보수가 격돌했으며 수많은 사람이 살해되었다.

역설적으로 가장 혼란스러운 이 시기에 창의적이고 도발적인 '바이마르 문화'가 만개했고 히틀러가 집권하자 타국으로 흩어져 20세기의 르네상스를 세계에 이식했다. 적절한 비유는 아니지만 '바이마르 공화국'은 1945년에 해방되어 1950년 한국전쟁이 발발하기까지 5년간의 대한민국처럼 느껴지기도 하고 어떤 면에선 지금 이 시대와 평행이론을 이루는 것 같아 촉각을 세우게도 한다.

혁명으로 입헌군주제의 왕정은 무너졌지만 전 시대의 사법부는 그대로 존치되었다. 판사와 검사, 군부와 귀족, 관료와 사업가들은 좌파를 박멸(?)하기 시작했다. 좌파 로자 룩셈부르크와 그 동지들이 살해당한 것도 1919년 1월 15일이었다. 잦은 살인과 폭행이 일어났지만, 우파의 처벌은 경미했다. 기록에 의하면 좌파의 범죄 22건에서 사형이 10건이고 나머지는 무거운 처벌을 받았다. 우파가 저지른 암살사건 354건은 모두 무죄를 받았고 단 1건만 유죄 판결을 받았다. 심지어 오스트리아인인 히틀러가 독일에서 일으킨 폭동도 '애국심에서 일어난 발로'라며 9개월의 징역을 살았을 뿐이었다. 법은 있었지만 적용되지 않았고 기준은 판사와 검사의 마음이었다.

미국 대공황 여파와 배상금 등 경제는 초인플레였는데 일설에 의하면 사회와 경제가 혼란스러웠던 이 시기를 히틀러가 경멸조로 처음 '바이마르 공화국'이라고 불렀다고 한다. '바이마르 공화국'은 독일국가를 가리키지만, 실제 독일의 바이마르는 인구 7만의 작은 도시로 18세기 공국 시대에도 괴테와 실러 등 많은 예술가가 문화의 꽃을 피운 곳이었다.

혼란기의 1919년 예술가들이 다시 바이마르에 몰려들었다. 모더니즘의 산실이라고 평가되는 '바우하우스'를 건축가 그로피우스가 설립했고 교수진으로 파울 클레, 칸딘스키 등 유명 화가와 조각가들이 포진하면서 예술과 기술이 결합된 새로운 시대정신이 태어났다. 1933년 나치가 집권하면서 자유로운 영혼을 가진 예술가들의 학교는 폐쇄되었지만, 이들의 정신은 전 세계로 퍼져나갔다. 프리츠 작슬과 에른스트 카시러, 곰브리치가 재직했던 함부르크의 바르부르크 연구소도 나치를 피해 영국으로 이전했다.

저자는 츠바이크가 격찬한 문학에 대해 상당한 지면을 할애하고 있다. 릴케를 비롯해 클라이스트와 프리드리히 횔덜린, 게오르크 뷔히너 등 지나간 시대의 영웅들이 불려 나오고 혁명을 환영한 브레히트와 토마스 만도 언급된다. 횔덜린은 좌우가 모두 찬미하는 작가였으며, 클라이스트를 나치는 순수하고 강한 독일인이라 언급했고 좌파는 초기 혁명가로 지칭했다. 그리고 뷔히너까지, 유대인이었던 츠바이크는 그들을 '사후에 승리를 거둔 독일 문학의 세 청년'으로 정의했다. 자살했고 미쳤고 요절로 생을 마친 세 작가는 혼란한 시대의 정서와 맞았을 것이다.

미친 광기의 시대가 도래하는 전조가 보이기 시작했지만, 저자 피터 게이가 표현한 '이성적 공화주의자'들인 교수, 정치가 등 지식인들은 무력하게 말로만 떠들었다. 심지어 역사가들조차 옛 시대를 그리워하며 공화국을 경멸했다. 한나 아렌트의 증언에 의하면 그 시대 사람들은 신문도 읽지 않았다고 한다. 그러는 동안 반유대주의자, 보수, 우익, 심지어 중산층까지 합세하여 나치를 지지했다.

언제나 그렇듯 자유가 지겨워 독재자를 불러들이는 것이니 히틀러의 등장은 아무것도 하지 않은 '이성적 공화주의자'들의 공헌이었다. 지배자가 아닌 국민이 주인이라는 확신이 있었다면 입으로 공염불을 되뇌지 않았을 것이다. '바이마르 공화국'을 '외부자'로 불리는 유대인, 민주주의자, 사회주의자, 전위예술가들이 합심해서 만들었다면 무너뜨린 자는 보수와 우익, 사법부와 귀족의 기득권층인 '내부자'들이었다. 저자는 외부자와 내부자의 갈등을 오이디푸스 방식으로 '아들의 반역'과 '아버지의 반격'으로 풀었다.

바이마르 공화국이 무너지기 전 불길한 전조는 자주 드러난다. 관료는 무책임했고 사법부의 판결은 치밀한 우익 편향이었다. 언론은 중구난방 흥미 위주여서 기득권층들이 파멸로 몰아간다는 것을 알리는 신문이 없었다. 유일하게 《프랑크푸르터 알게마이네 차이퉁》이 있었지만 읽는 이가 별로 없었다. 정치와 경제의 대혼란 속에 화려하게 만개했던 바이마르 문화는 히틀러가 집권하면서 결국 망명의 길을 걷게 된다.

『바이마르 문화』의 저자 피터 게이는 독일에서 태어난 무종교의 유대인이었지만 나치를 피해 16세에 미국으로 망명해서 이름까지 개명했다. 미국 예일대학 역사학 명예교수로 유럽 근대 사상사와 문화사 분야의 권위자로 특히 계몽주의 연구, 부르주아 문화 연구에 탁월했다. 정신분석을 역사 연구에 도입한 선구자로서 '역사학계의 프로이트'라고 불린다.

이 책은 E.H. 카의 관점으로 읽으면 좋다. 카는 역사를 읽으려면 먼저 역사학자를 알아야 한다고 했다. 게이는 『바이마르 문화』를 프로이트식 심리사로 분석해서 정치적 격변을 심리적 상황으로 불렀다. 역사와 문화사, 전방위를 커버하는 300쪽이 안 되는 이 얇은 책에 게이의 모든 것이 들어있다고 보면 된다.

'바이마르 공화국은 패망 속에서 태어났고, 혼란 속에서 종속했으며 재앙 속에서 사멸했다.'

그러나 바이마르 문화의 '인상주의로부터 표현주의로의 전환'은 혁명을 뛰어넘는 것이었다.

『바이마르 문화』를 읽으면서 지금 대한민국이 안고 있는 문제를 생각해보라.

겨울이 오고 있다.

『바이마르 문화 – 내부자가 된 외부자』, 피터 게이 지음, 조한욱 옮김, 교유서가, 2022, 원제 *Weimar Culture*

여성과 여성 사이에서

『나도 루쉰의 유물이다』

책이 오면 표지에 눈길이 간다. 『나도 루쉰의 유물이다』의 표지가 당연히 케테 콜비츠의 작품인 줄 알았다. 루쉰은 그녀의 작품이 가진 대중적 힘을 알고 있었다. 그는 억압받는 민중을 위한 사회 개혁의 도구로 콜비츠의 목판화를 선택했다. 그런데 다시 보니 조르주 쇠라의 작품이었다. 부유했던 그가 선택한 연인이 노동자계급인 마들렌느라고 들었는데 모델인 것 같다. 루쉰과 콜비츠를 떼어놓지 못하는 나의 선입감이 문제였다. 주입된 지식은 가끔 사람을 휘청거리게 한다.

표지의 고개 숙인 여자가 나를 책 속으로 안내했다. 루쉰(魯迅, 1881~1936)은 중국 현대문학의 아버지로 불린다. 그의 필명은 루쉰이고 본명은 저우수런이며 그는 저우 집안의 삼 형제 중 맏이였다.

이 책은 그의 본처 주안(朱安)의 평전이다.

그는 일본 유학 중 고향으로 돌아와 결혼식만 올리고 그녀를 돌아보지 않았다. 루쉰은 왜소하고 못생기고 문맹에다 뒤뚱거리는 전족의 그녀를 외면했다. 그 시대의 신지식인들이 무식한 본처를 구시대 악습의 산물로 여기는 것은 이해했다. 그런데 그는 왜 신여성과 아이를 낳고 살면서 본처인 주안과 이혼하지 않았을까?

저우 집안의 삼 형제는 그의 생모를 맏며느리인 주안에게 떠넘겼다. 그녀는 아이도 없이 바보처럼 평생 시어머니를 봉양했다. 심지어 사후 소원이었던 루쉰 무덤과의 합장은커녕 저우 집안의 묘지에 묻히지도 못했다. 다른 곳에 매장된 무덤도 문화대혁명 때 루쉰의 본처란 이유로 홍위병에 의해 파헤쳐져 흔적도 찾을 길 없다. 가난했고 힘들었던 그녀의 인생은 그렇게 사라졌다.

주안은 루쉰에게 마음에 들지 않는 '어머니의 선물'이었다. 선물은 받는 이의 마음에 들지 않으면 구석 어딘가에 방치된다. 그러나 주안은 효자였던 루쉰에게 버릴 수 없는 선물이었다. 그와 그의 형제들은 어머니를 주안에게 맡기고 집을 떠나 중국의 역사가 되었다. 정작 선물을 가장 요긴하게 쓴 사람은 그의 어머니였다. 아들이 버린 며느리에게 자식이 없다고 타박하고 집안의 대소사를 도맡게 했으며 까다로운 입맛으로 평생 봉양 받는 혜택을 누렸다. 신문화운동의 선봉에 섰던 루쉰 집안의 형제들에게 그녀는 오점이었다.

그 생각은 루쉰을 기리는 중국 문학사에도 영향을 끼쳐 그녀의 존재는 언급조차 되지 않았다.

가끔 집안 행사 때 집에 오는 루쉰에게 그녀의 존재는 안쓰럽지만, 분노를 불렀을 것이다. 그러니 "사랑 없는 비애를 소리쳐야 하고, 사랑할 것이 없는 비애를 소리쳐야 한다"고 쓰지 않았겠는가. 그녀는 그에게 '중국이 척결해야 할 봉건이고 낡은 관습과 관념' 그 자체였다. 그렇다고 해도 그의 지나친 냉담은 고개를 갸우뚱하게 만든다.

이성과 양심이 우위에 있어도 차마 끌리지 않는, 매력 없는 이성에 대한 회피 감정은 거의 불가항력이었을 것이다. 루쉰과 살았던 신여성 쉬광핑이 잡지에 쓴 「사랑을 위하여」란 글이다. "아담과 이브의 마음속에서 연애는 신성함과 결합한다. 장차 해방될 사회에서 연애는 다시 뜻이 같고 생각이 일치해야 결혼을 성사시킨다. 말이 통하지 않고 지향하는 바가 다르고 본디 한 곳에 있기 싫은데도 억지로 '천생배필'이라 말하는 것은 너의 일생을 더럽히는 것이다." 글을 모르는 주안이 읽었을 리 없겠지만 그녀는 쉬광핑이 배운 여성이란 것에 고개를 숙였다.

주안의 유순함과 순종은 루쉰에게 고통이었을 것이다. 인간에겐 타인의 아픔을 체감하는 공감력이 존재한다. 자기에게 시집와서 방치된 채 노예처럼 일하는 여자에게 양심의 가책을 느끼지 않았을 리 없다. 1906년 결혼식을 올린 이후 각자 사는 아들이 답답해서 어머니가 물었다.

루쉰의 대답은 "그 사람과는 대화가 안 통합니다"였다. 그의 어머니는 루쉰의 결혼생활을 보고 다른 두 아들의 결혼에 일체 개입하지 않았다. 루쉰이 사망하자 그의 유품 조사차 방문한 사람들에게 늙고 병든 주안이 한 말이다.

"나도 루쉰의 유품이라네, 나도 보존해 주게나."

언급조차 되지 않았던 그녀가 다시 떠오른 건 2010년대였다.

이 책은 주변 사람들의 편지와 일기, 사진 등으로 루쉰 집안의 가정사를 현미경으로 들여다보게 만든다. 루쉰의 양심에 평생 걸림돌이었을 그녀는 그의 작품에 영향을 끼쳤을 것이다. 오래전 상해의 루쉰 공원에 있는 그의 묘지와 기념관을 찾아갔었다. 주안의 넋은 무덤도 안식처도 없이 허공을 헤매고 있을 것이다. 살아 묶였으니 죽어서는 자유로워야 하지 않겠는가. 살아서 그녀가 무엇을 했느냐고 물으면 이렇게 답해야 한다. "주안은 루쉰을 이룩했다."

다시 책의 표지를 들여다본다. 노동자계급의 여인을 사랑했던 조르주 쇠라와 신여성을 택한 루쉰에 대해 생각한다. 책장을 덮고 창밖을 보니 빗방울이 거리를 뛰어다녔다.

우(雨)요일 오후다.

『나도 루쉰의 유물이다 - 주안전』, 차오리화 지음, 김민정 옮김, 파람북, 2023. 원제 我也是魯迅的遺物 - 朱安传

아무르 강가에서 울다

『시베리아의 딸, 김알렉산드라』

나는 죽어서 아무르 강물에 던져진 고려인 여인을 안다. 러시아의 한국인 디아스포라였던 그녀는 서른세 살에 총살당했다. 그녀가 죽었을 때 하바롭스크 시민들은 아무르강에서 잡은 물고기를 먹지 않았다.

『시베리아의 딸, 김알렉산드라』는 만화다. 나는 '김알렉산드라'라는 이름 때문에 잠시 흠칫했다. 한때 그녀를 미친 듯이 파고든 적이 있었기 때문이다. 1996년 『김알렉산드라 평전』으로 그녀를 처음 만났다. 2009년 다시 『소설 김알렉산드라』를 읽었다. 이 두 책을 쓴 작가는 러시아 유학파 정철훈이다.

이번에 출간된 만화는 그녀의 평전을 원작으로 했다. 그녀는 한국인 최초의 볼셰비키였다. 1885년에 러시아 연해주에서 태어나 어린 시절 어머니를 잃고 독립운동하는 아버지를 따라 만주에 갔다가 아버지마저 사망하자 고아가 되었다. 러시아인 아버지 친구 집에 입양되어 교사가 되었고 그의 아들과 결혼했다. 그녀는 직장을 다니며 독립운동에 투신했는데 결혼생활이 원만치 않았다. 이혼하고 1914년 29세에 우랄산맥의 벌목농장으로 이주했다. 어린 시절 조선인 노동자로 공사판을 떠돌던 아버지를 따라다니며 굶주리고 억압받는 노동자의 분노를 이미 학습했던 그녀는 볼셰비키 혁명가였다.

그녀는 중국어와 러시아어에 능통했다. 각 나라에서 온 벌목농장 노동자들의 통역이 되어 그들을 대변하고 마침내 '우랄 노동자 연맹'을 규합해서 파업에 들어갔다. 이 소식을 들은 레닌은 감동했다고 한다. 젊은 조선 여인이 조직의 지원도 없이 노동자들의 동맹을 규합하고 파업을 주도했다는 것은 놀라운 일이었다.

1916년 그녀는 조선인 최초의 러시아 볼셰비키 당원이 되었다. 그녀는 레닌과 협력 관계가 되어 당의 지시에 따라 우랄의 극동 지역인 하바롭스크로 떠났다. 극동 볼셰비키당 대회에 참가하여 하바롭스크시 당비서로 선출되었으며, 극동인민위원회(정부)의 외무위원장(외무부장)으로 임명되었다. 러시아 볼셰비키당 문서에 '인터내셔널리스트'로 기록되어있다.

당시 조선 공산주의자들은 이념보다 독립을 위한 일제 항거 수단으로 사회주의를 택하고 러시아 볼셰비키와 연대를 맺었는데 그 대표적인 사례가 유명한 이동휘였다. 그가 독일 스파이라는 오명으로 구속되었을 때 구해 준 이가 김알렉산드라였다. 그런데 김알렉산드라는 이동휘 같은 사람들과는 달리 뼛속부터 볼셰비키였다. 대부분 해외에서 독립운동을 하던 이들은 유산계급 출신들이 많았다. 그러나 그녀는 어린 시절부터 아버지와 공사판을 떠돌며 무산계급의 참혹한 현실을 목격하고 분노를 몸으로 배운 사람이었다.

1918년 이동휘와 김립, 박애, 오성묵과 김알렉산드라는 한인사회당을 결성했다. 일본군이 시베리아로 출병하자 100여 명의 조선인 적위대를 구성해 반일항쟁에 돌입했다. 그녀는 백군에게 체포되어 1918년 9월 16일, 33세에 처형당했다.

『닥터 지바고』나 『고요한 돈강』을 읽어본 독자는 알 것이다. 러시아 내전은 제정 러시아를 지지하는 백군과 공산주의 적군 사이의 전쟁이었다. 적군에 속해 있던 그녀는 백군에게 생포된 것이었다. 그녀의 최후 장면은 관련 문서마다 다르다. 백군은 그녀를 즉결 처형했다.

> 그녀는 소원으로 열세걸음을 뒤로 걸은 후 죽게 해달라고 요청했다. 열세걸음은 조선의 13도를 상징하는 것이었다. 러시아 첫 한인 볼셰비키의 불꽃 같은 짧은 삶은 그 여름에 끝을 맺었다.
> — 『조선공산당 평전』, 최백순 지음, 서해문집, 86쪽

한편 한홍구의 『한국공산주의 운동사』에서는 여덟 걸음으로 나온다. 전하는 숫자는 다르지만, 이 역시 조선 8도의 상징이었다.

'마지막 걸음마다 조선에 사는 사람들의 희망을 담겠다'라는 부연 설명이 붙어있다.

그녀의 재판기록에 여러 설이 있다. 여자니까 살려주겠다고 하자 세계 인구의 반을 점하는 모든 여성의 권리를 인정하지 않은 모욕이라고 항의했다는 얘기도 있다. 총살당할 때 눈을 가리지 말아달라고 요구했고 그녀는 33세에 총살당했다. 시체는 아무르강으로 던져졌으며, 인양되지 않았다. 김알렉산드라의 묘지는 없다. 그러나 러시아 하바롭스크의 마르크스가 24번지에는 그녀의 기념비가 있다. 기념비에는 이렇게 적혀 있다.

1917~1918년 이 건물에서 알렉산드라 페트로브나 김이 일하였다. 그는 볼셰비키당 시위원회 사무국원이며 하바롭스크시 소비에트 외무위원이기도 하였다. 1918년 그는 영웅적으로 죽었다.

김알렉산드라는 사회주의 운동가였기에 우리나라 역사책 한 줄도 장식하지 못했다. 2009년에야 조선의 독립운동에 기여한 공로를 인정받아 '건국훈장 애국장'에 추서되었다. 독립투사였으나 소비에트 좌파라는 이유로 많은 이들이 남과 북으로부터 외면당했다.

한국 최초의 볼셰비키 김알렉산드라에 대하여 다시 생각한다. 이 놀라운 여인에게 딸이 둘 있었다고 하는데 정철훈 작가의 책에는 아들이 둘이라고 되어있다. 살아있는 유일한 혈육은 증손자 '셰

료자'라고 하는데 행방을 알 길은 없다.

　디아스포라의 삶은 물 위를 떠다니는 부초처럼 앉은 자리가 없구나.
　저녁 무렵 아무르강에 꽃등을 띄우고 싶다.

『시베리아의 딸, 김알렉산드라』, 김금순 글·그림, 정철훈 원작, 서해문집, 2020.

세련된 사양심과 겸손한 태도, 그리고…

『조제프 푸셰 - 어느 정치적 인간의 초상』

어제 모임에서 중국의 권력 서열 순위가 화제였다. 각자의 얘기를 듣다가 프랑스의 '조제프 푸셰'가 떠올라서 짧고 간략하게 얘기했다. 이 글은 그에 대한 나의 생각과 더불어 츠바이크가 쓴 그의 전기『조제프 푸셰 - 어느 정치적 인간의 초상』의 독후감이다.

어떤 시대에도 살아남는 정치인들이 있다. 한명회나 왕후닝 같은 브레인들도 있지만 가장 흥미 있는 인물은 프랑스의 조제프 푸셰다. 그는 무신념 무성격의 숨은 2인자로 여러 정권에서 살아남았다. 신념도 없고 이상도 없이 오직 권력만을 좇는 이런 유형은 현대에도 여전히 살아있는 '정치적 인간'이기 때문이다.

조제프 푸셰(Joseph Fouché, 1759~1820)는 프랑스의 정치인이다. 그의 별칭은 '선천적인 배신자' '타산적 변절자' 등이다. 그에게 목숨을 걸고 모셔야 할 주군이나 사상도 없다. 자기 자신의 안위가 절대 목표인 사람이었다. 그는 정치에 입문하기 전에도 조제프 푸셰였고 입문 후에도 조제프 푸셰였다. 그의 사후 모든 사람이 그를 징글징글한 파충류로 비난할 때 오직 한 사람 발자크만이 그의 진가를 알아보았다. "내가 아는 한 가장 강한 두뇌"이며 "그 세기에 가장 흥미로운 심리를 소유한 자"라고 평했다.

조제프 푸셰는 정보가 권력임을 아는 인물이었다. 나폴레옹도 두려워했던 인물로 그는 권력자에게 유익한 조언과 값진 정보를 주었다. 프랑스 혁명정부 로베스피에르의 친구였지만 그를 파멸시켰고 나폴레옹의 권력 밑으로 들어가 나폴레옹도 파멸시켰다. 그는 자신을 드러내지 않는 배후의 인물이었다. 음지에서 그림자처럼 움직이며 겸손했고 무표정했으며 비밀스러웠다. 그의 행보를 보면 정보 정치로 대통령들을 벌벌 떨게 만들었던 미국 FBI 후버 국장의 전생이 아니었나 싶다.

그의 가장 놀라운 재능은 변신이었다. 정의감과 애국심으로 똘똘 뭉쳤지만 다혈질이었던 로베스피에르나 나폴레옹은 결코 이런 유형의 적수가 되지 못했다. 그는 언제든 어떤 형태로든 변신이 가능한 '액체인간' 같았다. 발자크는 "인간에게 권력을 휘두른 점에서는 나폴레옹조차도 능가하고 있다"라고 평했다.

그의 가장 큰 장점은 명예나 인기를 바라지 않고 숨어서 권력을 휘두르는 것이었다. 이 흥미로운 인간 조제프 푸셰는 1759년에

나 불안한지 그리고 어디로 내몰리는지. 간만에 문제작을 읽었다. 나는 작가 이수경이 '난쏘공'의 조세희 작가처럼 한 소설로 기억되지 않기를 바란다. 작가 조세희는 다른 작품을 여럿 발표했음에도 우리 세대는 '난쏘공'으로만 기억하고 있다.

『자연사박물관』도 강렬하게 기억되는 작품이다. 문제를 보여줌으로 독자에게 질문을 던지는 방식이다. 공장 노동자의 삶을 그렸으나 사실 이 소설은 블루칼라 화이트칼라를 가리지 않는다. 이 세계화 시대의 자본주의는 언제든 구조조정으로 근로자들을 낙원구 행복동에서 지옥구 불행동으로 보낼 수 있다. 중심부에서 주변부로 밀려나는 것은 순간이다. 작가 이수경의 차기작을 기대한다.

『자연사박물관』, 이수경 지음. 강. 2020.

기거나 파업으로 인한 배상을 요구하는 소송으로 노동자의 재산에 압류를 걸어버린다. 기업의 이익은 합법적이며 이익에 반하는 노동자는 범죄자다. 정규와 비정규를 오가는 노동자 가족의 삶은 불안하고 신산하다. 노동자는 중얼거린다. 공장은 누구의 것인가.

    이 책을 읽는 동안 나는 여러 상념으로 몇 번씩 자리에서 일어나야 했다. 내가 살아온 어느 지점과 맞물린 기억 때문이었다. 우리 집은 왜 가난한가. 나는 그 해답을 책에서 찾으려 했다. 그러나 책은 실질 경제와 관련이 없었다. 단지 내가 더 고등학문을 할 수 있도록 기반을 제공했을 뿐이다.

    아버지의 빚이 상속 포기각서로 사라진다는 것도 셋방도 선 대출이 없는 집을 골라야 한다는 것도 몰랐다. 학교에서 등기부등본 읽는 법 하나 가르쳐주지 않았다. 내가 공부하면서 느낀 것은 해고를 할 수 없는 직장이어야 한다는 것과 그 월급으로 절대 부자가 될 수 없다는 것이었다. 재테크를 잘하는 것이 부자가 되는 유일한 방법이었다. 내 형제들이 공장에서 손가락을 잘리고 치료비도 안 되는 돈을 받았을 때 어린 나는 그들의 절망을 이해하지 못했다. 같은 나무의 다른 가지였지만 갈라진 순간 우리의 길은 너무나 달랐다. 그들은 절망했고 다시 일어서지 못했다.

    이 소설은 노동문제에 대한 어떤 언급도 없다. 분쇄기에 손이 갈린 외국인노동자가 목을 매어 자살하자 딸이 손 없는 사람을 그리듯 이 소설은 그림처럼 보여줄 뿐이다. 노동자 가족의 삶이 얼마

이수경의『자연사박물관』1편은 2016년 동아일보 신춘문예 당
선작이다. 해고 노동자가 굴뚝에 올라가기 전 가족과 함께 '자연사
박물관'을 구경하는 이야기다. 그 후 작가는 여섯 편의 노동자 가족
이야기를 썼고 2020년 5월 책으로 펴냈다. 이 연작 소설은 우리 한
국의 노동문제와 빈곤의 문제를 서정적 묘사로 풀고 있다. 사랑해
서 결혼했지만, 가난은 사랑도 주변부로 밀어버린다. 닭똥집이 먹
고 싶다는 여자의 요청을 남자는 거절하고 그날로 여자는 잠자리
를 거부한다. 닭똥집으로 말해지는 가난과 불안은 모든 것을 잠식
한다.

　'난쏘공'의 자식들이 공부할 기회마저 박탈당하는 것과 달리
『자연사박물관』의 부부는 대학을 다니고 노동문제를 인지한 사람
들이었다. 결혼을 하고 공장 노동자로 살면서 노조를 만들다 회사
로부터 해고당한다. 굴뚝으로 철탑으로 올라가도 근본적인 해결은
없다.

　이 소설은 거창한 구호를 내세우거나 노동문제 해법을 요구하
지도 않는다. 그저 노동자 가족은 주변부에서 주변부로 계속 밀려
날 뿐이다. '난쏘공'의 가족들이 재개발로 인해 도시의 주변으로 계
속 밀려나는 것과 같다. 자식들도 마찬가지다. 공부를 잘해서 특수
고인 외고를 갔지만 돈 없는 부모 밑의 자식은 선행학습을 할 수
없고 반에서 꼴찌는 당연한 것이고 결국 주변부로 밀려난다.

　기업은 힘이 세다. 불온한 노동자를 다양한 방법으로 해고할
수 있다. 구조조정을 활용하고 회사를 매각한 뒤 해외로 공장을 옮

우리는 행복동에 살고 있습니까

『자연사박물관』

이수경의 『자연사박물관』을 읽었다. 이 소설은 7편의 독립된 단편으로 이루어진 연작 소설이다. 이 책을 읽는 내내 나는 조세희의 『난장이가 쏘아올린 작은 공』의 21세기판을 보는 느낌이었다. 작가 조세희는 2008년도 한겨레신문과의 대담에서 이런 말을 했다. "내가 '난장이'를 쓸 당시엔 30년 뒤에도 읽힐 거라곤 상상하지 못했다. 앞으로 또 얼마나 오래 읽힐지 나로선 알 수 없다. 다만 확실한 건 세상이 지금 상태로 가면 깜깜하다는 거, 그래서 미래 아이들이 여전히 이 책을 읽으며 눈물지을지도 모른다는 거, 내 걱정은 그거다." 가난에서 가난으로 대를 잇는 노동자들 결혼마저 가난에서 가난으로 이사 가는 젊은이들. 21세기에도 '난쏘공'을 읽으며 아이들이 눈물짓는 나라에 이수경이 『자연사박물관』을 들고 왔다.

일천하게 만든다. 억압의 폭력이 아무리 거세어도 보이지 않는 입을 어떻게 막을 수 있단 말인가? 한 문화를 물리적으로 말살할 수 없다는 것을 극명하게 보여주는 작품이다. 때로 정령은 새, 나무, 사람으로 현신해 각 가족에게 희망과 치유를 선사한다.

다시 강용흘을 생각한다. 그가 1932년 발표한 『초당』은 세계적으로 번역되어 독일의 이미륵에게 전해졌고, 소설을 읽은 그는 1946년 『압록강은 흐른다』를 발표했다. 체로키족 인디언 작가가 받은 구겐하임상 하나가 생각에 생각을 불러낸다. 자기 땅에서 쫓겨나 구획된 땅에 살아야 했던 부족과 남의 나라에 살아야 했던 디아스포라의 문학이 이렇게 만나기도 한다.

『에코타 가족』, 브랜던 홉슨 지음, 이윤정 옮김, 혜윰이음, 2023. 원제 *The Removed*

『초당』, 강용흘 지음, 1931. 원제 *The Grass Roof*

좋아하는 유행가, 심지어 헤어질 때 포옹하며 나누는 인사말까지, 아들이 아니면 알 수 없는 모든 것을 보여주고 떠나는 소년을 보며 부부는 아들이 죽은 것이 아님을 확신하게 된다. 그리고 마리아는 아들을 죽인 백인 경찰을 처음으로 찾아간다.

폐암에 걸린 그에게, 말로는 당신을 용서할 수 없다고 하지만 그가 불쌍하고 슬프다. 그녀는 연민이 치유이고 시간이 치유라고 생각한다. 그녀는 죽음이 끝이 아니라는 걸 알고 있으며, 정령이 자기 곁에 있음을 확신한 사람이었다. 살아도 산 것 같지 않았던 가족들에게 진정한 치유는 '죽고 싶지 않은 것'이 아니라 죽음을 뛰어넘은 것이란 생각이 든다. 현세와 내세의 경계가 모호한 북미 원주민들의 세계관이 뚜렷하게 나타나는데, 권력의 힘으로 강제 주입되었던 백인 정부의 종교와 교육은 문화의 집단 원형 앞에서 힘을 잃는다.

유목민이었던 원주민들은 백인들과 충돌하면서 대학살을 당했고 보호구역으로 들어가야 했다. 미국 정부는 아메리카 원주민들의 유목민적인 전통을 금지하고 정주문명의 도스법(Dawes Act)을 강제했지만, 국가폭력이 그들의 문화를 말살할 수는 없었다. 『에코타 가족』은 한 가족의 비극으로 전개되는 소설이지만 과거와 현재, 현실과 비현실 사이의 경계를 넘나드는 체로키족의 문화가 면면히 흐르는 촘촘하고 아름다운 작품이다. 장구한 생명은 결국 민중의 편이다.

인종편견과 사회 부조리를 전면에 내세웠지만, 체로키족 문화가 조상의 정령 찰라의 입으로 구전되면서 백인 문화를 순식간에

체로키족의 입에서 입으로 전해지는 전설과 용감하고 슬기로 웠던 조상들의 삶, '눈물의 길'을 거부하다 죽임을 당한 과거는 밤 하늘의 별처럼 소설을 빛나게 한다. 아메리카 원주민 소설의 공통 점은 통한의 슬픔과 정령이 구심점이라는 것이다. 강자에게 당한 약자의 울분은 자신보다 더 약한 동족의 여자에게 폭력으로 표출 되고 더 약한 동물에게 가해지는데 학살당한 사슴이 유령이 되어 나타나는 이야기는 대표적인 인디언 전설이다. 그러나 『에코타 가 족』의 경우, 정령은 복수자가 아닌 치유자로 등장한다.

엄마 마리아는 사회복지사로 청소년보호센터에서 일한다. 이 곳은 체로키 부족의 청소년을 보호하는 시설로, 위탁가정에서 쫓겨 났거나 다음 가정에 가기 위해 대기하는 곳이다. 한 소녀가 교사의 질문에 대답하는 내용이다.

"치유란 무엇인가?"
"죽고 싶지 않은 거요."

에코타 가족에게 삶이란 살아도 사는 것이 아닌, 마지못해 사 는 생존이었다. 그들에게 치유를 가져오는 존재가 바로 '정령'이다.

어느 날 마리아 부부는 부모를 잃은 체로키족 소년 와이엇을 며칠간 임시 보호하게 되는데, 이들은 죽은 아들이 소년의 몸을 빌 려 잠시 돌아왔음을 확신한다. 프랑스어 농담, 아버지 어니스트가 아메리카 원주민과 일본에 나라를 빼앗기고 망명해야 했던 약소국의 국민에게는 공통의 정서가 있는 것 같다. 강용흘은 이후 두 편의 작품을 더 내고 유성처럼 사라졌다.

『에코타 가족』은 체로키족 가정에서 일어난 비극적인 이야기다. 체로키족은 대대로 미시시피강 동쪽에 살다가 미 연방정부의 강제 이주 정책에 따라 서쪽으로 이주하면서 1만 8,000명의 인구 중 4,000명이 길에서 죽었다. 그들은 자신들의 이동 경로를 '눈물의 길'이라고 불렀다. 소설의 배경은 부족의 후손이 자리를 잡은 인디언 보호구역 오클라호마다. 가족의 구심점이었던 명랑하고 활발한 장남 레이-레이가 백인 경찰의 총에 맞아 죽었다. 총기도 흉기도 소지하지 않았던 소년이 유색인종에 대한 편견을 갖고 있던 백인 경찰에게 사살된 것이다. 그는 어떤 처벌도 받지 않았고 사건은 종결되었다.

아들이 죽고 15년이 흘렀지만, 가족은 살아도 사는 것이 아니었다. 소설은 트라우마에서 벗어나지 못한 가족들이 고통 속에서 각자의 삶을 독백하는 내용이다. 엄마 마리아는 우울증을 극복하지 못하고 누나 소냐는 남자들과 의미 없는 관계를 맺으며 하루하루를 살아가고 남동생 에드가는 마약중독자로 전락했다. 아버지 어니스트는 치매로 고통스럽게 사는데 이들의 독백에 죽은 조상의 정령이 화자로 끼어든다. 이 소설의 가장 빛나는 부분이 정령 '찰라'의 이야기다.

장사꾼의 아들로 태어나 수도원에서 교육을 받았고 스무 살에 수도원학교의 수학과 물리 교사가 되었다. 1790년 서른 살 무렵 푸셰는 자주 다니던 술집에서 로베스피에르를 만났다. 로베스피에르가 누구인가, 프랑스 대혁명을 주도했던 혁신적 인물이 아닌가. 푸셰는 자기에게 이익이 될 인간으로 점찍으면 최선을 다했다. 그의 겸손과 과묵함과 진지한 태도와 명석한 두뇌에 반한 로베스피에르는 그를 신뢰했다. 원래 사람은 자신에게 겸손한 인간을 신뢰하는 맹점이 있는데 그도 예외가 아니었다.

푸셰는 로베스피에르의 여동생과 약혼까지 했으니 신뢰가 가히 하늘을 찔렀다. 푸셰는 급진적 좌파인 자코뱅당에 가입하여 고향의 당 지부에서 대표를 맡았다. 그는 특유의 겸손한 자세와 온건한 태도로 주민들의 신뢰를 받아 구의원으로 당선되었다. 그의 자세보다 놀라운 것은 잔인한 결단력과 동물적 후각이었다. 자신을 정계에 입문시킨 급진적 좌파인 로베스피에르에게서 희미한 실패의 냄새를 맡은 그는 우파인 지롱드파로 옮겨 앉았다. 루이 16세 처형 후 자코뱅당이 우세하자 얼른 다시 자리를 바꿨다. 좌파에서 우파로 우파에서 좌파로, 번개 같은 변신이었다.

변절의 경험이 있는 그는 리옹에서 반란이 일어나자 충성도를 증명하기 위해 리옹 주민들을 한꺼번에 묶어서 대포로 처형하고 도시를 박살냈다. 당시 그의 행위는 너무나 잔인해서 별명이 '리옹의 도살자'였다. 비록 정적을 제거하면서는 공포정치를 펼쳤지만, 도덕적으로 청렴하고 민중에 대한 애정이 넘쳤던 로베스피에르는 큰 충격을 받고 푸셰에게 이 도살에 대한 해명을 요구했다. 그는 로베스피에르에게 자기변명과 읍소의 편지를 보내어 간신히 처형을 면했다. 그를 살려둔 것은 로베스피에르의 큰 실책이었다. 그는 반란에 가담하여 로베스피에르를 단두대로 보냈다.

　평등 세상을 꿈꾸었던 로베스피에르는 자기가 만든 단두대에서 죽음을 맞았다. 푸셰는 마키아벨리의 추종자가 아닌가 싶을 정도로 자기 주군을 확실하게 끝장냈다. 그의 변절을 요약한 츠바이크의 표현을 빌리면 "1790년에 수도원 교사였고 1792년에 교회의 겁탈자였고 1793년에는 공산주의자였다가 1798년에 백만장자가 되고 10년 후에는 오트란토 공작"이 되었으니 실로 변화무쌍한 인물이었다.

　혁명정부가 몰락하고 부르주아가 정권을 잡았을 때 또 화려하게 재기했다. 그는 정보를 만들어 팔았고 부자가 되어 경찰 장관에 임명되었다. 전국 방방곡곡에 정보원과 밀고자와 비밀경찰을 깔아서 혼자 정보를 거머쥐었다. 나폴레옹 때에는 경찰 장관으로 권력의 2인자가 되었으나 또 실패의 냄새를 맡자 퇴위를 주도하는 뒤통수를 쳤다. 다음 정권에 루이 18세를 추대하고 또 경찰 장관직을 얻었지만 그를 아는 왕당파의 반발로 해임되자 오스트리아로 가서 잘살다가 죽었다.

　상황을 움직이지만 결코 책임을 지지 않는 자, 언제나 1인자의 뒤에 숨어서 방패로 삼고 1인자가 실수하거나 튀거나 하면 거침없이 등을 돌리는 자. 선동가를 눈여겨보며 갈아탈 주군을 고르고 겸손한 태도와 힘없는 목소리로 야심을 숨기는 자. 명예와 인기를 타인에게 양보하지만 권력은 쥐고 있는 자. 다른 사람이 이념과 신념으로 웅변을 토하며 대중의 시선에 묶여있을 때 숨어서 자유롭게 권력을 즐기는 자. 지롱드당이 무너져도 푸셰는 살았고 자코뱅당이 무너져도 푸셰는 살았으며 5인 내각, 집정, 제국, 왕국, 다시 제국은 사라졌지만 그는 언제나 살아남았다.

세련된 사양심과 겸손한 태도, 철저한 무성격, 확고한 무신념, 그러면서 결정적 순간에 목을 내리치는 대담한 용기로 언제나 살아남았다. 목소리 큰 사람들은 자신을 드러내기 때문에 두려운 대상이 아니다. 우리가 두려워해야 할 사람은 무신념과 무성격으로 그들의 뒤에 숨어서 상황을 조정하는 푸셰 같은 인간들이다. 이상주의자들이 자신의 사상과 이념으로 목숨을 건 투쟁을 할 때 뒤에서 갈등을 조장하다, 승세가 기울면 몸을 옮겨가는 무신념의 정치적 인간들이 나는 제일 무섭다.

『조제프 푸셰 - 어느 정치적 인간의 초상』, 슈테판 츠바이크 지음, 정상원 옮김. 이화북스, 2019. 원제 *Joseph Fouche - bildnis eines politischen menschen*

무국적자, 유령이 되어 나타나다

『에코타 가족』, 그리고 『초당』

출판사 '혜움이음'은 인디언 출신 작가들의 작품을 전문적으로 발간한다. 8월에 발간된 『에코타 가족』은 체로키족 출신의 작가 브랜던 홉슨(Brandon Hobson)의 작품으로, 2022년에 구겐하임상을 수상했다. 문득 1932년에 같은 상을 받은 강용흘을 생각했다. 그는 3·1운동 후 투옥되었다가 풀려난 뒤 18살에 선교사들의 도움을 받아 미국으로 떠났다. 미국에서 쓴 그의 첫 영문 소설이 『초당』이었다.

국권 피탈과 3·1운동을 배경으로 한 자전소설이었는데, 그의 작품을 알아본 사람이 헤밍웨이와 피츠제럴드를 발굴한 전설적인 편집자 맥스웰 퍼킨스였다. 그의 손을 거친 『초당』은 미국 문단의 주목을 받으며 구겐하임상과 북오브더센추리상을 받았다. 원래 땅의 주인이었으나 학살과 핍박 속에 보호구역으로 쫓겨가야 했던

실패한 연서는 축복이다

『시간의 압력』

『시간의 압력』은 망설임 없이 주문한 책이다. 번역자가 홍상훈 교수인데 나는 그의 책을 대부분 갖고 있다. 중국 문화대혁명의 단초이자 백화 문화 운동의 가장 중요한 텍스트였던 『홍루몽』 전집을 그의 번역으로 독파하고 매료되었다.

『시간의 압력』은 중국 역사의 불멸로 남은 인물 아홉 명에 대한 탐구서다. 작가 샤리쥔(夏立君)은 낯설지만 문장은 유려하고 단호하다. 현대 중국을 대표하는 작가라는데 나는 고전에 치중해서 루쉰 이후의 중국 작가에 무심했다. 더욱이 요즘 들어 정치 경제 방면으로만 책을 읽었으니 모르는 게 당연했다.

샤리쥔은 이 책을 쓰기 위해서 수십 년 자료를 수집하고 분석했다. 나는 그의 아름답고 서늘한 문장을 오래오래 음미하며 감탄했다. 내가 책 한 권을 일주일 이상 붙든 경우는 처음이다. 이 책은 소설이 아님에도 루쉰문학상, 종산문학상, 린위탕산문상을 휩쓸었다. 내용도 내용이지만 문장에 이끌려 페이지를 넘기는 게 아까웠다. 책을 읽을 때 흔적을 남기지 않는 편인데 밑줄투성이가 되었다.

원작과 번역의 협업이라고 생각하지만, 글을 쓰는 이들은 이 책의 문장을 주목했으면 한다. 중국과 일본 문학의 차이에 대해 생각한다. 독자로서 일본 문학을 얘기하자면 섬세하고 미묘한 떨림으로 감성을 자극한다. 그러나 중국 문학은 선이 굵고 대범하며 서사의 줄기가 도도하다. 개인적인 느낌이지만 이로 인해 책을 대할 때 나의 자세가 달라진다.

이 한 권의 책 속에 아홉 개의 평전이 있다. 중국의 전국시대에서 명청 교체기에 이르기까지 아홉 명의 인물을 다뤘다. 약간의 글살을 붙인다면 아홉 권의 책이 나와도 명저가 되리라 생각한다. 그만큼 통찰력과 심리분석이 탁월하다.

이 책을 관통하는 것은 '비첩(婢妾)의식'이다.

절대권력을 미인으로 시종일관 사랑을 노래하고 추파를 던지며 내 마음 몰라준다 통곡한다. 사랑을 몰라주는 절대권력에 대한 끝없는 연서는 원망을 뛰어넘어 문학이 되었다. 좋게 말해 충(忠)이고 의리며 절개이고 지조다. 우리나라에도 정철의 사미인곡이나 속미인곡이 있지 않은가. 왕을 향해 애절한 사랑을 고백하며 다시 불러 달라는 통곡의 연애서다. 모든 여자가 잠재적으로 버려진 아낙이듯 모든 신하는 잠재적으로 버려진 신하인 것이다.

이 '비첩(婢妾)의식'은 기원전 춘추전국시대 초나라의 굴원을 효시로 본다. 그러나 사랑을 몰라주는 절대권력에 대한 끝없는 연서는 억울함과 원망을 뛰어넘어 문학이 되었다. 경쟁자들의 시기와 질투에 내침을 당한 초나라의 굴원은 끝까지 절개를 지켜 자살했고 시적 재능은 있으나 정치적 재능이 부족했던 이백은 왕의 버림을 받고도 주제를 모르고 스토커처럼 기웃거렸다.

시경(詩經)에서 시를 이렇게 말한다. "원망하되 분노하지 않고 애통해하되 지나치게 상심하지 말라" 그런데 굴원은 울고불고 원망하고 애통해하고 상심하며 감정을 발가벗긴다. 황당하게도 왕따가 되는 바람에 그의 시는 스스로 문학의 경전이 되었다. 굴원, 조조, 도잠, 이백, 사마천, 이사, 이릉, 상앙, 하완순. 이 아홉 명에 대하여 저자는 치밀한 분석과 재평가로 후대의 비평을 벽돌 깨듯 각개격파하고 있다. 인간이 '시간의 압력'을 뛰어넘을 수는 없다. 그러나 정신은 시공을 초월하여 그 자체로 불멸이 된다.

굴원의 노래 해와 달처럼 높이 걸렸는데
초왕의 누각과 정자 산언덕에 공허하구나
屈平詞賦懸日月, 楚王臺榭空山丘

— 이백(李伯), 「강상음(江上吟)」 중에서

이 책을 쓴 샤리쥔은 말한다. "이백의 이 詩는 쇠망치처럼 내리친다. 현실에서 항상 실패하던 시인은 또 시구절로 한 번의 승리를 거둔다." 권력을 향해 영원하지 않을 비첩의식의 충(忠)을 던지는 현실주의자들은 이 책을 보라. 정신적 가치에 충(忠)을 던지는 인간들만이 시간의 압력을 뛰어넘어 역사 속에 살아남는다.

그러나 보통사람을 위한 샤리쥔의 유머가 숨어있다. 어부의 입을 빌어 노래한다. "창랑의 물이 맑으면 내 갓끈을 씻을 수 있고, 창랑의 물이 흐리면 내 발을 씻을 수 있지." 우리 같은 보통사람이 뭔 비첩의식으로 권력을 향해 추파를 던질 수 있겠느냐만 던지고 싶지도 않다. 그러나 시간을 뛰어넘어 불멸로 남은 인간들을 우리는 후대를 위해 기억해야 할 의무가 있다.

『시간의 압력』, 샤리쥔 지음, 홍상훈 옮김, 글항아리, 2021. 원제 時間的壓力

보고 싶었던 손님

『영애승람 역주』

어떤 책은 받아들면 뛸 듯이 기쁘다. 중국 명나라 사람 마환의 『영애승람 역주』가 내게 왔다.

『영애승람(瀛涯勝覽)』은 통역사 마환이 1416년에 쓴 남해원정의 견문록이다. 몇 번 구해보려 했지만, 번역본이 없었다.

명나라의 태조는 주원장이다. 그의 네 번째 아들인 영락제는 조카를 죽이고 황제가 되었다. 야심만만한 그는 심복이자 환관이었던 정화(1371~1433)에게 남해원정을 명했다. 1차 출정은 1405년이었는데 62척의 배에 2만 7,800명이 탑승한 거대함대였다. 모두 일곱 차례에 걸쳐 정화는 28년간 37개국을 방문했다. 마환은 아랍어 통역사로 정화를 수행하고 세 차례 원정에 동행했다.

『영애승람』은 자신이 다녀온 20개국의 풍토, 문화, 언어, 제도, 정치 등을 자세히 기록했다. 원정에 참가한 비신과 공진도 책을 냈지만 마환의 기록이 가장 상세하다고 한다. 영락제가 죽은 후 정화 원정은 중단되었고 해금령(海禁令)이 내려졌다. 아시아의 정화 선단은 유럽보다 70년이나 먼저 바다로 나갔으나 해양개척을 포기했다. 당시 명나라는 자원이 풍부해서 물자를 주고받을 필요가 없었고, 굳이 바다 너머의 세상에 눈을 돌려야 할 이유가 없었기 때문이다. 아마 중국이 그때 바다에 계속 눈을 돌렸다면 세계 식민지 역사가 바뀌었을 것이다.

어쩐 연유인지 정화는 사람들에게 잊혀 실존마저 의심스러운 인물이 되었다. 우리가 배웠던 세계사도 서양 위주여서 중국의 정화 선단은 거론되지도 않았다. 그런데 정화에 대한 연구가 시진핑 정권이 들어서면서 갑자기 활발해졌다. 중국의 일대일로(一帶一路) 사업 때문이 아닌가 싶다. 이 사업은 육지의 실크로드 경제벨트로 철도를 이용해 무역을 하겠다는 것과 또 하나는 바다를 통한 해상 기반의 21세기 실크로드 계획이다.

어떤 권력은 자신과 맞는 인물이나 이데올로기를 고금에서 불러낸다. 독일의 나치가 칸트의 계몽주의를 불러오고 마오쩌둥이 백화운동을 위해 『홍루몽』을 불러냈듯 시진핑은 1433년에 죽은 정화를 21세기로 불러왔다. 과거의 중국이 적극적으로 해외를 개척했음을 증명하는 연구는 시진핑 정부가 총력을 기울이는 일대일로(一帶一路) 사업에 역사적 정당성을 제공한다. 중국은 2008년 북경올림픽 개막식에서 '정화하서양(鄭和下西洋)'의 장면을 재현했었다. 그리고 2014년 야심차게 세계 실크로드 계획을 발표했다. 이 사업은 동남아, 스리랑카, 아라비아반도의 해안, 아프리카 동해안을 잇는 '21세기 해상 실크로드'로 정화의 바닷길과 닮았다.

15세기의 견문록, 마환의 『영애승람』에서 서술된 나라는 20개국이다. 실존했던 동남아, 인도양, 중동과 아프리카의 왕국들이다. 자바 왕국의 경우 주인이 죽으면 화장할 때 그의 하녀나 첩이 불속으로 뛰어들어 순장한다. 사람을 칼로 살해하고 사흘간 숨어있으면 무죄가 되나 잡히면 처형당한다. 처음에는 재미로 읽었는데 각국 사람들의 특색, 지역 풍습의 차이, 영토 구획 등의 핵심 정보가 순서대로 배열된 것이 문득 단순한 견문록이 아니란 생각이 들었다. 민족지를 읽는 기분이기도 했고 마치 유럽 국가들이 아시아, 아프리카에 진출하기 전 선교사들이 먼저 제출한 보고서를 읽는 기분이었다.

정화와 마환은 영락제의 야심을 읽었던 거다. 『영애승람 역주』를 번역한 이는 인제대학교의 홍상훈 교수다. 샤리췬의 『시간의 압력』이나 『홍루몽』, 『봉신연의』 같은 대하도 그가 번역한 것이다. 나는 해외 서적이 국내에 나올 때 선호하는 번역가들이 있다. 내게 중국어는 홍상훈 교수다.

『영애승람 역주』, 마환 지음, 홍상훈 옮김, 동문연, 2021.

죽이느냐, 살리느냐, 그것이 문제로다

『뉘른베르크의 사형 집행인』

황석영의 소설『장길산』은 조선 후기의 재판기록인『추안급국
안(推案及鞫案)』에서 소설의 모티브를 딴 것으로 알려져 있다. 1601
년부터 1905년까지 약 300년간 추국청에서 조사하고 판결한 내용
으로, 역모나 변란, 당쟁이나 정변 같은 큰 범죄 사건들을 수사한
것이었다.『추안급국안』에는 중죄인 만여 명의 심문 기록이 있어
당시의 법률, 정치, 사회, 민중 운동사를 연구하는 중요한 사료로
인정되고 있다.

장길산이 민란을 일으킨 17세기는 지구의 소빙하기로 불린다.
몇백 년 만에 한 번 일어날까 말까 한 대기근이 조선에 무려 3번이
발생했다. 냉해, 가뭄, 수해, 풍해, 병충해와 전염병이 동시다발적으
로 일어났다. 이때 조선 인구 25퍼센트가 사망했고 민생은 파탄에
이르렀다.

같은 시기 유럽도 기근으로 공포와 불안의 시대를 살았다. 전쟁과 약탈과 살인이 자행되었으며 여자들은 마녀로 몰려 처형되었다. 독일의 뉘른베르크의 처형장에서 한 젊은 청년이 사형 집행인으로 데뷔했다. 양민이었던 부친이 영주와의 악연으로 사형 집행인이 되면서 가족은 순식간에 천민이 되었다.

사형 집행인은 세습되는 불가촉천민이었다. 사람들과 어울릴 수도 없었고 학교도 교회도 갈 수 없었다. 식당도 숙박도 출입금지여서 같은 직종이나 도축업자 같은 하층민들과 교류할 수 있었다. 대를 이어 사형 집행인이 되었지만, 청년 프란츠 슈미트는 어린 시절의 자유를 기억하고 있었다. 그가 처음 사형을 집행하고 쓰기 시작한 일기는 무려 50년간 지속되었다.

당시 사형 집행인은 자백을 받아내는 고문 전문가였고 인체 해부 전문가로 의사이기도 했다. 군중이 모인 사형장에 데려가려면 쓰러진 죄수의 뼈를 맞추고 상처를 치료해서 일으켜 세워야 했다. 그는 교수형, 화형, 생매장, 참수, 익수, 바퀴로 육체를 찢는 수레바퀴형 등 다양한 형태로 사형을 집행했는데 모두 법원의 결정에 따른 것이었다. 처음 그의 일기는 보고서처럼 밋밋한 것이었다. 그런 그가 어느 순간 꿈틀거리며 사유를 시작했다.

그는 늘 의복을 정갈하게 입고 술을 입에 대지 않았으며 사창가도 근접하지 않았다. 품위를 지키려 노력했고 그의 직업을 모르는 사람들로부터 호의적인 환대를 받았다. 그러나 그것도 잠시뿐 그의 정체가 드러나면 출장지에서도 숙박을 거절당해 농가의 헛간에서 자는 일이 빈번했다. 그의 일기는 흡사 살아있는 '작가의 탄생'을 보는 것 같다.

그는 불평불만을 하지 않는 대신 자신의 환경을 개선해나갔다. 가혹하거나 잘못된 처형에 대해 이의를 제기하면 그의 인격을 신임하는 상부에 의해 받아들여졌다. 당시 여자는 교수형에 처하지 않고 산채로 교수대 아래 땅에 묻었는데 그의 호소로 여자들의 생매장은 단번에 고통이 끝나는 교수형으로 바뀌었다.

자신에게 엄격했던 그는 동료들과 어울리지 않는 사회적 고립을 택했다. 전략은 주효해서 사람들로부터 행실이 고결하다는 인상을 주었다. 사람을 살해하거나 고문하는 이들이 대부분 술을 마시는데 그는 언제나 정갈했다. 그의 일기는 자신이 집행한 처형장면이 아닌 인간 존엄을 저버린 죄수의 범죄에 대하여 세밀히 기록한 것이었다. 그의 글은 자기의 일에 확신을 가지려는 안간힘처럼 느껴진다. 그는 세상에 떠돌던 흑마법이나 마녀의 주술에 냉소적이었다. 그는 인간의 본성을 파악하는 심리학자이자 인체를 해부하고 치료하는 의사로서 과학자의 자세를 견지하고 있었다.

그는 자백을 받기 위한 심문에 고도의 심리전과 고문을 병행했다. 그리고 '잠재적 살인자'이기도 한 군중들 앞에서 처형을 집행하여 경각심과 볼거리를 동시에 제공했다. 인간의 창의성과 가학성의 집대성인 고문에 능통했던 그가 기술자로서 단 한 번 후회하는 기록을 남긴다. 무고한 이웃을 끌어들인 범죄자의 자백으로 희생자가 된 사람에 대한 연민이었다. 그는 인간을 믿지 않았던 만큼 자신에게 엄격했던 것 같다.

그가 흐트러진 자세를 보이지 않았던 이유는 두 가지로 추정된다. 군중들이 보는 것은 잔인한 사형 집행인이 아니라 법에 따라 정의의 검을 휘두르는 것이어야 했다. 또 하나는 자신의 직업을 물려받아야 할 아들 때문이었던 것 같다. 대를 이을 것을 대비해서 자긍심을 갖게 하려 했을 것이다. 그보다 자신이 쌓아 온 품격과 노력으로 '망나니'가 당대에 끝나기를 염원했겠지만 말이다.

그의 사유는 계속 진화했다. 그에겐 인간의 근본적 품위에 대한 악의적 위반과 단순히 인간의 허약함에 굴복한 것과는 큰 차이가 있었다. 아버지와 남동생과 근친상간의 관계였던 한 여자의 처형에 그는 동정심을 느끼는데 가정 폭력임을 배제하지 않았던 것 같다. 그는 여자의 화형을 교수형으로 내려 처형했고 남자들은 모두 화형에 처했다.

상습 좀도둑에 대한 처형을 집행한 날의 일기는 슬픔이 느껴진다. "왜 사람은 사형의 위험을 무릅쓰고 꿀을 계속 훔치는가?" 이 문장에서 핵심은 절도가 아니라 '계속'에 있다. 그는 도벽이란 습관에 분노하고 있었다. 그는 사람을 속이는 사기는 어렵지 않은 일로 단지 타인의 고통에 대해 관심만 없으면 된다는 것을 알았다. '사이코패스'가 공감 능력이 없다는 것을 일찍 간파했다.

그가 사형 집행자로 50년 동안 글을 쓰며 사유한 성찰의 기록은 은퇴 후에 빛을 발했다. 황제에게 자신의 대에서 사형 집행인을 끝내줄 것을 호소한 그의 청원서는 명문이었다. 학교도 다니지 못한 '생각하는 망나니'의 청원서는 그의 집안의 명예를 회복시켰다.

『뉘른베르크의 사형 집행인』은 역사학자 조엘 해링턴이 뉘른베르크의 책방 구석에서 프란츠 슈미츠의 일기 필사본 인쇄를 발견하고 쓴 책이다. 조엘은 보고서 같은 글을 풀어쓰면서 당시의 시대상을 재현해냈다. 『추안급국안』을 읽고 황석영이 장길산을 불러내었다면 조엘은 '로마가 없는 신성로마제국' 시대의 사형 집행인 프란츠 슈미트를 살려 입을 열게 했다. 400명을 죽인 사형 집행인인 그가 의사로서 1만 5,000명을 살린 이야기이기도 하다.

『뉘른베르크의 사형 집행인』, 조엘 해링턴 지음, 이지안 옮김, 마르코폴로, 2023.
원제 *The Faithful Executioner - Life and Death in the Sixteenth Century*

공존으로의 여정

『휴머니멀』

〈휴머니멀〉은 2020년 1월, MBC에서 방송되었던 TV 프로그램이다. 자신의 이익을 위해 동물을 살해하는 인간과 그들로부터 동물을 지키고자 고군분투하는 인간들의 이야기를 담은 다큐멘터리다. 다큐멘터리를 보고 이를 책으로 엮은 『휴머니멀』까지 읽고도 한동안 리뷰할 수 없었던 것은 절망감 때문이었다.

코끼리는 지능이 대단히 높은 동물이다. 기억력은 돌고래와 침팬지를 뛰어넘으며 감정도 풍부하고 가족에 대한 애정이 인간 이상이다. 호아킨 피닉스가 내레이션을 했던 다큐멘터리 〈Earthlings〉에는 반복적으로 고통을 받던 서커스단의 코끼리가 미쳐버리는 장면이 있다. 그것에 대한 글을 쓸 때도 괴로워서 몇 번이나 의자에서 일어나야 했다.

이 책은 "아시아의 코끼리는 왜 재주를 넘을까"로 시작된다. 어린 코끼리를 데려와 나무 우리에 가둔 후 마을 사람들이 24시간 내내 돌아가며 때리고 송곳으로 찌르는데 물 한 모금 주지 않고 열흘간 학대를 이어간다. 일부는 실신해서 죽기도 하는데 살아남은 코끼리는 피투성이가 되어 인간을 무서워하게 된다. 태국을 포함한 아시아 13개국이 이 학대과정을 의식화한 '파잔'으로 조련을 한다. 코끼리는 야생동물이다. 수시로 찔러대는 고통 속에서 자아와 야생성은 사라질 수밖에 없다. 조련사들이 손에 든 것은 채찍이 아닌 쇠갈고리다. 코끼리는 이 쇠갈고리에 눈을 찔려 멀기도 하고 피부가 괴사해 죽기도 한다.

파잔이 이루어지는 마을의 한 어린 소녀가 상처투성이의 코끼리에 약을 발라주다가 결심을 한다. 그녀는 대학을 졸업한 후 NGO에서 경력을 쌓고 1996년부터 코끼리 보호 활동을 시작한다. 그리고 태국에 코끼리 피난처인 코끼리 생태공원(Elephant Nature Park)을 세운다. 후에 열혈 야생동물보호 활동가가 된 어린 소녀가 '생드언 차일러트'다.

학대받는 코끼리를 돈을 주고 구조하는 장면이 눈물겹다. 당장 죽어가는 코끼리를 앞에 두고도 흥정을 하는 주인을 보며 차일러트 여사는 애가 탄다. 코끼리가 재산인 사람과 코끼리의 생명이 소중한 사람과의 슬픈 조우다. 공존을 넘어서서 대체 인간에게 '고통을 무시할 권리'를 누가 주었는가. 코끼리 생태공원에 들어온 코끼리의 70퍼센트가 재활 치료가 시급할 만큼 성한 데가 없다. "코끼리를 보고 눈물은 누구나 흘릴 수 있습니다. 하지만 땀을 흘려줄 사람은 누구입니까?" 차일러트 여사의 말이다.

아프리카의 야생 코끼리도 마찬가지다. 곳곳에 발견되는 코끼리의 사체에 얼굴이 없다. 상아가 필요한 밀렵꾼들이 코끼리의 정수리에서 귀 앞을 지나 턱까지 날카롭게 잘랐다. 코끼리 상아는 일부 약재로 쓰이기도 하지만 대부분 장식품이 된다. 더 웃기는 건 상아세공이 불교의 공예품으로 쓰인다는 것이다. 살생을 금지하는 불교가 부처님을 기리기 위해 쓰인다니 부처님이 기함하실 일이다.

얼굴이 잘려 죽은 아빠 코끼리에게 코를 부비며 깨우려고 애쓰는 아기코끼리의 모습은 인간의 모습과 다를 게 없다. 그래도 코끼리의 문제는 먹고살기 위해서라는, 괴롭지만, 이해의 영역이 있다. '트로피 헌팅(trophy hunting)'은 얘기가 다르다. 이건 식용이나 상업적 목적이 아닌, 그냥 취미다.

서구사회에서 '트로피 헌팅'은 레포츠다. 아프리카 짐바브웨 야생 보호구역인 황게 국립공원(Hwange National Park)은 방대한 면적이다. 이 야생의 지배자는 세상에서 가장 유명한 사자 '세실'이다. '세실'의 행적을 추적하며 생생히 기록한 책이 『세실의 전설』이다. 이 크고 우람하고 잘생긴 사자를 따라다니며 연구하는 옥스퍼드대학 야생보존 연구팀 '와일드 크루(WildCRU)'의 일원이자 저자인 브렌트 스타펠캄프의 인생이 뒤바뀐 사건이 있었다. 세실에게 달았던 GPS 정보가 수신되지 않더니 이내 사체가 발견되었다. 갈기의 머리와 가죽이 사라지고 몸통은 독수리와 하이에나가 헤집어 놓았다. 세실을 죽인 사람은 미국의 치과의사, '월터 파머'였다. 전 세계 트로피 헌터의 80퍼센트는 미국인이다.

브렌트는 분노했다. 월터 파머는 미국으로 달아나 자신의 사냥은 합법적이라고 버텼다. 짐바브웨 정부도 손을 놓자 이 사실이 SNS와 언론을 통해 전 세계에 알려졌다. 미국의 동물 애호가와 시민들이 월터 파머의 병원 앞에서 피켓을 흔들며 시위했다. 그는 세실이 그리 중요한 동물인지 몰랐다고 변명했다. 비난 여론이 거세지자 그는 SNS 계정을 폐쇄하고 병원도 휴업했다.

분노의 목소리는 들불처럼 번져나갔다. 전 세계 항공사 42곳이 트로피 헌팅에 희생된 야생동물의 모피 운송중단에 협약했고 미국은 아프리카 사자를 멸종위기종으로 지정했다. 브렌트가 소속된 옥스퍼드대학 와일드 크루에 100만 달러가 넘는 기금이 쏟아져 들어왔다. 네덜란드, 프랑스, 호주 등이 트로피 헌팅 포획물 반입을 금지했고 영국도 검토하겠다고 밝혔다.

브렌트가 옥스퍼드의 와일드 크루를 떠난 계기가 슬프다. 그 단체는 트로피 헌팅을 옹호하는 미국 이익단체의 후원을 받고 있었고 와일드 크루의 설립자 데이비드 맥도널드 교수는 "아프리카 일부 지역에서 엄격하게 통제한 트로피 헌팅은 사자를 보전하기 위한 최선책"이라는 자가당착의 논리를 앞세웠다. 동물자원의 남획을 막는 이유 중 하나가 지속 가능한 헌팅을 위한 것이란 얘기다.

'트로피 헌팅'은 가진 자, 힘 있는 자의 레포츠고 헌터는 대부분 미국의 상류층이다. 그들이 후원금을 내는데 눈감아주는 건 당연하지 않겠는가? 영장류 연구가이자 UN 평화대사인 제인 구달은 트로피 헌팅이 아프리카 지역사회에 기여한다는 주장에 대하여 단호하게 고개를 젓는다. "헌터들이 지불하는 돈은 헌팅 업체의 주머니로 들어가고 그 돈의 상당수는 부패한 정부 관료에게 흘러갑니다. 나는 단 한 번도 멸종위기종을 보호하려는 모범적인 트로피 헌팅을 본 적이 없습니다."

야생공원의 동물들은 죽이기 위해 키우는 것인가. 아프리카의 나라들은 지금도 트로피 헌팅으로 수입을 올린다. 기린이나 하마를 죽이고 그 옆에서 사진을 찍는 헌터들의 모습이 즐거워 보인다. 물론 거의 미국인들이다. 그런 그들이 식용견을 먹는다고 한국을 손가락질하는 것은 진짜 희극이다.

이야기는 바다의 돌고래, 멸종위기로 세계에 단 두 마리뿐인 북부 흰 코뿔소, 곰을 보호하는 '베어 위스퍼러' 등 여러 사례를 펼쳐놓다가 마지막 인간과 동물의 공존에 대한 화두를 던진다. 멸종은 자연계에서의 도태를 의미했지만, 지금 이 시대의 멸종은 급격한 단절이다. 단순한 적자생존으로 볼 수 없는 일이다.

유발 하라리는 『사피엔스』에서 이렇게 말한다. 인간은 생태계의 입장에서나, 인간 자신의 입장에서나 너무 빨리 먹이사슬의 정점에 올랐다는 것이다. 인간은 최근까지도 잡아먹히는 쪽이었기에, 포식자에 대한 공포는 상대방에 대한 공격성과 잔인성으로 드러나

게 되었다. 결국 인간이라는 종 사이의 파멸적인 전쟁이나 인간에
의한 다른 종의 무차별적 파괴는 인간의 너무 빠른 도약에서 기인
한다는 결론이다. 그의 말대로 인류는 스스로의 힘을 어쩌지 못하
는 자연계의 폭군이 되었다. 코로나-19 바이러스는 인간의 오만함
에 대한 생태계의 복수일 수도 있다.

공존의 그늘이 깊고 길다.

『휴머니멀 – 인간과 동물이 더불어 산다는 것』, 김현기 지음, 포르체, 2020.

『새실의 전설』, 브렌트 스타펠캄프 지음, 남종영 옮김, 사이언스북스, 2018.

비인간 동물이 인간 동물에게

『살고 싶다. 사는 동안 더 행복하길 바라고』

⟨Earthlings⟩은 동물 학대를 다루는 다큐멘터리다. 엽기적인 장면이 많지만, 중국의 도살장에서 산 채로 밍크 털가죽을 벗기는 장면은 괴로웠다. 살아있을 때 벗겨야 한 번에 모피를 뜯어낼 수 있다는 게 이유였다. 밍크는 고통과 공포로 눈물이 가득 고인 채로 죽어갔다. 내레이터 호아킨 피닉스는 "인간에게 누가 생명체에 고통을 줄 권리를 주었는가?"라고 묻는다. 영화배우인 그는 채식주의자고 그중에서도 비건(Vegan)이다. 그리고 동물보호단체 PETA의 대변인이기도 하다. 이 영화를 나와 같이 본 아들은 수의대에 진학했다.

지난 30년간 발생한 역병의 75퍼센트는 인수공통전염병이다. 코로나 사스, 에볼라, 메르스 등은 동물에서 인간으로 전이된 역병이다. 다른 종의 동물끼리 오래 밀집되어있을 때 체액과 분비물이 교차하며 변이가 발생하는데, 동물이 변이를 일으켜도 인간이 먹지 않으면 전염되지 않는다.

지구상의 전체 척추동물 중 36퍼센트가 인간, 60퍼센트가 인간이 먹기 위한 가축. 그리고 겨우 4퍼센트만이 야생동물이다. 이 수치는 인간의 동물착취와 생태계 교란이 이미 도를 넘었다는 것을 말해준다. 아픔과 슬픔, 괴로움과 두려움을 느낄 수 있는 존재라면 마땅히 윤리적 대우를 받아야 한다. 생각하고 말할 수 있는 능력이 아니더라도 '고통을 느끼는 능력'을 갖고 있는 생명체라면 그 또한 존엄의 대상임을 인정해야 한다.

나는 지금 막 전범선의 『살고 싶다. 사는 동안 더 행복하길 바라고』를 읽었다. 작가에 대한 소문은 익히 들었다. 책방 '풀무질'의 주인이고 출판사의 대표이며 밴드 '양반들'의 보컬이다. 그보다 더 알려진 것은 급진적인 비건이고 동물권 단체 '동물해방물결'의 일원이며, 환경주의자이고 평화주의자라는 거다.

이 책은 동물을 세는 단위를 사람과 같은 '명'으로 쓴다. 동물에게 인권과 같은 권리를 주기 위해 단위부터 해방시켰다. 그가 주장하는 동물해방은 노예해방과 같은 종 차별주의의 타파이다. 나는 별생각 없이 동물의 숫자를 '명'으로 쓴 걸 보고 대파도 한 뿌리 대신 '한 명'이라고 써야 하지 않느냐고 웃었던 적이 있다. 식물도 공포를 느낀다는 글을 본 적이 있기 때문이었다. 저자의 주장이 급진적이라고 생각하면서도 인간의 탐욕이 지구를 파괴하는 현실에 고개를 끄덕거린다. 산업혁명 이후 인간은 더 많은 이익을 위해 지구를 착취하고 공존해야 할 자연을 파괴했다. 한편으로는 노예해방, 민족해방, 노동해방, 민중해방, 여성해방, 퀴어 해방, 장애 해방 등 다양하게 인권회복을 위해 투쟁해왔다. 저자 전범선은 동물해방운동을 21세기의 노예해방으로 생각한다. 그리고 인간과 동물을 '인간 동물'과 '비인간 동물'로 호명한다.

"하느님은 흑인을 미워하시나 봐요." 매를 맞고 우는 흑인 꼬마의 말에 존 브라운은 총을 들었다. 그는 노예 사냥꾼을 죽이고 무기고를 탈취하다 사형을 당했다. 존 브라운을 적극적으로 변호하고 나선 이가 『월든』의 데이비드 소로다. 평화주의자가 폭력주의자를 변호했던 것이다. 노예제도를 옹호하는 정부에 소로는 '시민 불복종'으로 납세를 거부하고 감옥에 갔다. 소로의 이 비폭력 운동은 톨스토이를 거쳐 간디에게도 큰 영향을 미쳤다. 저자도 군대와 전쟁은 사라져야 한다는 평화주의자다.

이 책은 소로와 《녹색평론》의 김종철 선생에 대해 상당한 지면을 할애한다. 기본적으로 동물권을 보호하지 않는 생태주의는 무의미하며 비거니즘은 취향이 아니라 정치사상이라고 주장한다. 종차별주의와 인종차별주의는 본질적으로 동일하므로, 노예해방처럼 동물해방이 목표다. 인간이 지금처럼 자연을 착취한다면 바이러스는 계속 나타날 것이고 산불, 기근, 해수면 상승 등의 이상기후는 계속 나타날 것이다. 우리나라 같은 경우는 식량 자급률이 45.8퍼센트(2019년 기준)다. 기후 위기로 기근 현상이 지구 곳곳에서 벌어지고 있는데, 식량을 수입하지 못하면 우리는 인구의 반도 먹여 살리지 못하게 된다.

이 책은 동물권뿐만이 아니라 여러 분야를 광범위하게 다루고 있다. 결코 감성에 호소하지 않는다. 철저하게 논리적이고 이성적이며 설득력이 있다. 21세기를 사는 사람이라면 그의 '테크노-비거니즘 선언문'을 읽어야 한다. 흔히 한 세대의 가치관을 타파하려면 그 세대가 죽어야 끝난다고 한다. 그러나 급격한 패러다임의 붕괴와 생성을 지금, 내가, 살아서 보고 있다.

정치나 경제, 여러 분야의 리더들은 기득권의 안온함에서 벗어나 이 책을 읽어야 한다. 지구의 위기에 목소리를 높이고 행동으로 나선 젊은 세대들의 생각을 알아야 한다. 우리는 다음 세대들에게 파괴된 지구를 넘겨줄 확률이 높다. 이대로 가면 자연은 반드시 인간에게 보복하고 말 것이다. 아니 보복은 이미 시작되었다.

루이스의 소설에 악마가 작은 악마에게 주는 '위험한 인간'에 대한 조언이 있다. "인간이 행동으로 옮기는 것만 아니면 무슨 짓이라도 하게 두거라. 상상과 감정이 아무리 경건해도 의지와 연결되지 않는 한 해로울 게 없다." 우리는 행동하지 않고 불안감만 느끼다 위기에 봉착하게 될 것이다. 여의도 국회의사당에 이 책을 뿌리고 싶다.

『살고 싶다. 사는 동안 더 행복하길 바라고 – 전범선 비거니즘 에세이』, 전범선 지음, 포르체, 2021.

3부

그럼에도 삶은 계속된다

사랑이 어떻게 떠났는가

『헬렌 켈러 평전』

미국 FBI의 후버 국장은 48년을 재직하면서 공산주의자를 색출하는 일에 몰두했다. 특히 헬렌 켈러(Helen Keller, 1880~1968)를 눈엣가시로 여겨 지속적으로 사찰하고 감시했다. 그녀의 연설이나 행동이 그의 비위를 건드렸기 때문이었다. 그의 보고서에 그녀는 '공산주의, 파시스트, 나치당원'으로 기록되어있다. 헬렌 켈러는 실제 사회주의자였고 사회당원으로 활동했다. 그녀는 미국의 자본주의를 '장애를 가진 사회'로 규정했다. 그녀의 인종차별 반대, 여성 인권, 노동자 권익 옹호, 반전운동은 정부의 골칫거리였고, 미국은 그녀가 투사가 아닌 천사로 남기를 원했다. 그 결과 우리는 헬렌 켈러를 장애인을 위해 평생을 살아온 의지의 여인으로만 기억하게 되었다.

헬렌 켈러는 1880년 남부 앨라배마의 유복한 가정에서 태어났다. 앨라배마는 백인우월주의 집단 KKK의 본거지며 지금도 인종차별이 극심한 지역이다. 아버지는 흑인 노예해방을 반대하는 남부군 대위 출신이었고 엄마는 총사령관의 딸이었다. 그녀가 정상적인 신체를 갖고 있었다면 남부 특유의 보수적 가풍을 이어받았을 것이다.

헬렌은 태어난 지 19개월 만에 병으로 시각과 청각을 모두 잃었다. 그리고 집안에서 한 마리 짐승으로 살았다. 여섯 살 때 그녀의 어머니는 안과의사에게서 그레이엄 벨을 소개받는다. 그는 전화기를 발명한 사람으로 농아 교사였고 엄마도 아내도 청각장애인이었다. 그는 헬렌을 처음으로 이해한 사람이었다. 그는 그녀의 부모에게 퍼킨스 맹아학교에 교육 가능성을 타진해 보라고 조언했다.

1886년 여름 그녀의 아버지 켈러 대위는 그 학교에 편지를 썼다. 가정교사로 입주해서 내 딸을 가르칠 사람이 있는가? 그때 맹아학교를 갓 졸업한 21세 앤 설리번은 갈 곳이 없었다. 술꾼 아버지는 가족에게 주먹을 휘둘렀고 엄마는 맞아서 불구가 되어 죽었다. 결막염으로 시력을 잃은 앤을 아버지가 죽도록 때리면 온몸으로 막던 엄마였다. 그는 앤과 동생을 범죄자, 매춘부, 정신병자가 있는 빈민구호소에 버렸다.

앤의 소원은 학교에서 글을 배워 읽고 쓰는 것이었다. 빈민구호소에 시찰단이 방문하자 이 당돌한 아이는 "학교에 가고 싶다"고 절규했다. 그들의 도움으로 그녀는 열네 살이야 빈민구호소를 나와 맹아학교에 입학했다. 자선단체의 지원을 받아 눈을 수술했지만, 사물이 흐릿하게 보였다. 이 학교에서 보낸 6년이 그녀가 받은 정규 교육의 전부였다.

1887년 두 사람이 만났을 때 헬렌 켈러는 7세였고 앤 설리번은 21세였다. 도착한 지 사흘 만에 헬렌은 앤의 이빨을 부러트렸고 앤은 헬렌의 따귀를 수시로 올려붙였다. 버림받고 악만 남은 영혼과 어둠 속의 짐승이 맞붙어 싸운 결과 헬렌은 읽고 쓸 줄 알게 되었고 앤은 듣도 보도 못한 독창적 방식의 교육자가 되었다.

둘은 샴쌍둥이처럼 모든 것을 함께 했다. 대학에서 앤은 강의 내용을 통역했고 시험공부를 같이했으며 한시도 떨어지지 않았다. 이미 장애를 극복한 것으로 유명해진 헬렌은 대학에서 자서전을 쓰기 시작했는데 그때 도움을 준 하버드대학생이 훗날 앤과 결혼한 존 메이시였다. 존은 문학 비평가이자 사회주의자였으며 성격이 너그럽고 유머 감각이 있었다.

앤이 서른아홉 살, 존이 스물여덟 살 때 두 사람은 결혼했고 헬렌과 같이 살았다. 그러나 이들의 기묘한 동거는 존에게는 힘겨운 투쟁과 같았다. 그가 보기에 앤과 헬렌은 신체적 결함과 더불어 정신적 결함이 있었다. 헬렌은 전적으로 존에게 의지했고 앤은 거의 앞이 보이지 않는 데다 감정의 기복이 심했다.

우울증을 앓았고 성격이 공격적이어서 적이 많았다. 헬렌이 당신보다 중요하다고 소리를 질렀다가 아이를 원했다가 갈피를 못

잡았다. 두 이상한 여자의 뒤치다꺼리에 자기 삶이 헝클어졌던 존은 진저리치며 집을 나가버렸다. 어쩌면 사랑하고 사랑받은 기억이 없는 앤에게 사랑은 낯선 경험이었을 것이다. 목숨이라도 내어줄 것 같던 남자의 사랑이 사라지자 두 여자는 충격을 받았다.

존이 떠나자 헬렌은 '나는 영원한 장애물이자 기생충'이라고 심경을 토로했다. 그녀들에게 남자의 사랑은 언제든 떠날 수 있는, 신뢰할 수 없는 것이었다. 그녀들은 자신을 도와줄 사람을 여자로 고용했는데 스코틀랜드 출신 폴리 톰슨이었다. 이 세 여자는 평생을 같이하고 무덤도 나란히 함께했다.

존은 떠났지만, 그의 사회주의 성향은 헬렌에게 큰 영향을 끼쳤다. 헬렌은 자신이 사회주의자임을 천명했고 들끓는 여론 속에서도 제1차 세계대전 참전 반대 연설을 했다. 폴리가 고향을 방문하러 간 사이 임시 고용한 남자가 '피터 페이건'이었다. 스물아홉 살의 청년인 그는 사회주의자이며 기자였는데 당시 헬렌은 서른여섯 살이었다. 피터는 그녀와 같이 강연을 다니면서 그녀와 사랑에 빠졌다. 그때 앤 설리번은 존 메이시와 헤어진 충격으로 눈이 멀고 늑막염까지 앓고 있었다.

피터와 사랑에 빠진 헬렌은 비밀약혼을 하고 결혼 예고를 했다. 소식을 듣고 찾아온 그녀의 엄마는 "너에게 남자가 있어서는 안 된다"고 주장했다. 그리고 눈멀고 귀 먼 딸이 처음으로 사랑했던 남자를 집에서 쫓아냈다. 남자는 편지를 몇 번 보내다 소식이 영원히 끊겨버렸다. 사회의 관습과 편견에 저항하던 천하의 헬렌이 왜 엄마의 말에 순순히 이별을 택했을까? 온갖 고난을 헤치고 레드클리프대학을 우등으로 졸업한 그녀였다.

그녀는 알고 있었던 것 같다. 그녀의 남자가 된다는 것은 자신의 꿈을 포기하고 전적으로 그녀를 뒷바라지해야 하는 것임을. 그녀는 제대로 된 사랑을 하기도 전에 사랑의 허무부터 학습한 것 같다. 사랑은 얇은 유리처럼 깨어지기 쉬운 것이어서 역경을 견디지 못했다. 스승인 앤의 남자도 달아나지 않았는가.

헬렌은 영원을 맹세하는 남자의 사랑이 영원하지 않을 것을 알고 있었다. 그러나 여자인 헬렌과 앤은 둘 사이를 떼어놓으려는 어떤 방해도 견디며 살아왔다. 온갖 음해와 질투, 시기와 모함에도 둘은 서로를 믿었고 그렇게 결속되었다. 두 여자는 죽을 때까지 함께했다. 버려진 존재로 살아온 여자와 어둠 속에 혼자 웅크리고 살았던 여자의 이야기다.

사랑이 어떻게 왔고 어떻게 떠났는가.

『헬렌 켈러 평전』, 카트야 베렌스 지음, 홍성광 옮김, 청송재, 2021.
원제 *Alles Sehen kommt von der Seele*

그대에게 가는 길

『얼음 속을 걷다』

·······················

한밤중에 빗소리를 들으며 책을 읽고 글을 쓴다. 커피를 내리러 일어났다가 문득 나의 친구를 생각했다. 그녀는 떠난 남자가 사경을 헤맨다는 소식을 듣고 화분에 꽃을 심었다. 싹이 트고 꽃이 피는 사이 남자는 세상을 떠났다. 나는 그녀를 이해했다.

베르너 헤어조크(Werner Herzog)의 『얼음 속을 걷다』는 혹한의 계절을 관통하는 도보 여행기다. 사랑하고 존경하는 이가 아프다는 소식을 듣고 뮌헨에서 파리까지 국경을 넘어 22일을 걸어서 찾아간 이야기다. 책을 읽는 동안 꿈을 꾸는 듯한 느낌이 들었다.

오래전 산속에서 일행을 잃고 혼자 걸었던 일이 있다. 비가 내려 운무가 자욱했고 보이는 것과 보이지 않는 것의 차이가 느껴지지 않았다. 현실과 몽환의 경계를 쉼 없이 걸었고 나의 두뇌는 고통을 해리해서 비현실적인 꿈을 꾸게 했다. 그 꿈속에서 나는 유년의 대문을 열고 마당에 물을 뿌렸으며 아무도 없는 도서관에서 책을 읽었다. 나무 한 그루가 한때 내게 있었던 남자의 얼굴을 하고 내 이름을 불렀다. 그날의 일을 나는 누구에게도 말하지 않았다.

이 책도 그렇다. 도보로 얼음길을 걷는 동안 추위 속에서 눈과 비를 만나고 헛간에서 잠이 들기도 한다. 과거와 현실이 뒤섞이고, 있거나 있었거나 한 사람들이 나타난다. 살바도르 달리의 꿈을 보는 듯 기이한 장면들이 겹친다. 할아버지가 42년간 침대에 누워있다 일어난 건 할머니가 사 온 새 장화에 대한 호기심 때문이었다고 생각하고 농가의 자명종 시계에 분노해서 주인 몰래 갖다 버리기도 한다. 극한의 고통이 오면 우리의 뇌는 그렇게 해리하기도 한다. 그러나 고통의 끝은 사랑하는 이에게 닿기 위함이다. 사랑하는 방식은 저마다 다르다. 죽어가는 이의 곁에 있을 수 있는 것도 어떤 이에겐 부러운 일이다. 늦게 태어나거나 늦게 만났거나 그래도 사랑은 태동한다.

『얼음 속을 걷다』는 한 청년이 존경하는 여인을 만나기 위해 멀고도 먼 길을 가는 도보 여행이다. 나는 '존경'을 '사랑'으로 읽었다. 저자 베르너 감독은 1942년생이고 그가 만나려는 여인은 1896년생이다. 그가 32세였던 1974년 겨울에 쓴 일기에서 존경은 사랑을 품고 있다. 열정으로 가득 찬 청년은 계속 중얼거린다. 그녀는 죽을 수 없고, 죽지 않을 것이고, 죽어서도 안 된다. 청년이 만나려는 여자는 독일의 영화평론가이자 영화계의 양심으로 불린 로테 아이스너다. 저자를 영화의 길로 들어서게 한 장본인이 그녀일 것이다.

청년의 내면이 치열해서 나는 허우적거렸다.

저자 베르너 헤어초크는 오늘날 독일의 작가주의를 대표하는 영화감독이 되었다. 로테 아이스너가 입원했던 당시 그녀의 나이는 78세였다. 뮌헨에서 파리까지 800킬로미터가 넘는 길을 걸어 청년 베르너는 그녀에게 갔다. 병원에 도착했던 날의 글이다.

그녀는 나를 이해하는 듯했다. 미묘하고 짧은 순간, 뭔가 부드러운 느낌이 죽도록 지친 나의 온몸을 타고 흘렀다. 나는 그녀에게 말했다. 창문을 열어주세요. 며칠 전부터 저는 날 수 있게 되었답니다.

나는 이 글을 읽고 청년 베르너를 이해했다.

열정과 광기의 사랑이 한 청년에게서 어떻게 부드러워졌는지, 사랑이 존경을 품을 때 나이나 신분 같은 사회적 제약이 어떻게 사라지는지, 그리고 죽음을 바라보는 의미가 어떤 것인지. 이제 베르너는 팔순의 나이다. 그가 이 일기를 책으로 낸 이유를 나는 알 것 같다.

그에게 '젊은 날의 초상'이기도 한 이 책을 나는 빗소리와 함께 읽었다. 이 비가 그치면 나는 내 인생의 또 다른 날을 맞는다.

『얼음 속을 걷다』, 베르너 헤어초크 지음, 안상원 옮김, 밤의책, 2021. 원제 Vom Gehen im Eis

있는 그대로를 사랑하다

『저널 포 조던』

비 오는 새벽에 일어나 이 글을 쓴다.

인간은 자신에게 얼마나 정직할 수 있을까? 자식에게 나는 이런 사람이라고 '있는 그대로' 말할 수 있는 부모는 얼마나 될까? 우리의 뇌는 부끄럽고 괴로운 기억을 지워가며 선택적 편집을 하지 않는가? 딸에게 그리고 아들에게 아버지의 영향은 어디까지 미치는 것일까?

『저널 포 조던』은 전쟁터에서 전사하기 전 아버지가 갓 태어난 아들에게 쓴 편지다. 그러나 진짜 몸글은 그 편지를 전하는 엄마가 쓰는 편지. 부모가 결함 많고 모순덩어리 인간이라는 걸 명쾌하게 인정한다. 그러나 핵심은 '있는 그대로'의 사랑이다.

글은 용감하고 솔직하고 유머 감각이 넘쳐서 웃다가 울다가 독자를 살짝 돌게 만든다. 엄마이자 이 책의 저자는 『미국에서 인종이 살아내는 방식』으로 퓰리처상을 받은 《뉴욕 타임스》의 편집 차장 다나 카네디(Dana Canedy)다. 어린 시절 그녀의 아버지는 자식들을 혁대로 폭행하고 걸핏하면 아내의 얼굴에 주먹을 날리는 사람이었다. 미군에서 부사관으로 복무하던 아버지는 폭력적인 데다 바람까지 피웠다. 키가 크고 날씬한 미인이었던 엄마와 달리 다나는 키가 작고 뚱뚱했다. 자신의 외모 이야기를 독자에게 여러 번 비춰주는데, 열등감에서 자유롭지 못하다는 고백이지 싶다.

다나는 대학을 졸업하고 뉴욕에서 자리를 잡은 후 서른세 살에야 집을 방문한다. 그날, 운명처럼 거실에 앉은 미군 부사관 '찰스'를 처음 만난다. 아버지의 초상화를 그려서 선물로 들고 온, 키 크고 잘생긴 군인이다.

찰스는 장교도 아니고 이혼 경력도 있는 데다 돈도 없다. 아내가 전업주부여서 혼자 벌어 가정을 꾸리느라 힘이 들었다는 게 이혼 사유다. 딸도 있어 양육비까지 지급해야 한다. 여자가 돈을 잘 벌었으면 싶고, 남자로서 가부장적 책임감도 느끼는 복잡한 회로를 갖고 있다.

책과 글을 사랑하는 자유분방하고 지적인 여자가 왜 이 남자를 사랑하게 됐을까? 다나는 능력 있고 똑똑하고 돈도 더 많이 벌지만, 내면에 상처가 있다. 화가를 꿈꿨지만 군인이 된 아저씨는 부하를 사랑할 줄 안다. 연애 도사이자 비혼주의자인 다나는 이별하는 법에 익숙하다. 반면 남자는 사랑하는 여자를 위해 자신의 전통적인 가치관도 양보하고 인내할 줄 안다.

도저히 어울릴 것 같지 않은 남녀의 연애는 좌충우돌, 서로를 알아가는 과정은 웃음 폭탄이다. 켄터키 촌뜨기 군인은 《뉴욕 타임스》 건물 앞에서 여자를 기다리다 동상 뒤에 숨는다. 돈 잘 버는 여자가 고급 식당의 식대를 지불할 때 자존심을 다친 남자의 표정을 상상해보라. 그런 '있는 그대로'를 사랑하게 되는 이야기만으로도 이 책은 충분한 가치가 있다.

이라크 파병을 명령받은 남자에게 여자는 당신 아이를 갖고 싶다고 말한다. 결혼식도 올리지 않은 채 아들 조던을 낳았고 생후 6개월 때 남자는 이라크에서 전사한다. 그리고 여자는 이라크에서 전사한 남자의 동료들을 만나 냉정하게 인터뷰한다.

아들에게 아버지에 대한 모든 정보를 알려주기 위해 엄마는 최선을 다한다. 어떻게 죽었는지 죽기 전에 무슨 말을 남겼는지. 국가는 왜 유가족에게 획일적인 문장으로 죽음을 통보하는지. 이 책의 또 다른 흥밋거리는 흑인에게 미국은 어떠한 나라였는지 정치·사회적 사건들을 분석하는 내용이다. 언론인임에도 불구하고 자신이 흑인이란 사실에 당황하는 백인 대담자들의 이야기도 곱씹을 만하다. 유머가 넘치는 글인데 내가 왜 울었는지 이 책을 읽으면 안다. 울지 않는 글이 독자를 울게 한다.

네 엄마는 아빠로 하여금 실패한 이전 결혼생활로 겪고 있던 좌절감으로부터 벗어날 수 있도록 시간을 많이 들였는데 그런 엄마를 사랑하지 않을 수 없었다.

– 아빠

결혼식장을 환히 밝히는 젊은 여자만의 얼굴이 아니라 나이 들
어 주름진 여자의 얼굴이 지닌 아름다움을 볼 줄 아는 것이 사
랑이란 걸 네게 가르쳐 줄 거야. 사랑은 그녀에게 다른 누군가
가 되기를 요구하지 않는 것이고, 그녀 또한 네게 다른 누군가
가 되기를 요구하지 않는 것이지.

– 엄마

『저널 포 조던』, 다나 카네디 지음, 하창수 옮김,
문학세계사, 2022. 원제 A Journal for Jordan

아빠는 여우 한 마리를 만났단다

『여우와 망아지』

그람시(Antonio Gramsci, 1891~1937)의 『감옥에서 보낸 편지』는 옥중에서 아내와 자식들에게 보낸 편지를 묶은 책이다. 그중의 이야기 하나가 삽화가 있는 동화책으로 발간되었다. 며칠 쉬면서 느긋하게 읽은 책 중의 한 권이 『여우와 망아지』다.

나는 그림책을 보면서 그의 아내, 줄리아를 생각했다. 그람시는 어릴 때 등을 다친 장애인으로 키가 150센티미터에 불과했는데 그의 아내는 키가 크고 아름다운 바이올리니스트였다. 그들에겐 두 아들이 있었다.

안토니오 그람시는 서른 살의 나이에 이탈리아 공산당을 창설했다. 뼛속까지 가난한 집안에서 태어난 그는 독학으로 토리노대학에 진학했지만 중퇴했다. 이론가들은 대부분 귀족이나 부르주아 출신으로 정규 교육을 받았지만, 그는 혼자 공부했다. 그의 육체는 보잘것없었지만, 뛰어난 두뇌 때문에 무솔리니 정부는 골치가 아팠다.

'세상에서 가장 위험한 두뇌'인 그에게 국가는 징역 20년을 선고했다. 당시 판사는 "우리는 이 자가 20년 동안 두뇌를 쓰지 못하게 해야 한다"고 덧붙였다. 그람시는 30대에 투옥되어 40대에 옥중에서 사망했다. 그는 감옥에서 그 유명한 『옥중수고』와 『감옥에서 보낸 편지』를 썼다. 그람시에 관한 책과 논문을 많이 읽은 편인데 '여우'가 꽤 자주 거론된다.

> 사자의 힘을 분별력 있게 활용할 줄 아는 여우의 힘, 사자와 여우의 상호보완적인 유기적 관계를 국가권력과 관련하여 이해하는 일, 헤게모니가 국가와 이데올로기의 유기적 관계를 통해서 행사된다는 사실을 인정하는 것.

이 문장은 내가 양종근 교수의 논문 「여우의 부재 – 알튀세르의 그람시 비판」을 읽다가 메모해 놓은 문장이다. 그람시에게 어릴 때 처음 만난 '여우'는 사유의 시작이 아니었을까 싶다. 여우는 말이 망아지를 낳으면 기다렸다는 듯 귀와 꼬리를 먹었다. 가짜가 아닌 진짜 앞에서 움직이는 여우에 대한 인상이 강렬했을 것이다. 조지 오웰은 『동물농장』을 1945년 썼는데 그의 책을 읽었던 건 아닐까 싶다. 일하다가 죽는 말 '복서'와 몸의 일부를 먹히는 '망아지'

위에 권력이 존재한다. 아버지의 편지를 읽은 아들들은 그가 무엇을 말하려는지 이해했을까?

삽화를 그린 비올라 니콜라이는 이탈리아의 일러스트레이터다. 그녀는 졸업 논문은 그람시의 『감옥에서 보낸 편지』에서 발췌한 이야기로 그린 그림이었다. 19세기에 태어난 한 남자가 감옥에서 자식들에게 보낸 편지를 21세기의 여자가 선택했다. 투옥 중에 서서히 죽어가면서 그는 편지를 썼다. 볼 수 없는 아들들에게 독서 목록을 보내고 장난감을 만들면서 자식들의 교육을 걱정했다.

천천히 책을 읽고 나니 내가 잘못 생각했던 것 같다. 편지는 그람시가 자식들에게 헤게모니를 설명하는 것이 아니었다. 그냥 아들을 안고 바람 부는 들판을 바라보며 아빠의 어릴 적 추억을 들려주는 것이었다.

그의 편지, 아니 이 그림책 중의 한 대목이다. "이제부터, 아빠가 처음으로 여우와 마주쳤던 이야기를 해줄게."

『감옥에서 보낸 편지』, 안토니오 그람시 지음, 양희정 옮김, 민음사, 2000.

『여우와 망아지』, 안토니오 그람시 글, 비올라 니콜라이 그림, 이민 옮김, 이유출판, 2022. 원제 *Volpe e il polledrino*

왜 자살하지 않습니까

『빅터 프랭클의 죽음의 수용소에서』

『빅터 프랭클의 죽음의 수용소에서』 개정판이 나왔다. 그는 정신요법 제3학파라 불리는 로고테라피(Logotherapy) 학파의 창시자이다. 프로이트가 1세대라면 2세대는 개인심리학의 아들러이고 3세대가 빅터 프랭클(Viktor Frankl)이다. 그는 1905년 오스트리아의 빈에서 출생한 유대인으로 대학에서 의학과 철학박사 학위를 받았다. 유대인이었던 그는 제2차 세계대전 당시 아우슈비츠 수용소에서 3년을 보냈으며, 강제수용소의 경험이 그가 창시한 이론의 모태가 되었다.

아우슈비츠 수용소 경험을 책으로 쓴 유대인은 부지기수다. 2002년 노벨문학상 수상작이었던 임레 케르테스의『운명』을 끝으로 나는 아우슈비츠 경험담을 그만 읽고 싶었다. 공포와 죽음의 경험이 고통을 넘어 무감각해지는 게 싫었다. 내가『운명』을 기억하는 것은, 수용소에서의 저녁노을 풍경이 주는 위로를 부각했기 때문이었다. 그는 석방되어 사람들이 얼마나 힘들었는지 위로 차 물었을 때 이렇게 대답했다. "그렇게 나쁘지 않았습니다."

『빅터 프랭클의 죽음의 수용소에서』도 그렇다. 얼마나 고생을 했는지 분노하지 않는다. 죽음의 공포 속에서도 객관적인 시선으로 수용자들을 관찰하고 분석하며 '살아야 하는 이유'를 찾는다. 그는 아우슈비츠 수용소에서 로고테라피 이론을 창시했다. 관찰하고 분석하고 결론을 도출해서 마침내 해법을 찾아내는 이런 시선은 현재를 사는 우리에게 필요한 덕목이다.

책이 대단한 이유는 정신과 의사가 수용소에서 죽음을 기다리며 수용소 동료들을 대상으로 집단 치료를 했다는 것이다. 그는 니체의 말을 인용했다.

왜 살아야 하는지 아는 사람은 그 어떤 상황도 견딜 수 있다.

책은 3부로 나눴는데 1부는 강제수용소에서의 체험, 2부는 로고테라피의 기본 개념, 3부는 비극 속에서의 낙관이다. 정신의학 용어인 '집행유예 망상'은 사형수가 사형이 유예될지 모른다는 실낱같은 희망을 갖는 것이다. 예정된 죽음이지만 가느다란 희망에 매달리는 사람들은 모든 생존기법을 동원한다. 생존기법은 수용소에서뿐만이 아니라 현실에서도 적용된다.

사랑하는 사람을 떠올리고, 신을 찾고, 농담하고, 아름다운 자연을 바라보며 분노를 삭이지만, 순간적 위안은 삶의 의미와는 다르다. 최종적으로 삶이란 살아남기 위해 시련 속에서 의미를 찾아야 한다는 실존주의적 주제와 부딪혀야 한다. 그는 수용소 체험에 대한 글에 이 책의 상당 부분을 할애했다.

절망적인 순간, 삶을 포기하고 싶었던 순간에 저자는 불이 환하게 켜진 따뜻하고 쾌적한 강의실 강단에 선 자신과 푹신한 의자에 앉아 자신의 강의를 경청하는 청중들의 모습을 상상하기 시작하면서 현실의 상황과 고통을 극복하는 데 성공했다고 한다. 미래에 대한 기대가 삶의 의지를 불러일으킨 것이다.

할 일이 있다는 것을 아는 사람이 더 잘 살아남았고 긴장 상태에 있을 때도 정신적으로 건강하다고 했다. 이런 긴장은 정신적으로 잘 존재하기(well-being) 위해서도 필수 불가결하다고 한다. 고통이 오래 지속되면 무감각해진다. 고생을 많이 한 사람들의 얼굴이 무표정한 것과 같은 이치다. 빅터 프랭클도 수용소에서 석방되었을 때 기쁘지 않았다고 했다. 살아남기 위한 목표 한 가지에 열중하다 보면 감정을 표현하는 방법을 잊어버린다. 로고테라피는 환자가 이루어야 할 미래의 의미에 초점을 맞추고 환자 스스로 삶의 의미를 찾도록 도와주는 것을 과제로 삼는다.

그의 말을 빌리면 인간은 자기 삶의 의미가 무엇이냐를 물어서는 안 된다. 그보다는 질문을 던지고 있는 사람이 바로 '자기'라는 것을 인식해야만 한다. 로고테라피에서는 책임감을 인간 존재의 본질로 보는데 자신의 삶에 '책임을 짐으로써'만 삶의 질문에 대답하고 응답할 수 있기 때문이다. "인생을 두 번째로 살고 있는 것처럼 살아라. 그리고 지금 당신이 막 하려고 하는 행동이 첫 번째 인생에서 이미 그릇되게 했던 바로 그 행동이라고 생각하라."

3부는 1983년 6월, 서독 레겐스부르크대학에서 열린 제3회 로고테라피 세계 대회 발표내용이다. 인간의 삶을 제한할 수 있는 세 가지의 비극적인 요소는 '고통, 죄, 죽음'이다. 이 모든 비극을 맞이한 상황에서 '네(yes)'라고 대답할 수 있는 것, 절망적인 상황에서도 삶의 의미가 있다고 인지해야 한다. 자신의 의지로 자신의 삶에 책임감을 가질 때 낙관적인 생각이 저절로 우러나온다.

『빅터 프랭클의 죽음의 수용소에서』는 절망에 빠진 사람들을 위한 책이다. 정신과 의사였던 빅터 프랭클은 환자가 온갖 고통을 호소하면 그렇게 물었다. "그런데 왜 자살하지 않습니까?" 환자의 변명에서 작은 희망을 찾아 의미와 책임을 직조하는 것. 이것이 실존적 분석, 로고테라피의 목표이자 과제이다.

가장 기억에 남는 문장이다.

성공을 목표로 삼지 말라. 성공을 목표로 삼고, 그것을 표적으로 하면 할수록 그것으로부터 더욱더 멀어질 뿐이다. 성공은 행복과 마찬가지로 찾을 수 있는 것이 아니라 찾아오는 것이다.

행복은 반드시 찾아오게 되어있으며, 성공도 마찬가지이다. 그 것에 무관심함으로써 저절로 찾아오도록 해야 한다. 나는 여러 분이 양심의 소리에 귀를 기울이고, 그 소리에 따라 확실하게 행동할 것을 권한다. 그러면 언젠가는, 얘기하건대 언젠가는! 정말로 성공이 찾아온 것을 보게 될 날이 올 것이다. 왜냐하면 여러분이 성공에 대해 생각하는 것을 잊어버리고 있었기 때문 이다.

『빅터 프랭클의 죽음의 수용소에서』, 빅터 프랭클 지음, 이시형 옮김, 청아출판사, 2020, 원제 *Man's Search for Meaning*

이 잔이 당신을 비켜 가기를

『회상』

나데즈다 만델시탐은 러시아의 시인 오시프 만델시탐의 아내
다. 그녀의 『회상』은 지고지순한 사랑의 이야기가 아니다. 타살당
한 남편에 대한 사랑의 노래도 아니다. 남편의 사후, 출판되지 않은
시들을 계속 필사하고 암기하며 부조리한 시대가 반복되지 않도록
증언한 투쟁의 기록이다. 남편은 '인민의 적'으로 불렸고 거의 잊혔
다. 그녀는 원고를 미국의 프린스턴대학에 기증했고 남편에 대한
두 편의 회고록을 집필했다. 1970년대 초 서구에서 그의 시집이 영
문과 러시아어로 출판되면서 재조명되었다. 시인 오시프 만델시탐
은 그렇게 부활했다.

1917년 러시아의 젊은 예술가들에게 혁명의 시대는 꿈의 도래
였다. 탐욕적이고 부패한 제정 러시아가 사라졌다. 고골의 희곡「검

찰관(Ревизор)」을 읽어본 사람은 알 것이다. 사회적 정치적 부패가 얼마나 만연한 시대였는지. 그러나 그들이 쌍수를 들고 환영한 혁명정부는 전체주의였다. 스탈린은 누구든 비판하면 밤중에 '사냥개'들을 보내 체포했고 흔적도 없이 사라지게 했다. 공포의 시대에 만델시탐은 스탈린을 조롱하는 시를 썼다.

「스탈린 에피그램」이라는 제목의 이 시에서 스탈린은 침묵의 소련 사회 속에서 유일한 발화자이며, 그의 지령을 말 편자처럼 사람들의 몸에 박아 넣는다. 형벌마저 '오세티야인의 넓은 가슴'처럼 안락하고 '산딸기'처럼 달콤한 세상이라고 시인은 비꼰다.

그가 모임에서 읊은 이 시의 독배는 다른 작가들이 그러했던 것처럼 그를 비켜 가지 않았다. 한밤중에 체포된 그는 고문으로 정신병원에 입원했다. 아내와 함께 3년간의 유형을 마치고 모스크바로 돌아왔지만, 이유 없이 다시 체포당해 1938년 임시수용소에서 죽었다. 스탈린의 시대에 비판적인 예술가는 죽음을 각오해야 했다. "나는 침묵이라는 새로운 장르를 발견했다"라고 말한 작가 바벨도 체포당해 총살되었고 파스테르나크는 러시아에서 살아남기 위해 노벨상까지 거부했다. 쇼스타코비치가 저서 『증언』에서 기회주의자로 맹공격을 퍼부었던 솔제니친도 단지 살아남기 위해 그렇게 행동했을 뿐이었다.

친구라는 이유로 체포되고 죽임을 당하던 그 시절에 만델시탐은 시를 읊은 후 불행을 예감했는지 한때 애인이었던 아흐마토바에게 모스크바로 와달라고 독촉했다. 머뭇거리던 아흐마토바에게 남편이 한 말은 이것이었다. "이 잔이 당신을 비켜가기를 기도하는 거요?"

　모두가 권력의 눈길에서 나만은 비켜 가기를 원하던 시대였다. 나데즈다는 남편이 죽은 이후 체포를 피해 계속 거처를 옮겨 다녔다. 공장 노동자 등 여러 직업을 전전하다 1958년 비로소 모스크바에 돌아갈 수 있는 공식 허가를 받았다. 오시프는 자신의 원고에 무관심해서 아무것도 보존하지 않았다. 나데즈다는 남편의 원고를 암기하고 필사하고 보존했는데 남편의 죽음이 헛되지 않기를 바랐다.

　시인 오시프 만델시탐은 왜소한 체구에 생계 무능력자였다. 대인관계에 무심함에도 많은 여인과 염문을 뿌렸다. 나데즈다는 독학으로 불어, 독어, 영어를 깨치고 번역으로 생계 삼았던 명석한 여인이었다. 오시프는 열정적인 남자였고 아름다운 서정시를 쓰는 데 천부적인 재능이 있었다. 그의 매력이 그녀를 지옥으로 이끌었다.

　서로를 고발하면서 오직 생존만이 지상최대의 과제이던 시절 펜밖에는 무기가 없던 남자는 권력을 조롱했다. 실종되는 작가들을 보면서도 남자는 자신의 안위를 생각하지 않았다. 사랑은 주관적이나 있는 그대로를 사랑한다는 것은 객관적인 자세도 포함한다. 결점을 인정하고 받아들이는 것, 순정한 마음과 체념이 함께하는 것. 다시 그녀의 생존 목표를 생각한다. '인민의 적'으로 추락한 남편의 작품 출판과 공포의 시대가 다시 반복되지 않도록 증언하는 것이었다.

그의 시집은 전 세계는 물론 우리나라에서도 출판되었다. 『회상』과 두 권의 회고록으로 20세기를 통틀어 가장 기념비적인 기록이란 칭송을 받았다. 예술가와 인민이 환영했던 공산주의가 권력화되는 것을 보면서 전체주의란 이념의 문제가 아닌 권력의 문제라는 생각을 한다. 『회상』에는 도덕으로 무장한 이들도 다수 등장한다. 도덕이야말로 세상을 이끌어가는 희망이 아닌가. 시인의 아내 '나데즈다'는 러시아어로 '희망'이란 뜻이다.

『회상』, 나데즈다 만델시탐 지음, 홍지인 옮김, 한길사, 2009.

당신에게 불의를 저지르는 것이 아니라오

『나중에 온 이 사람에게도』

사흘을 외박한 요나가 아내에게 고래 뱃속에 머물러 있었다고 '변명'한 것이 소설의 기원이라고 한다. 물론 농담이지만 소설의 매력은 '이야기의 힘'이 아닌가. 그런 의미에서 바이블은 문학의 보고(寶庫)라고 생각한다. 문학뿐만이 아니라 성경이 모든 예술에 미치는 영향은 지대하다.

젊은 시절, 루가복음의 나자로 이야기를 싫어했다. 부잣집 대문 앞에서 굶어 죽은 나자로는 천국에 가고 외면했던 부자는 지옥에 간다는 이야기에 분노했다. 예수는 수많은 나자로들에게 세상을 뒤엎는 용기가 아니라 죽어 천국을 보장했다. 그러니 내게 성경은 영혼의 양식이 아니라 그냥 독서의 대상일 뿐이었다.

나는 '포도밭 주인'과 '돌아온 탕자'가 이해되지 않았다. 마태복음에 나오는 포도밭의 주인은 아침부터 일한 자와 오후 늦게 와서 일한 자의 품삯을 똑같이 지불한다. 세상의 셈법으로 이해될 수 없는 내용이어서 일찍 온 인부들이 주인에게 항의한다. 그때 포도밭 주인이 한 말이다.

> 친구여, 내가 당신에게 불의를 저지르는 것이 아니오. 당신은 나와 한 데나리온으로 합의하지 않았소? 당신 품삯이나 받아가시오. 나는 맨 나중에 온 이 사람에게도 당신에게처럼 품삯을 주고 싶소. 내 것을 가지고 내가 하고 싶은 대로 할 수 없다는 말이오? 아니면, 내가 후하다고 해서 시기하는 것이오?

성경은 온갖 상징과 은유로 표현되기 때문에 때로 행간을 읽어야 한다는 걸 뒤늦게 이해했다. 그리고 천국의 문은 일찍 신앙을 가진 자와 늦게 회개한 자에게 동등하게 열리는 것이라는 받아들였다. 그러다 19세기 존 러스킨이 쓴 『생명의 경제학』을 읽게 되었다. 1862년에 발간된 이 책은 사회개혁사상가들의 고전이라고 불린다. 나는 단지 읽어야 할 필수독서목록으로만 생각했었다. 책의 원제는 『나중에 온 이 사람에게도(Unto This Last)』이다. 포도밭 주인이 나오는 성경의 마태복음을 인용한 것이었다.

책이 발간되었을 때 영국은 산업혁명을 거쳐 자본주의가 확립되던 시기였다. 존 러스킨은 연민과 도덕이 결여된 자본주의와 자유주의의 해악이 얼마나 큰지 맹렬하게 비판했다. 굶주린 어머니와 아들이 한 조각의 빵을 놓고 싸우지 않는 것처럼 다른 인간관계도 무조건 적개심을 품고 경쟁하는 것으로 가정할 수는 없다는 주장이었다. 경제적 효율성을 앞세워 능력이 떨어지는 인간을 비참하게 만드는 당시 사회를 비판하고 대안을 제시하려 비유를 따 온 것이었다.

포도밭 주인의 셈법은 동정과 연민, 그리고 인간의 존엄성을 기반으로 한다. 정당한 품삯은 모든 이가 존엄을 가지고 살 수 있는 것을 의미하며 세속의 경제 논리를 넘어선다. 그러나 '동일노동 동일임금'과 상반된 이 불평등한 셈법은 비판을 받았다.

내가 정작 충격을 받은 것은 '돌아온 탕자'였다. 렘브란트의 그림 중에도 같은 제목의 작품이 있다. 유산을 미리 챙긴 작은 아들은 방탕하게 살다 거지로 돌아와 아버지 앞에 무릎을 꿇는다. 아버지는 기뻐하며 살찐 송아지를 잡고 풍악을 울리며 잔치를 벌인다. 밭에서 땀 흘리며 일하던 큰아들이 돌아와 떨리는 목소리로 항의한다.

아버지, 저는 아버지를 섬기며 성실하게 살았지만, 제겐 친구들과 함께 먹으라고 염소 새끼 한 마리 주신 적이 없었습니다. 아버지의 재산을 창녀들에게 갖다 바친 아들이 돌아오니 송아지를 잡고 잔치를 벌이시는군요.

그림 속 큰아들은 굳은 표정이다. 포도밭의 아침 인부와 큰아들의 불만은 같다. "내게는 그리 아니하시더니." 세상의 셈법으로 볼 때 이 계산은 결코 공평하지 않다. 사람들은 이 계산이 엉터리라고 말한다. 그러나 세상의 계산법이 달라지는 지점이 있다. 실직하거나 다치거나 역병이 돌거나, 개인적 또는 사회적 재앙과 맞닥뜨렸을 때 어떤 성실한 인간도 순식간에 나락으로 떨어진다. 정당한 품삯은 사회의 그늘에 있는 인간일지라도 인간답게 살 수 있는 '공정함'을 의미한다.

존 러스킨의 『나중에 온 이 사람에게도』는 자본주의가 경제적 효율성만 앞세워 인간을 비참하게 만드는 사회를 비판한다. 사회적 분배에 대해서 생각하다가 나는 작가들의 원고료에서 멈춘다. 내가 아는 전업 작가들은 다른 일을 하지 않으면 생계를 이을 수가 없다. 시 한 줄로 한 달 내내 고민하는 시인을 본 적이 있다. 몇 년간 쓴 시를 모아 자비로 시집을 내는 가난한 시인을 볼 때 '세상의 셈법'에 대해 고민하게 된다. 나는 문학을 포함한 모든 예술의 궁극적인 목적은 인간에 대한 위로라고 생각한다. 시 한 줄에 극적인 위로를 받은 경험이 내게도 있다. 뛰어난 작품인데도 시를 읽지 않는 세상이다. 인간에게 이성이 중요한 만큼 감성도 중요하다. 육체에 밥이 필요하듯 정신의 양식인 문학도 필요하다. 절망적인 순간에 인간의 몸을 일으키게 만드는 것은 결국 정신이지 않은가.

바이블의 '나중에 온 이 사람에게도'를 존 러스킨은 인간의 존엄성으로 해석했다. 문학에 복무하는 자에게도 그 셈법은 적용되어야 하지 않을까 싶다. 집안의 누군가 경제활동을 하지 않으면 작가는 문학이 부업이 된다. 창작은 작가가 제 영혼의 피 묻은 살점을 떼어내는 행위다. 문단에도 부익부 빈익빈이 존재한다. 전업 작가에게도 인간의 존엄성을 지킬 수 있는 최소한의 장치가 설정되었으면 한다.

모임에서 존 러스킨의 분배에 대한 이야기를 하면서 작가들의 원고료를 거론한 적이 있다. 내 말을 유심히 듣던 경제학자인 친구가 내게 한 이야기다. 가치는 사람들이 '얼마나 가지고 싶어하는가'에 따라 결정된다고 했다. 문학은 사람들에게 보편적 가치가 아닌 '취향'이므로 흥미가 없는 사람들에겐 아무짝에도 쓸모없다고 했다. 공장의 생산품은 누구나 필요하기 때문에 재화를 지불하지만, 문학은 그렇지 않다는 얘기였다.

인간은 생존만 하면 되는 단순한 정신세계를 갖고 있지 않다. 영혼을 투자한 창작행위가 최소한의 생계도 영위할 수 없다면 잘못된 셈법이라고 생각한다. 경제적 능력주의가 추앙받는 세상에서 인간은 소모품으로 전락한다. 나는 문득 신에게서 추방된 인간, 다시 인간이 인간을 추방하는 세상을 생각한다.

인간의 존엄성을 인정하는 존 러스킨의 셈법이 생각나는 저녁이다.

『나중에 온 이 사람에게도』, 존 러스킨 지음, 1862. 원제 *Unto This Last*

꿈에서 깨어나다

『당신은 왜 그렇게 멀리 달아났습니까?』

소설가 도촌 박노갑의 소설을 처음 읽었을 때가 90년 초이지 싶다. 1989년 그의 작품 3권짜리 전집이 나왔다. 작가 박완서와 한 말숙이 여고 은사였던 그를 추모하는 출판기념회를 주도했다.

박완서는 소설가이자 스승이었던 박노갑에게 가장 큰 영향을 받았다고 했다. 나무위키나 위키백과 같은 대부분의 검색 사전에 도촌은 '행불' 또는 '미상'으로 나온다. 그는 수복된 서울에서 당시 직장이던 숙명여고 출근길에 사라졌다. 그런데 내가 기억하는 것은 박완서의 소설에 나온 그의 죽음과 관련한 내용이다.

『나목』인지 『그 많던 싱아는 누가 먹었을까』인지 책을 찾아봐야 할 것 같다. 한국전쟁 중 서대문교도소에 수감된 숙부를 찾는 과정에서 은사와 함께 총살된 것으로 나온다. 박완서 작가의 자전적

소설이니 사실에 가깝지 않을까 생각한다. 그녀가 쓴 중앙일보 칼럼에 담임선생님이었던 도촌의 집을 방문한 이야기가 있다. 눈이 큰 다섯 살 사내아이가 마당에서 놀았는데 이제 어른이 되어 작가가 되었다고 했다. 칼럼에 나온 그 어린 소년이 페이스북을 통해 인연을 맺은 박정규와 동일인물이란 걸 생각조차 못 했다. 페이스북 세상은 얼마나 놀라운가.

『당신은 왜 그렇게 멀리 달아났습니까?』, 『에크로체 혹은 보이지 않는 남자』, 『흔적』 등 많은 작품을 쓴 작가가 나의 페친인 박정규 교수다. 문예지에서 잠깐 스쳤던 게 인연의 전부이니 어찌 신상 정보까지 알 수 있었겠나. 사회과학이나 역사, 외국소설에 탐닉했던 시기이기도 했고 국내 소설은 선호 작가만 읽었다.

시중에 책은 쏟아지는데 읽을 책을 고르다 보면 취향 위주의 선정이 될 수밖에 없었다. 그의 첫 작품이 1991년 단편소설 「니느웨로 가는 길」이었는데, 나는 당시 그 작품이 수록된 월간문예지 『문학정신』을 구독하고 있었다.

'니느웨'는 하느님이 요나에게 선교 활동을 명한 곳인데 요나는 가기 싫어서 도망가다 고래에게 잡아 먹혀 사흘간 뱃속에 갇히는 해괴한 일을 겪는다. 그 지명을 쓴 단편소설이라 제목에 끌려 읽었던 것 같다. 내용은 희미하지만, 상사의 비리를 파헤치다 오히려 코너에 몰리는 부하의 이야기였다. 『당신은 왜 그렇게 멀리 달아났습니까?』와 『에코르체 혹은 보이지 않는 남자』가 집에 온 지 좀 됐는데 쌓인 책에 밀려 뒤늦게 읽었다.

나는 오늘 『당신은 왜 그렇게 멀리 달아났습니까?』에 대한 감상문을 쓴다. 책장을 펼치자마자 홀린 듯이 읽었다. 나는 작가 박정규가 미술을 전공했거나 아니면 화가가 되려 했던 건 아닌지 의혹했다. 왜냐면 이 책에 수록된 단편소설 9편 모두 미술 작품의 제목이었기 때문이다.

첫 번째 소설 제목은 대형 거미 조형물로 유명한 '루이스 부르주아'의 조각 작품에서 나왔다.

〈당신은 왜 그렇게 멀리 달아났습니까?(Why Have You Run So Far Away?)〉는 분홍색 천 조각들을 기워 만든 작가 어머니의 절단된 두상이다. 상처를 덮을 때 사용하는 거즈 같은 부드러운 조각 천을 하나하나 손바느질로 연결하면서 작가의 마음뿐 아니라 어머니의 상처까지 보듬어주는 느낌을 갖게 한다. 이 창작기법이 바로 이 소설의 작법이다. 작중 등장인물의 상처와 치유가 바느질로 연결되는 놀라운 소설이다. 한 집안의 흥망성쇠가 그려지고 구성원들의 상처가 처절함에도 불구하고 아름답게 느껴지는 것은 거기 사랑이 있기 때문이다.

첫 번째 소설을 간략하게 요약한다. 선대에 탐관오리로 부를 축적한 집안의 아버지는 주색잡기로 재산을 탕진한다. 그리고 여자들을 혹독하게 학대해서 모두 네 명의 아내가 죽고 첩실들은 내쳐진다. 대학에서 운동권에 있던 '나'의 누나는 부도덕한 선배에게 배신당하고 임신까지 한다. 이 작품에 나오는 남자들은 마치 전근대적인 시대를 말하듯 여자들을 소모품으로 취급한다. 일꾼으로 들어온 남자는 군대에서 폭행을 당해 귀가 멀고 생식능력을 잃었다. 그에게 글자를 가르쳐준 누나를 그는 사랑한다. 아버지에게 매 맞는 그녀를 보호하다 대신 매를 맞은 그는 애아버지란 의혹을 받게 된다. 동네 사람들이 그를 가만두지 않을 거란 소문이 돌자 그는 집에서 내보내진다. 누나는 유산했고 평온을 찾았지만 5·18 광주를 다녀온 후 자살한다. 그 소식을 모르는 일꾼은 양복점 주인이 되어 바느질을 하며 산다. 세월이 흘러 그 집을 찾았다가 자살 소식을 듣고 그도 얼마 후 죽는다.

이 소설 속에 조각가 부르주아의 페미니즘과 작가의식 그리고 창작기법이 녹아있다. 인간이 인간을 구원하는 건 대상에 대한 연민과 사랑이다. 소설을 읽으면서 20세기 실험문학의 최고봉이라는 레몽 크노의『문체 연습』을 떠올렸다. 내가 평론가라면 이 책을 소설로만 이야기하지 않고 예술의 뿌리를 건드렸을 것 같다. 이 소설책 한 권으로 나는 아주 많은 말을 할 수 있지만 각설한다.

내가 왜 소설가 박정규를 이제 알게 되었는지 후회한다. 남은 8개의 작품 중「스운」은 제닌 안토니의 비디오 작품이고, 「리바이어던의 가장자리」는 '터너 프라이즈'를 수상한 루시 스케어의 거대한 향유고래의 두개골로 된 작품이다. 이들이 어떻게 소설로 직조되었는지 알아보는 건 독자인 당신들의 몫이다. 좋은 작품은 이르든 늦든 반드시 알려진다.

서머싯 몸의 『달과 6펜스』에 격세유전으로 치환되는 '기시감'
이 있다. 나는 산동네 허름한 마당에서 아버지 없이 자라는 어린 소
년을 보았던 것도 같다.

꿈이었나….

『당신은 왜 그렇게 멀리 달아났습니까?』, 박정규 지음, 푸른사상, 2013.

이웃은 두 데나리온을 건넨다

『나는 죽음을 돌보는 사람입니다』

　성경의 루가복음서에 '착한 사마리아인'에 대한 비유가 나온다. 강도를 만나 죽어가는 사람이 길 위에 누워있다. 레위인이나 사제는 모른 척 피해서 지나간다. 지나가던 사마리아인이 상처를 치료하고 나귀에 태워 여관에 데려가 밤을 새워 간호한다. 다음날 여관 주인에게 '두 데나리온'을 건네주며 잘 돌봐줄 것을 부탁한다. "저 사람을 잘 돌보아주시오. 비용이 더 들면 돌아오는 길에 갚아 드리겠소."

　여기서 레위인은 상류사회 계급의 사람이고 사제는 엘리트에 속한다. 그러나 사마리아인은 유대인이 무시하던 하층계급의 사람이었다. 그럼에도 불구하고 죽어가는 사람에 대한 '연민' 하나로 마음을 연다. 한 데나리온은 요즘 은의 가치로 3천 원도 되지 않지만,

당시 하루 일당이었다고 한다. 그는 이틀 치의 일당을 모르는 사람을 위해 내어놓았다. 현재 사마리아 종족은 거의 말살되어 800명 정도 생존하고 있다고 한다.

나는 가끔 우리의 사마리아인에 대해서 생각한다. 그리고 '두 데나리온'의 의미에 대해서 생각한다. 자신이 가장 잘하는 일을 선뜻 재능 기부로 내어주는 것도 '두 데나리온'일 것이다. 그 '두 데나리온'을 타인의 죽음에 내어놓는 사람이 있다. 아무도 돌아보지 않는 죽음을 찾아가 염습하고 마지막 장례를 치르는 사람이다. 처음에 한두 명이었는데 고독사가 점점 늘어나 15년간 700여 명의 죽음을 수습했다.

그 사람의 이야기, 강봉희의 『나는 죽음을 돌보는 사람입니다』이다. 저자는 암에 걸려 수술하고 재발하고 오랜 시간을 투병했다. 그의 병실은 장례식장 옆이었는데 어느 날 운구차가 드나드는 광경을 지켜보다가 살아서 나가면 죽은 자를 위해 봉사하겠다는 결심을 했다고 한다. 평생교육원에서 장례지도학과를 졸업하고 그는 처음 형편 어려운 동네 주민을 염습했다. 염습은 시체를 닦고 수의를 입혀 입관하는 일이다.

그가 주로 담당하는 시신은 고독사로 늦게 발견되는 경우가 많다. 눈이 제일 먼저 부패가 시작되는데 안구가 뻥 뚫려있다고 한다. 여름엔 구더기가 슬고 겨울엔 생선처럼 바짝 함몰되어버린다. 병사의 경우 복수를 빼기 위해 들통을 놓고 배를 계속 압박해야만 하는 경우도 있다. 사후경직으로 굳어진 근육과 관절을 펴기 위해 체온을 올려야 하니 시신과 밤을 보내는 일도 많다. 머리를 감기고 면도를 하고 로션이나 스킨을 바른 다음 수의를 입힌다. 이 과정에서 갑자기 시신이 주먹을 쥐기도 하고 표정이 미묘하게 달라지기도 한다. 섬뜩한 기분이 드는 경우도 많다.

직업으로서의 장례지도사도 고위험군에 속한다. 직업 중 외상후 스트레스 증후군(PTSD)이 높고 자살률이 높다고 한다. 시체를 보고 혐오감이나 공포, 극심한 정신적 스트레스를 받는 것은 당연하다. 돈은 다른 데서도 벌 수 있으니 이직률도 높다.

저자의 인생관은 독특하다. 죽은 자는 아무것도 모르고 심지어 내생도 회의적이다. 저자는 무료로 자원봉사를 하면서 시신에서 그어떤 책보다 많은 것을 읽는다. 대부분 가족을 찾아도 시신 포기각서를 쓴다. 그는 그래도 가족에게 연락해서 돈 걱정 말고 가시는 걸 지켜보라고 한다. 가족에게 무책임했던 사람들이 고독사하는 경우가 많다. 한 아들은 "누워있는 사람은 아버지가 맞지만 개보다 못한 인간"이었다고 술회한다.

그에게 평생 잊지 못할 죽음도 있다. 잘 오지도 않던 자식이 사업이 망했다는 소식을 듣자 전세보증금을 빼서 보냈다. 그리고 갈 곳이 없자 자살을 했는데 연락처가 저자의 전화번호였다. 마지막 장례비를 자식에게 부담 주지 않으려 무료 봉사를 하는 그의 연락처를 써놓았다. 작년 코로나 사망자들 시신을 아무도 수습하지 않을 때 그가 수습했다. 사망자를 비닐로 싸서 관에 넣고 화장하는 것인데 24시간 내 처리해야 한다. 대부분 가족도 격리되어 참여하지 못하는데 법이 그렇다. 방호복을 입고 그는 언제나 그러했듯 잘 가시라 작별인사를 대신했다.

그는 산 자가 아닌 죽은 자를 위해 일하는 사람이다. 공포는 생존의 본능인데 그는 삶과 죽음을 초월한 사람으로 느껴진다. 외롭게 죽은 이들의 시신을 염습하고 장례식장과 화장장을 지키고 납골당에 간다.

책 내용에 눈두덩이 여러 번 화끈해졌다. 랄프 왈도 에머슨은 "진정한 성공이란 무슨 일을 하든지 세상을 조금이라도 살기 좋은 곳으로 만들어 놓고 떠나는 것"이라고 했다. 저자 강봉희가 세상에 보내는 '두 데나리온'이 묵직하다.

『나는 죽음을 돌보는 사람입니다 – 어느 장례지도사가 말해주는 죽음과 삶에 관한 모든 것』, 강봉희 지음, 사이드웨이, 2021.

말은 어떻게 행동이 되는가

『익숙한 것을 낯설게 바라보기』

사회학자 지그문트 바우만(Zygmunt Bauman, 1925~2017)은 폴란드의 유대계 집안에서 태어났다. 그는 폴란드가 독일 나치에 점령되자 소련군 휘하의 폴란드 의용군으로 참전했다. 1945년 그는 열아홉 살의 나이에 십자무공훈장을 받았고 초고속으로 최연소 소령이 되었다. 열렬한 공산주의자로 군 첩보 기관에서 근무했다. 지금도 폴란드에서 그를 곱지 않은 시선으로 바라보는 이들이 많다. 본인의 부인에도 불구하고 그가 첩보 장교로 근무하면서 폴란드 레지스탕스 지하조직원들을 색출했다는 주장이 지속적으로 제기되고 있는 탓이다.

그는 첩보 장교로 근무하는 동안 대학에서 사회학과 철학을 공부했다. 자신의 의사와 관계없이 이스라엘로 돌아가려는 아버지 때문에 그는 1953년 27세의 나이에 불명예제대를 당했다. 그래도 바르샤바대학에서 석사 학위를 마치고 사회학 교수로 재직했다. 그러나 1968년 폴란드 공산당은 반유대주의 '숙청'으로 그를 강제추방시켰다. 이스라엘의 텔아비브대학에서 강의했지만, 곧 영국 리즈대학에 자리를 얻어 정착했다. 이 사람처럼 파란만장한 생을 산 사람도 없을 것 같다.

그는 공산주의자였지만 공산당에서 축출당했고 유대계지만 반시오니스트였고 자신의 고향인 폴란드에서 적대적인 시선을 받았고 이스라엘 국민으로부터 상당한 저항을 받았다. 그는 많은 책을 저술했지만 내가 읽은 것은『현대성과 홀로코스트』라는 책이었다. 그는 이 책에서 아우슈비츠 유대인 수용소를 현대 공장의 평범한 확장으로 보았다. 죽음이 생산되는 공장도 관리자들의 열정과 구조적 효율성을 추구하는 현대 기술의 산물이었으니 현대 문명은 홀로코스트가 필요조건이라는 것이었다. 유대인이면서 유대인과 동떨어진 시선으로 쓴 이 책은 홀로코스트를 나치의 만행이 아닌 유럽 문명의 이성과 기술 합리성의 모더니즘 산물로 여겼는데 이스라엘 국민으로부터 맹비난을 받았다. 이 책으로 바우만은 세계적으로 유명해졌다.

2016년 그가 죽기 한 해 전, 스위스의 저널리스트 페터 하프너가 90세의 그를 방문했다. 그리고 두 사람은 한 달간 같이 숙식하며 깊은 대화를 나누었다. 이 마지막 인터뷰를 정리한 책이『익숙한 것을 낯설게 바라보기』다. 나는 이 대담집을 읽으면서 세기의 석학이라고 불리는 그를 인간적으로 이해했다. 그의 삶에서 오점이라고 생각되는 부분들에 대한 질문에 대한 그의 답변이다.

> 저는 저의 운명에 책임을 질 필요가 없어요. 하지만 제 성격에
> 대해서는 책임을 저야 합니다. 성격은 제가 형성하고 정화하고
> 개선할 수 있으니까요. 저는 제가 내린 모든 결정에 대해 전적
> 인 책임을 졌습니다. 이건 되돌릴 수 없는 겁니다. 제가 했던 건
> 제가 했던 겁니다. 운명만으로 설명할 수는 없어요.

이 대담집은 이상하게 우울하다. 젊은 날의 그가 공산주의자가
된 것은 가장 확실하게 세상을 변화시킬 모델이었기 때문이었다.
그람시의 영향을 받아 돌아섰으나 그는 다른 학자들처럼 세계를
해석하는 이가 아니라 변화시키는 자의 대열에 있었다. 그는 언어
로 세상이 나아지지 않는다고 생각했다. 죽음을 앞둔 노학자가 자
신의 삶을 돌아보며 "나는 그때 열아홉 살이었다"는 말에서 갑자기
알퐁스 도데의 「별」이 생각나 쿡 웃었다.

『익숙한 것을 낯설게 바라보기』이 책 상당히 괜찮은 책이다.
제2차 세계대전의 참전자, 유대계 폴란드인이자 소련 시절의 러시
아 난민, 폴란드의 반유대적 '인종청소'의 희생자였던 그는 불안정
한 사회를 '액체 근대'로 이론화한 석학이었다. 두 사람의 대화 주
제는 다양하고 폭이 넓다. 사랑과 젠더, 유대교와 양면성, 권력과
정체성, 종교와 근본주의, 행복과 도덕 등의 생각을 서로 주고받는
데 바우만은 자신의 인생에서 가장 고민했던 것이 무엇이냐는 질

문에 "말이 어떻게 행동이 되는가"라고 간결하게 대답했다. 그리고 그는 이듬해 2017년 1월 9일 세상을 떠났다.

대담집을 읽고 눈시울이 젖기는 처음이다. 생각하니 운명은 통제 불가능했지만, 긍정적이든 비관적이든 성격대로 선택하며 살아왔다. 세상은 조금씩 변화해 왔다고 생각한다. 아닌가? 내가 변했던 것인가?

『익숙한 것을 낯설게 바라보기』, 지그문트 바우만·페터 하프너 지음, 김상준 옮김, 마르코폴로, 2022. 원제 *Das Vertraute unvertraut machen: Zygmunt Bauman*

편견이 그은 선을 넘다

『말에 구원받는다는 것』

인류학자 아르놀드 방주네프는 성인식의 통과의례를 세 가지 단계로 분류했다. 간단하게 말하자면 분리, 전이, 통합인데 집단 따돌림의 희생자가 겪는 과정과 흡사하다. 분리된 피해자는 소그룹에서 불안감과 소속감을 해소하고 다시 집단으로 회귀하는데 이 과정에서 사회는 집단 관계 회복을 요구하고 '통합'하도록 개입한다.

아라이 유키의 『말에 구원받는다는 것』은 사회적 약자들에 대한 열일곱 가지의 이야기다. 단지 다르다는 이유로 차별하거나 따돌리는 '분리'는 파괴된 언어로 시작된다. 누군가를 괴롭히기 위한 혐오 표현들이 근래에 들어 소셜 미디어를 통해 무차별적으로 살포되고 있다. 저자는 여러 사례의 '말 찾기'를 통해 '말의 힘'을 보여 준다.

이 책은 인간을 위로하고 치유하는 말 찾기의 여정이다. 저자는 말의 존엄성을 사회적 '통합'의 도구로 불러내었다. 말이 사람을 살리는 촌철활인(寸鐵活人)의 인식은 우리가 무심코 쓰던 말을 다시 돌아보게 한다. 부당한 고통을 받는, 괜찮지 않은 이에게 '괜찮아'가 진정한 위로가 되지 않는다는 자각은 말의 무게를 느끼게 한다. 우리는 어떤 말을 찾아야 하는가?

말의 파괴는 일본은 물론 한국 사회에도 일어나고 있다. 우리는 지난 대선에서 정치가가 혐오와 차별의 갈라치기를 주도하는 기현상을 목격한 적이 있다. 장애인과 비장애인, 여자와 남자 등의 편 가르기는 소수자를 혐오의 대상으로 만들어 당시 SNS를 뒤흔들었다.

'자기 책임'이란 말도 마찬가지였다. '세월호'와 '이태원 참사'에서 놀러 가다 죽은 건 '자기 책임'인데 왜 정부 탓을 하냐는 댓글들이 줄줄이 이어졌다. 심지어 정치권에서도 흘러나왔다. 자신의 행동에서 비롯된 결과는 자기 책임이지 사회나 정부 탓이 아니라는 얘기다. 타인에게 일어난 일을 '자기 책임'으로 선을 그으면 내가 고민할 필요가 없다.

장애인으로 불평등한 처우를 받아도 자기 책임, 성폭행을 당해도 자기 책임, 병에 걸려도 자기 책임, 빈곤층이 되어도 자기 책임, 재해를 당해도 자기 책임, 사회가 이상하다고 문제를 제기하는 이의 입을 틀어막는 것도 '자기 책임'이다. 모두에게 일어날 수 있는 일을 남의 일로 여기는 건 타인의 고통을 상상하는 공감 능력을 파괴한다.

　열일곱 개의 이야기에 여러 번 등장하는 '사가미하라 장애인 시설 흉기 난동 사건'은 2016년에 일어났다. 한 남자가 중증 장애인 시설에 난입하여 19명을 살해하고 27명을 다치게 한 사건으로 범인이 중증 장애인을 공격한 이유는 '장애인 혐오'였다. 쓸모없고 무능한 그들을 사회에서 제거하는 것이 목적이었다. 그는 장애인 차별이 아닌 '구분'이라는 표현으로 사회를 경악시켰다. 도스토옙스키의 『죄와 벌』에서도 전당포 노파를 살해한 라스콜니코프의 살해 이유도 범인과 비범인의 '구분'이다.

　저자가 놀란 것은 범인의 주장에 동조하는 말들이 소셜 미디어에 넘쳐난 것이었다. "장애인은 사는 의미가 없다"는 범인의 말은 '특정한 사람들의 존엄을 손상하는 언어'였다. 이 말을 비판하고 반론하면 '장애인이 살아갈 의무를 입증'하라는 반격을 받게 된다, 이 사건의 핵심은 '장애 유무로 사람을 가르지 않고 함께 살아가기 위해 무엇이 필요한가'가 되어야 하지만 그런 댓글을 찾아보기 힘들다.

　저자가 말의 존엄성을 탐구하며 인간에게 필요한 '말 찾기'의 여정에서 만난 것은 '말을 믿는 말'이었다. 전후 일본의 요양소에 격리되었던 한센병 환자들은 사망해도 생존했다는 기록을 남기지 못했다. 가족들이 입을 피해를 우려해 자의 반 타의 반으로 생의 흔적을 지웠다. 동료의 비참한 죽음을 목격한 환자가 "거센 폭풍이 부는 새벽녘/ 챙 없는 전투모를 비뚜름하게 쓰고…"로 시작되는 시를 썼다.

그는 먼 훗날 누군가 이 시를 보고 친구를 위해 기도해 줄 것이라는 말의 힘을 믿었다. 자신의 힘으로 어쩔 수 없는 상황이지만 동료를 위해 무언가를 해야겠다는 마음이 시로 태어난 것이다. 극한의 상황에도 격려의 말은 있으며 타인을 위로하는 마음은 어떤 환경에서도 '말을 믿는 말'을 찾아낸다.

말은 개인과 사회에 축적되어 가치관을 형성한다. 존엄성을 잃어버린 말들이 환자, 장애인, 여성, 괴롭힘 피해자 등 소수자를 사회로부터 분리했다면 다시 회귀하는 '통합'의 과정은 먼저 말의 순수성을 찾는 일일 것이다. 혐오 표현이 방관으로 힘을 길렀다면 우리의 대항 표현은 인간을 위로하고 격려하는 '말 찾기'가 되어야 한다. 저자 아라이 유키는 장애인의 사회 활동을 연구하는 문학가로 이 책으로 1년에 단 한 명에게만 수여되는 '나, 즉 Nobody 상'을 수상했다. 그녀가 이 책을 쓴 이유다.

많은 사람이 말을 포기하고 말을 계속 경시하면 세상에는 무슨 일이 일어날까. 분명 의미라고는 없는 일만 일어날 것이다. 다음 세대에게 이런 세상을 물려주지 않기 위해, 나를 도와주었던 말들에게 은혜를 갚기 위해, 지금 내가 할 수 있는 최선에 가장 가까운 일은 이 책을 쓰는 일이었다.

마지막 책장을 넘길 때 문득 브레히트의 시가 생각났다. 「서정시를 쓰기 힘든 시대」에서 브레히트는 인정한다. 찢어진 어망보다 산뜻한 보트를 다들 좋아하듯, 나쁜 환경에서 어렵게 살아온 이 대신 행복하게 자란 좋은 출신이 더 사랑받기 마련임을. 하지만 시인이 시를 쓰게끔 하는 이유는 세상의 비극, '토질 나쁜 땅'에서 자란 존재들에 있다. 그 땅 위에서 자란 나무가 못생겼다 욕해서야 되겠는가.

『말에 구원받는다는 것』, 아라이 유키, 배형은 옮김, 'ㅁ'(미음), 2023. 원제 まとまらない言葉を生きる

앎을 위해 한 번, 치료를 위해 다시 한 번

『기억 안아주기』

최연호 교수의 『기억 안아주기』를 두 번 읽었다. 연속으로 책을 두 번 읽는 것은 나로서는 상당히 드문 경우다. 처음에는 그의 지적 소양에 반해서, 두 번째는 자가 진단과 자가 치료를 위해서였다.

이 책은 나쁜 기억에 관한 치유서이다. 뇌과학으로 출발해서 개인의 경험을 열거하고 사회적 현상과 사례를 들어 치유를 이끌어 낸다. 책의 내용을 떠나서 먼저 저자에 대해 감탄했다. 그는 인문학과 과학에 대한 깊은 지식과 놀라운 지적 통찰력을 보여주는데, 더 놀라운 것은 일반 독자들이 쉽게 이해하도록 책을 썼다는 것이다.

어떤 어려운 내용도 '쉬운 듯 우아하게' 지식을 전달하는 사람이 있다. 자기의 지식을 정확하게 꿰뚫는 자는 쉽게 표현할 줄 안다. 사실 이 '쉬운 듯 우아하게'라는 말은 이강영 교수가 물리학자

엔리코 페르미에게 바친 헌사이다. 그가 '어려운 일을 전혀 힘들이지 않고 쉽게 그러면서 뛰어나게 처리'하기 때문이었다. 그러나 나는 오늘 이 책의 저자를 '쉬운 듯 우아하게' 지식을 전달하는 자로 명명하고 싶다. 이 책은 아이에서 어른에 이르기까지의 나쁜 기억을 좋은 기억으로 덮는 치유의 내용이다. 그리고 무엇보다 이 책을 읽어나가는 순간 자가 진단이 가능하다.

인간의 두뇌에서 편도체는 공포와 불안 등 나쁜 기억을 담당한다. 나쁜 기억은 잊히지 않는다. 예를 들면 치매가 진행되면서 폭력적으로 변하는 노인들이 있다. 좋은 경험을 많이 한 치매 환자는 순한 치매 환자가 되지만, 나쁜 기억이 많은 치매 환자는 화를 잘 내는 치매 환자가 되는 경우다.

'나쁜 기억'은 건망증과 인지 장애를 앓더라도 끝끝내 살아남는 무서운 지속력을 갖고 있다. 가정 폭력 속에서 자란 아이가 어른이 손만 들어도 공포에 떠는 모습을 상상해 보라. 편애나 왕따로 서글픈 기억을 가진 아이가 어른이 되어서도 조직에 적응하지 못해 힘들어하는 경우도 그렇다. 거절을 많이 당한 사람은 특정 상황에서 올바른 판단과 결정이 힘든데 이 '결정 장애'에 편도체가 간여하기 때문이다.

심리학자의 연구에 따르면 신체적 통증과 사회적 통증이 겹치는데, 왕따를 경험한 사람의 뇌와 신체적 고통을 당한 사람의 뇌는 똑같은 부위에서 반응을 일으킨다는 것이다. 즉 소속된 조직에서 왕따를 당해도 사람은 그 공포로 인해 신체적 통증을 느끼는 것이다.

나만 해도 물에 대한 두려움이 있다. 내가 수영을 자유형까지 끝내고 더 이상 진전할 수 없었던 것은 물에 대한 공포 때문이었다. 어릴 때 머리를 빨랫비누로 감겼는데 눈이 매워서 울면 매를 맞았다. 머리에 물을 붓는 게 아니라 물통에 머리를 잠수시켜 버렸다. 숨을 쉴 수 없었으니 내 어린 날의 물은 공포일 수밖에 없었던 거다. 성장해서 잊어버렸지만 그건 잊힌 게 아니라 숨은 것이었다. 어른이 되어 수영강습을 계속 실패했는데 물 앞에 서면 공황발작이 일어났다. 병원에 다니면서 많이 나아지긴 했지만, 결론은 나쁜 기억 때문이었다. 작은 버릇에서 일상, 심지어 삶을 흔들어버리는 이 나쁜 기억을 어떻게 다뤄야 하는가.

저자는 개인의 공포와 사회적 집단광기를 설명함에 경제학과 심리학, 공학과 뇌과학 이론을 적용하는데 아주 적확하다. 기억이 어떻게 신체화 장애로 나타나는지 수천 건의 사례를 들어 몸을 치유하는 게 아니라 기억에 집중할 것을 주문한다. 나쁜 기억을 사라지게 하는 방법은 부딪히며 맞닥트리고 좋은 기억들로 덮는 것이다. 삶을 흔들고 인생의 방향까지 바꿔버리는 대인 공포증, 결정 장애, 불안과 공포 등등을 치유하다 보면 우리의 뇌는 삶을 긍정적으로 받아들이게 된다. 이 책은 '기억을 바꾸는 삶'이 핵심이다.

이 책의 부제가 '소확혐, 작지만 확실히 나쁜 기억'이다. 소확혐, 작지만 확실한 나쁜 기억을 우리는 어떻게 벗어나야 하는가. 잊히지 않는 나쁜 기억을 우리는 어떻게 다루어야 하는가. '좋은 경험하기'와 '좋은 기억으로 왜곡하기'가 주는 망각의 기술을 보자.

이 책은 영어로 번역되어 미국에서 출판되어도 절대 빠지지 않을 책이다. 《뉴욕 리뷰 오브 북스》에 서평을 올려도 될 만큼 경쟁력이 있다. 교보문고에 2021년 추천서로 올리려고 보니 정신과 전문의 전홍진이 먼저 추천했다.

덧: '쉬운 듯 우아하게'는 물리학자 이강영 교수가 쓴 『불멸의 원자』에서 엔리코 페르미에게 바친 헌사이다. 이탈리아어로 '스프레차투라(sprezzatura)'인데 내가 여기서 이 문장을 인용한 것은 '지식을 완전히 장악한 자는 대중에게 쉽게 지식을 전달한다'라는 의미다.

『기억 안아주기』, 최연호 지음, 글항아리, 2020.

당신은 인간입니까

『벤 바레스 - 어느 트랜스젠더 과학자의 자서전』

나는 내 뜻대로 살았다. 성별을 바꾸고 싶었고 그렇게 했다. 과학자가 되고 싶었고 그렇게 했다. 나는 진정 멋진 삶을 살았다.

— 벤 바레스, 한때 바버라 바레스였던 과학자

『벤 바레스 - 어느 트랜스젠더 과학자의 자서전』. 벤 바레스(Ben Barres)는 미국 스탠퍼드대학교 신경생물학과 교수이자 세계적인 신경아교세포 연구학자이다. 이 책은 그녀, 아니 그가 췌장암 선고를 받고 사망하기 전 20개월 동안 쓴 자서전이다. 여자로 성장했고 어릴 때부터 수학 천재로 불렸으며, MIT에서 화학과 컴퓨터과학을 공부했다. 다트머스에서 신경의학전문의 자격을 취득하고 하버드대학교 의학대학원에서 박사학위를 받았다. 그녀는 스탠퍼드 교수로 있는 동안 유방암 수술을 했는데, 종양만 절제하면 된다는 의사의 소견에도 불구하고 유방을 모두 제거했다. 그리고 1997년 42세에 성전환을 했다.

그녀는 유전학적으로 염색체 XX인 여자였지만 성 정체성은 남자였다. 성전환 수술 전 그는 가족과 지인에게 편지를 보냈는데 성 정체성의 다른 말 '성별 불쾌감'을 인용하고 "나는 변태가 아닙니다"라고 썼다. 가족과 동료 교수들은 즉각 지지 의견서를 보냈다. "친애하는 바버라, 개인적인 상황을 알려줘서 고맙습니다. 제가 좋아하는 건 그 사람의 내면이지 성별이 아닙니다. 당신의 다른 친구들도 모두 같은 마음일 겁니다. '벤'으로 불러야 할 때 알려 주세요."

그녀는 남성 호르몬 테스토스테론을 복용했고 몇 달 만에 '벤'이 되었다. 미국 스탠퍼드대학은 트랜스젠더가 된 교수를 편견 없이 받아주었다. 그는 호르몬 처방 후 몸의 변화를 이렇게 설명했다. "수염은 자랐지만, 대머리가 되었고 엉덩이 살이 배로 몰려갔다." 그리고 미국 국립 아카데미(NAS) 회원이 되었다.

이 책의 반은 아교신경세포와 별아교세포, 퇴행성 신경질환에 미치는 영향 등에 대한 연구내용이다. 그는 인생에서 이성의 사랑이 아닌 과학을 택했다. 그리고 자신이 남자가 된 후 그동안 받았던 모든 부당함이 성차별이었음을 피력했다. MIT에서 그녀가 고난도의 수학 문제를 풀자 교수는 남자친구가 대신 풀어줬을 거라고 의심을 했다. 대부분의 과학계 남자들은 선의를 갖고 있으며 남녀 모두 실력으로 평가받는 곳이라고 강하게 믿는다. 그러나 여자는 실력이 뛰어나도 남자의 장벽을 뛰어넘지 못한다.

　남자들은 여성 과학자가 겪는 부당함을 경험한 적이 없어서 인식하지 못했다. 그는 이 장벽을 깨닫고 「Does gender matter?」라는 글을 썼다. 성별이 문제가 되는가? 이 에세이는 2006년 《네이처》지에 실렸다. 트랜스젠더들은 성차별의 문제를 가장 빨리, 그리고 가장 혹독하게 깨닫게 된다. 같은 사람인데도 성에 따라 다르게 대우받는 경험을 직접 겪기 때문이다. 이 에세이는 하버드대학교 총장 래리 서머스의 성차별 발언을 조목조목 공개 비판한 것이었다. 래리 총장은 2005년 여자는 일보다 가족을 우선하고 유전적으로 열등해서 이공계 교수 자리를 차지할 능력이 부족하다고 했다.

　'벤'의 공개 비판으로 래리는 총장직을 사임했고 학계에서는 성차별을 공론화하게 되었다. 또 학회의 초빙을 받았을 때 그는 여자가 한 사람밖에 없음을 확인하고 주최 측에 항의하는 편지를 보내어 다수의 여자과학자가 참여하는 성과를 이루어냈다. 남자가 되어서 비로소 성차별을 인식한 한 트랜스젠더의 이야기다.

　벤은 여자로 살 때도 여자나 남자를 탐하지 않았고 남자로 살 때도 마찬가지였다. 그는 인간을 사랑했고 과학을 사랑했다. 그는 남녀를 떠나서 인간을 인간답게 대하라고 통렬한 글을 썼다. 우리가 우리를 생식기관이 유별한 여성 또는 남성으로만 본다면 간극은 영원히 좁혀지지 않을 것이다. 우리는 유별하기 전에 먼저 인간이라는 사실을 인지해야 한다.

플라톤의 『향연』을 다시 꺼내어 읽는다. 플라톤은 이 책에서 안드로기노스(androgynos)를 빌어 에로스(Eros)를 말한다. 인간은 양성을 모두 갖춘 전인(全人)이었지만, 신의 노여움을 사서 남녀로 분리되었다고 했다. 안드로기노스(androgynos)란 그리스어는 남성 'andro'와 여성 'gynē'을 합친 단어다. 플라톤의 '인간 선언'으로 여겨진다.

『벤 바레스 – 어느 트랜스젠더 과학자의 자서전』, 벤 바레스 지음, 조은영 옮김, 해나무, 2020. 원제 *The Autobiography of a Transgender Scientist*

고향에 다가갈수록 애수는 짙어지다

『폴리네시아, 나의 푸른 영혼』

그리스신화의 오디세우스는 신들의 노여움으로 바다 위에서 10년을 방랑했다. 그가 고향으로 돌아가기까지 험난한 여정을 기록한 서사가 호머의 『오디세이아』다. 오디세우스는 로마신화에서 율리시스로 불린다.

1922년 아일랜드의 제임스 조이스가 신화에서 모티브를 딴 소설이 『율리시스』다. 프랑스의 알랭 제르보(Alain Gerbault, 1891~1941)는 조이스가 『율리시스』를 쓰던 1921년 30년 된 중고 돛배를 샀다. 지중해에서 몇 달간 무섭게 훈련한 후 1923년 지브롤터에서 뉴욕까지 대서양을 횡단했다. 다시 1924년 버뮤다를 떠나 파나마, 갈라파고스를 거쳐 타히티, 피지, 희망봉, 세인트헬레나, 아소르스(아조레스) 군도를 돌아 세계 일주 단독항해에 성공했는데 그때가 1929

년이었다.

그는 '20세기의 오디세우스'로 불리는 프랑스의 국민 영웅이었다. 잘생긴 외모에 테니스 챔피언, 축구 천재의 만능스포츠맨이었고 제1차 세계대전에 참전해서 에이스 조종사로 명성을 날렸다. 잭 런던을 좋아했고 혼자 있을 땐 늘 독서를 했다. 그의 낡은 돛배에는 늘 책이 쌓여있었다.

그가 쓴 해양일지는 세계적으로 유명한 해양 다큐멘터리 문학의 걸작으로 꼽힌다. 이번에 우리나라에서 처음으로 번역된 그의 책이 『폴리네시아, 나의 푸른 영혼』이다. 원제는 '귀로에서(Sur la route du retour)'이다. 흥미 위주로 책장을 넘기다가 깜짝 놀랐다. 그는 바다의 '헨리 데이비드 소로'였다. 땅에서 인간의 문명을 비판한 책이 『월든』이라면 『폴리네시아, 나의 푸른 영혼』은 바다에서 백인의 문명을 거세게 비판하는 책이다.

이 책은 매일의 일기이며 항해일지다. 그는 태평양 군도의 원주민을 깊이 이해하고 사랑했으며 일용할 양식 이외의 '돈벌이'를 경멸했다. 양식이 아닌 '돈벌이'에 미친 백인들이 원시 인종을 멸종시켰다고 비난했다. 영국령이나 프랑스령의 식민지에서 그는 같은 백인들을 무시했다.

알랭은 여러 섬을 전전하며 살았는데 보라보라섬의 원주민들은 그가 오세아니아 구전설화를 수집하고 사라져버린 것들을 좋아했다고 증언한 반면 프랑스 정주민들은 그를 건방지고 무례하다고 기억했다. 백인 총독 앞에서 원주민 토속 반바지를 입고 돌아다니는 그를 백인들은 외면했다.

타히티섬의 주민들은 그가 다른 유럽인들과 달랐다고 증언했다. 늘 책을 읽고 있었고 다른 백인들이 나타나면 슬그머니 사라졌다고 했다. 그는 문화인류학자처럼 원주민들의 풍속과 역사를 꼼꼼하게 기록했다. 선교사들이 원주민을 미개 문명의 야만인으로 기록한 책을 비웃었다. 그의 배가 풍랑에 떠밀려 도착한 섬에서는 원주민들이 그에게 촌장이 되어달라 요청했다. 3개월간 머무는 동안 그는 원주민 청년들에게 축구를 가르치기도 했고 아이들에게 불어도 가르쳤다. 일용할 양식을 구한 후 원주민들과 함께 유희의 인간으로 유쾌하게 지냈다. 이런 그에게 문명과 기독교를 내세워 그들을 착취하는 백인이 좋게 인식될 리 없었다.

그가 항해 중 식민지의 항구에 정박한 날의 일기다.

그의 명성을 들은 백인들이 그를 성탄절 만찬에 초대했다. "나를 문명의 적이라고 할지 모르겠다. 하지만 이것이 정녕 문명일까? 축음기 소리도 거북하고 즐겁지도 않다. 또 그 소리가 어디를 가나 따라다녀 참기 어렵다. 사실 현대인은 일을 마치고 나면 그저 소음이나 듣고 거기에 취하려고나 한다." 그리고 21세기인 지금 가슴이 뜨끔해지는 글이 나온다. "현대 과학의 자원을 풍경의 위엄과 아름다움을 보존하는 데 사용하지 않았다."

1920년대였고 백인들은 식민지에 시멘트를 들이부었다. 자연을 파괴하는 백인의 탐욕이 그는 역겨웠다. 그의 성격은 강직했고 올곧았다. 알랭은 남태평양의 섬들을 방문해서 민족지에 가까운 기록을 남겼다. 그는 세계 일주를 마친 후 책을 써서 받은 인세로 새 배를 마련해 다시 바다로 떠났다. 가장 문명적이었던 남자가 문명을 떠나 해양 유목민으로 살았다.

그는 1893년에 태어나 1941년 48세의 나이로 동티모르에서 급사했다. 그의 친구는 동티모르에 가매장된 그의 시신을 수습해서 보라보라섬으로 옮겼다. 알랭이 생전에 가장 아름답다고 격찬했던 섬이었다.

오디세우스는 고향의 페넬로페에게 돌아갔지만, 알랭에겐 바다가 페넬로페였다. 어떤 사막의 유목민들은 정부가 집과 교육을 제공하겠다고 홍보할수록 더 깊이 사막으로 들어간다고 한다.

해양 유목민도 그렇다. 폴리네시아는 남태평양에 흩어져 있는 1,000개 이상의 섬 무리다. 이곳 원주민들은 이 섬에서 저 섬으로 옮겨 다니며 산다. 알랭에게도 해양 유목민의 피가 흘렀다.

어느 날 바다 위에서 쓴 일기다. 남아도는 것을 모두 없애 버리고서, 나는 가난하게, 해 아래에서 소박하게 살며, 남의 재물을 탐내지 않고 자기 운명에 순종하며 사는 사람들의 사회를 좋아했다. 이런 사람들이 더 행복해 보였다. 시샘이나 미움을 모르는 사람들….

『폴리네시아, 나의 푸른 영혼』, 알랭 제르보 지음, 정진국 옮김, 파람북, 2021. 원제 *Sur la route du retour*

사랑의 완성은 그리움이다

『사자가 푸른 눈을 뜨는 밤』, 그리고 『푸른 꽃』

조용호의 『사자가 푸른 눈을 뜨는 밤』을 읽었다. 이 소설은 한 남자가 30년 전 실종된 운동권 동지이자 연인이었던 여자의 흔적을 찾아가는 이야기다. 의문사로 규정할 수도 없어 동지들은 초혼제를 지냈지만 남자는 여자를 보내지 않았다. 소설은 과거와 현실이 교차하고 현실과 환상이 엇갈린다. 그녀를 닮은 수많은 여자들이 지나가고 어느 날 젊은 날의 그녀와 닮은 여인을 만난다. '그녀보다 늙고 지금의 그녀보다 젊었을' 여인과 함께 그녀를 찾아가는 이야기다.

현실적인 내용임에도 불구하고 나는 이 소설의 주인공을 인간의 원형질 속에 숨어있는 그리움과 상실로 생각했다. 작가 조용호의 지난 작품에도 한때 존재했던 사랑에 대한 희망이 흐른다.

나는 이 느낌을 독일의 시인 노발리스에게서 느낀 적이 있다. 조용호를 읽다가 노발리스의『푸른 꽃』과『밤의 찬가』를 기어이 꺼내고 말았다. 나는 신비주의와 낭만주의를 넘나드는 노발리스의 시를 다시 읽었다. 그는 15세에 죽은 약혼녀를 잊지 못해 묘지에서 밤을 새우고 영혼과 만나는 기이한 경험을 하기도 했다고 한다. 사학자 조한욱은 낭만주의의 정의를 역사이론의 논문을 빌어 말한 적이 있다. "I am where you are not." 놀랍게도 노발리스의 시에서 나온 문장이었다.

'그대의 부재'가 내게『사자가 푸른 눈을 뜨는 밤』을 낭만주의 소설로 읽게 만들었다. 그들에게 그리움은 사랑의 완성이었다. 작품 내용은 역사이고 아직도 누군가에게 진행 중인 현실이다. 1980년 야학연합회 사건으로 권력에 희생당한 젊음에 대해 이제 그 누구도 정색하고 말하지 않는다. 슬픈 일이긴 하지만 지나간 일이라고 치부한다.

무대의 막이 내린 것처럼 어딘가에 기록되는 것으로 끝날 이야기를 작가는 다시 꺼내 들었다. 의문사와 실종, 자살과 고문, 개인과 국가는 역사의 그늘에 묻히면 안 된다. 과거는 언제든지 맞닥뜨릴 현재와 미래이다. 아무리 시간이 흘러도 진실은 알려져야 한다. 모든 것을 말함으로써 상처를 치유하고 우리 삶의 현재와 미래를 예술로 승화시킬 수 있다는 말을 믿는다. 이것이 미셸 푸코의 '파레시아(parrhesia)', 모든 것을 말하기다. 그러나 어떻게 말하는가는 전적으로 작가의 역량에 달려있다. 내가 작가 조용호에게 감탄하는 지점이다.

여자를 찾아가는 길에서 수많은 기억자들과 조우한다. 봉화군 춘양, 산골에서 홀로 아이를 낳은 지 일주일 만에 은신처가 발각되어 남영동 대공분실로 끌려가며 잔인하게 구타당하던 여자를 기억하는 이도 있고 고문으로 코마 상태에 빠진 그녀를 떠올리는 사람도 있다. 그리고 그녀가 먼저 끌려간 남자를 기다리며 쓴 편지는 슬픔과 그리움의 절정이다.

낭만주의는 개체성이다. 현실과 환상, 상실과 회복, 존재와 부재, 그 모든 엇갈림은 그리움과 함께 가는 치열한 추적이다. 비루한 현실이 낭만성을 갖는 것은 노발리스와 조용호의 평행성이다. 내가 왜 이 지독한 슬픔의 소설을 낭만주의로 귀결하는지 읽어보면 안다.

『사자가 푸른 눈을 뜨는 밤』, 조용호 지음, 민음사, 2022.

『푸른 꽃』, 노발리스 지음, 김재혁 옮김, 민음사, 원제 *Heinrich von Ofterdingen*

비단길로 오신 그대

『쿠쉬나메』와 『태혜란로를 걷는 신라 공주』

7번 국도 '감포 가는 길'을 좋아했다. 달리면서 삼국유사 수로왕의 허왕후나 처용이 저 바다로 왔을 거란 상상을 했다. 물론 만들어진 신화라고 비분강개하는 학자들도 있다. 그러든지 말든지 나는 조상이라곤 내세울 게 김수로왕밖에 없는지라 누가 조선 양반 집안 자랑을 하면 "이 몸은 황금알에서 깨어난 김수로왕의 후손으로서!"를 외쳤다. 어차피 그대나 나나 조상을 만난 적도 본 적도 없는 것이다.

그러다 처용이 진짜일 수도 있다는 생각을 하게 된 계기가 있었다. 고대 페르시아의 『쿠쉬나메』라는 서사시가 2009년 영국 대영박물관에서 발견된 것이다. 기원전부터 구전으로만 내려오던 서사시를 11세기의 한 학자가 문자로 기록한 필사본이었다. 수메르의 서사시가『길가메시』라면 보통 페르시아의 서사시는『샤나메』를 꼽는다. 그『샤나메』와 필적하는 자료가『쿠쉬나메』이다. 고대 서사시가 그렇듯 신에 대한 찬양과 당대의 영웅 얘기가 주류를 이룬다. 그런데 무려 책의 반이 신라에 관한 내용이었다. 내가 읽은『쿠쉬나메』가 2014년 청아출판사에서 발간한 책이다. 한국 연구진으로 참가했던 문화인류학자 이희수 교수가 직접 썼다.

세계최초의 제국 페르시아는 기원전 550년에서 기원후 651년까지 찬란했던 나라다. 아랍에게 나라가 멸망하자 왕자 아비틴은 당나라로 정치적 망명을 했다. 신변에 위협을 느끼자 주위의 도움을 받아 신라로 망명했다. 신라의 왕은 그를 환영했고 왕자는 공주 프라랑과 결혼한다. 둘 사이에서 태어난 아들이 영웅 페르이둔인데 다시 페르시아를 탈환한다. 물론 역사에서 왕자가 당나라에 망명한 것은 사실이지만 나라는 찾지 못했다. 페르시아와 신라 연합군이 당나라를 물리치는 등 믿을 수 없는 이야기가 펼쳐지지만, 신화와 전설과 설화와 역사가 뒤섞인 걸 보면 페르시아 사람들의 소망을 덧입힌 걸로 보인다.

7세기 실크로드 서쪽의 끝은 페르시아이고 동쪽의 끝은 신라였다. 신라의 왕오천축국전을 쓴 혜초도 페르시아의 사마르칸트에 머물렀다. 지리적으로 먼 나라였지만 심리적으로 결코 먼 나라가 아니었다. 1935년 팔레비 왕정은 국호를 페르시아에서 이란으로 개명했다. 오래전에 읽은 이 책을 상자들을 뒤적거리며 찾는 소동이 벌어졌다.

이상훈의 『테헤란로를 걷는 신라 공주』 때문이었다. 작가 이상훈은 『쿠쉬나메』에 얽힌 역사적 증거들을 조사하고 수집해왔다. 이 미스터리 역사소설을 풀어가는 화자는 방송국 PD 이희석이다. 건설회사에서 일하는 아버지를 따라 중동의 이란에서 어린 시절 5년을 보냈다. 어릴 때 들었던 신라 공주와 페르시아 왕자 이야기를 어른이 되어서도 잊지 못한다. 그 구전설화를 담은 책이 영국에서 발견되어 복사본을 받는 것으로 시작한다.

이 소설은 역사적 고증이 대단하다. 실제 사마르칸트의 아프라시압 박물관의 벽화에 신라의 화랑 모습이 있다. 당시 페르시아는 외국에서 온 사신들의 모습을 기록으로 남겨두었는데 1965년 러시아 고고학자들이 발굴했다. 연대가 660년 전후 무렵인데 백제가 망하고 고구려는 멸망 직전이었으니 신라인으로 추정된다. 신라가 삼국을 통일한 것은 676년이었다.

소설의 전반부는 고증과 역사적 사실 위에 상상력이 가미된 왕자와 공주의 이야기다. 그냥 막연한 사랑 이야기가 아니라 실제 근동의 역사와 발견된 유물로 개연성을 찾아간다. 아랍과 당나라의 일촉즉발 전운이 감돌자 당나라는 그 원인을 페르시아 부흥 운동을 하는 망명한 왕자와 그 난민들에게 돌리고 억압하기 시작한다. 그나마 왕자를 감싸던 당의 고종이 병환으로 눕고 측천무후가 아랍과 외교를 재개하자 왕자는 신라로 망명하게 된다. 당시 신라의 왕은 문무왕이었는데 실제 역사적 정황으로 봐서 연대가 맞는다.

페르시아는 메소포타미아 문명의 후손이다. 페르시아 이전 바빌로니아의 왕 느부갓네살도 구약성서에 나온다.

작가는 중동 문명에 대한 깊은 지식을 쌓고 실제 현지 조사를 했다. 소설의 후반부는 한국과 이란의 역사적인 인연을 더듬는데 스케일이 타의 추종을 불허한다. 우리가 배운 서양사는 백인의 역사다. 교과과정에서 인류 4대 문명을 제대로 파헤쳐 배운 사람은 없었을 것이다. 이 소설에서는 신라와 페르시아 두 남녀의 아름다운 사랑이 꿈결처럼 펼쳐진다.

삼국유사의 인물들이 걸어 나와 메소포타미아 문명과 어울린다. 왕자와 공주의 사랑만 보아도 된다.『쿠쉬나메』의 신라와 페르시아 관계가 국내 역사학계에서 인정을 받지 못하고 타국에서 인정받는 기묘한 상황이지만 이 책 볼만하다. 실크로드는 독일의 지리학자가 교역로를 연구하던 중 취급 물품이 비단이었던 점에 착안하여 '자이덴슈트라세(Seidenstrasse)', 비단길이라고 지었다. 그 비단길로 페르시아의 왕자가 신라에 왔다.

페르시아의 사마르칸트는 지금 우즈베키스탄에 있다. 저자 이상훈은 방송국의 스타 PD 출신에 쓰는 책마다 베스트셀러 제조 작가다. 그의 책을 읽었지만 거론한 적이 없다. 베스트셀러 책은 굳이 내가 아니어도 많은 사람들이 서평을 쓰고 환호한다. 그런데 내가 그의 책『테헤란로를 걷는 신라 공주』에 대해 쓰고 있다. 이 책은 흡인력이 대단해서 쓰지 않을 도리가 없다. 오랜 세월이 지난 후 누군가가 말하리라. 서울 강남에 '테헤란로'가 있고 이란 수도 테헤란에 '서울로'가 있는데 그보다 천 년 전에 신라의 공주와 페르시아의 왕자가 사랑을 했었노라고. 내가 사랑하는 시인 루미도 13세기 페르시아인이다.

『테헤란로를 걷는 신라공주』, 이상훈 지음, 파람북, 2021.

『쿠쉬나메』, 이희수 · 다르유시 아크바르자데 지음, 청아출판사, 2014.

그가 지성을 갖게 되었을 때 세계는 균열한다

『마틴 에덴』

『아리랑』의 님 웨일즈는 김산을 처음 만났을 때를 이렇게 기억했다. 1937년 루쉰 도서관에서 영어원서 책을 자주 빌려 가는 동양인 남자가 있었노라고. 그 남자의 본명은 장지락이었고 그가 조선의 혁명가 김산이었다. 김산이 님 웨일즈에게 극찬한 작가가 바로 미국의 소설가 잭 런던(Jack London, 1876~1916)이었다. 님 웨일즈와 김산의 책을 읽고 난 후 나는 잭 런던의 『강철군화』를 필두로 그의 국내 번역 작품은 다 찾아 읽은 것 같다.

『마틴 에덴』을 읽은 것도 90년대였다. 이번에 녹색광선에서 『마틴 에덴』을 새 번역으로 펴냈다. 작품 분석에 오타 한 자까지 잡아내는 매의 눈 김경민 선생이 번역가에게 엄청난 칭찬을 했다.

오래전 읽고 영화로도 보았던 작품인데 고맙게도 내게 선물을 하겠다고 했다. 추석 전날 아들 B군이 교보에 직접 가서 책을 사왔다. 내가 녹색광선의 책 중 번역을 가장 높게 보는 책이 피츠제럴드의 『행복의 나락』이다. 같은 번역가인가 했더니 소설가 오수연이었다. 이 책은 두 권이 한 질인데 배탈이 나서 끙끙거리면서도 읽었다.

『마틴 에덴』은 잭 런던의 1909년 소설이다. 프롤레타리아 하류인생의 남자가 부르주아 상류층의 지적인 여자를 사랑하는 이야기가 골격을 이루지만 작가의 자전적 요소가 강한 소설이다. 초등학교도 마치지 못한 하류층 남자가 우연히 상류층의 아들을 구해주고 저녁 초대를 받은 자리에서 세 살 연상의 여대생을 만난다.

그녀의 입술에서 매끄럽게 흘러나오는 생소한 단어들과 그에게는 너무나 이질적이지만 정신을 자극하고 들척이게 만드는 비평 구절과 사고의 전개가 힘들기는 했어도, 그는 이해했다. 여기 지적인 삶이 있다고 생각했다. 그가 꿈도 꾸지 못했던 온화하고 경이로운 아름다움이 여기에 있었다. 그는 자신을 잊고 굶주린 눈으로 그녀를 바라보았다. 여기에 그것을 위해 살 만한, 자신을 내던질 만한, 싸울 만한, 아, 죽음도 무릅쓸 만한 어떤 것이 있었다. 책에 적힌 말들은 사실이었다. 세상에는 그런 여자들이 있었다. 그녀도 그중 하나였다.

노는 물이 다르다는 말은 문화의 상이성을 말한다. 그러나 남자는 사랑하는 여자처럼 생각하고 말하기 위해 미친 듯이 책을 읽고 독학하며 마침내 작가가 되기로 결심한다. 같이 있기 위해 남자는 그야말로 글로 세상과 맞선다. 그러나 사랑하기 위해서 노력했던 남자가 두 세계의 문화를 전지적 시점으로 바라보게 되는 지성을 갖게 되었을 때 세계는 균열한다.

요즘 유행하는 단어, 추앙과 붕괴가 여러 서평에서 보이는데 그냥 한마디만 하겠다. 이 상이한 사랑의 문제는 인간이 존재하는 한 영원하다. 자신의 평온한 세상에서 안주하는 여자와 아래와 위를 모두 알게 된 남자의 세계는 다르다. 누가 누구를 버리고 말고가 아니라 그동안의 정진으로 대오각성한 남자가 자신만의 길을 택할 때 세계는 붕괴되고 동시에 창조된다.

과연 잭 런던이다.

『마틴 애덴』, 잭 런던 지음, 오수연 옮김, 녹색광선, 2022. 원제 *Martin Eden*

나는 그대에게 빚이 있다

『그래서 역사가 필요해』

네루의『세계사 편력』을 여고 시절 문고판으로 읽었다. 이 책은 네루가 감옥에 있을 때 딸의 공부를 걱정해서 편지로 쓴 세계사였다. 그때 나는 감동을 넘어 충격을 받았는데 세계를 바라보는 관점 때문이었다. 러일전쟁에서 일본이 승리하자 아시아가 서구세력을 이겼다고 기뻐하는 대목에서 역사란 누가 어떤 시선으로 바라보느냐에 달라진다는 생각이 들었다. 내가 체득한 지식에 의심을 품기 시작한 것이 그때부터였을 것이다. 나는 사관이 사초를 쓰듯 냉정한 기록을 좋아한다. 판단은 훗날의 독자를 위해 남겨두는 것이다.

신동욱의『그래서 역사가 필요해』를 펼치면서 큰 기대는 하지 않았다. 제목부터 가벼운 역사 에세이 내음이 물씬 풍기지 않는가. 책은 서점에서 '자기 계발서'로 분류되었는데 역사에서 교훈을 얻는 것은 맞다. 아들을 위해 썼다고 했으니 청소년 눈높이일 것으로 짐작했다. 첫 장부터 '성삼문과 신숙주'의 입장을 대변했다. 사육신을 배울 때 또래들과 흔히 언쟁을 벌이던 내용이었다.

그런데 이마를 치듯 '전태일과 YH사건'으로 들어갔다. 점점 작가의 관점이 예리해지면서 문장은 더할 나위 없는 잘 벼린 칼이었다. 각 장마다 시대를 넘나들며 인물과 사건을 판단하고 분석하는데 '이념보다 인간'이라는 따뜻한 눈길이었다. 이 책이 왜 그저 그런 역사서가 아닌지, 한 꼭지를 보자.

'박자청'은 노비 출신으로 이성계의 눈에 들어 국토부 장관격인 공조판서까지 올랐다. 그는 조선 개국 초기 한양의 궁궐과 공공시설을 완벽하게 조성한 토목건축 전문가였다. 오늘날 유네스코에 등록된 경회루도 그의 작품이었다. 그러나 노비 출신이 승승장구하자 양반계급들이 그냥 있지 않았다. 말끝마다 그의 출신을 들먹이며 음해했고 부하들은 상급자인 그를 못 본 척 스쳐갔다.

온갖 모욕과 능멸을 받으면서 그가 절치부심한 것은 자기관리였다. 자신에게 엄격했으며 자기의 일에 자부심을 가졌다. 건축공사에 비리가 있었다면 아마 단칼에 날아갔을지도 모른다. 그는 세종 때 세상을 떠났는데 왕은 그를 위해 3일간 정사를 폐했다. 저자는 역사가 반드시 비정한 승자만의 기록이 아니라고 언급한다.

역경을 헤치고 자신과의 싸움에서 이긴 진정한 승자들이 대다수며 역사는 '살아남은 자의 기록'이고 강해서 살아남은 게 아니라 살아남아서 강한 것이라고 말한다. 앞서 산 자들의 삶에서 지금 여기 앞이 보이지 않는 사람들에게 용기를 주기 위함이다. 역사를 배우는 이유의 하나는 오늘날 우리가 누리는 자유와 권리가 어디서 왔느냐는 것이다.

한국의 척박한 노동계를 위해 분신자살한 '전태일', 6·10 항쟁 때의 시민들, 일제강점기 때의 독립투사들, 임진왜란의 의병 등등 개인의 안위를 버리고 희생을 택한 그들에게 '우리는 빚이 있다'는 역사의 부채의식을 가져야 한다. 저자는 '보이지 않는 손'에서 죽은 자와 산 자에게 모두 감사를 표한다.

거리의 환경미화원과 커피 한잔이 내게 오기까지 농부와 바리스타의 노고를 고마워한다. 우리가 끼니 걱정을 안 하고 살게 된 시간은 몇십 년이 되지 않는다. 앞서간 자들의 노고이기도 한 것이다. 단순하게 말하면 사람이 살다 죽은 것이 역사가 아닌가. 우리도 살다 죽을 것이고 후손들이 우리의 삶을 거론하게 될 것이다.

이 책은 죽음에서 배우고 삶에 감사한다. 아들이 책을 읽고 아버지인 저자와 상당 시간 대화를 하게 될 것 같다. 역사를 전공하고 지금은 평범한 회사원인 아버지가 아들을 위해 쓴 이 책은 결코 가볍지 않다. 붙이기 나름으로 '자기 계발서'이고 역사 에세이다. 지금 현실 정치를 바라보는 안목도 만만치 않다. 이데올로기니 이념이니 어떻게 말해도 근간은 결국 '인간'이다. 가볍게 잡았으나 무겁게 남았다.

나는 이 책을 읽다가 스무 살 무렵 한때 기거했던 절의 아침을 생각했다. 다 잊었다고 생각한 게송이 불현듯 떠올랐다.

이 음식이 내 앞에 이르기까지
수고하신 많은 이들의 공덕을 생각하며
감사히 먹겠습니다.
나무불. 나무법. 나무승

『그래서 역사가 필요해』, 신동욱 지음, 포르체, 2021.

별의 울음소리를 찾아서

『중력의 키스』

머릿속이 복잡할 때는 과학책을 읽는다. 사실은 과학을 좋아한다.

어떤 이는 '과학자'와 '과학교양인'의 지식 차이는 과학이론의 언어적 이해를 넘어 수학적 표현을 아는지의 여부라고 했다. 말하자면 수학적 표현은 과학자들의 전문영역이니 '과학교양인'에 속하는 일반 독자인 내가 11차원 '끈 이론(string theory)'을 검증할 필요가 없단 얘기다. 물론 여력도 안 되지만 하고 싶지도 않다. 그 복잡한 걸 내가 왜 하겠는가!

그런 의미에서 내가 읽은 『중력의 키스』는 대중 과학서로 아주 교양있는 책이다. 책은 과학자가 쓴 연구 보고서가 아니라 과학자들 틈에 끼어서 처음부터 끝까지 과학적 발견이 검증되고 완성되는 과정을 지켜본 한 사회학자의 '민족지'다. 민족지보다 더 적확한 표현이 없는 것 같다. 민족지란 인류학자가 한 민족의 문화를 파악하기 위해서 같이 먹고 자고 함께 생활하며 써낸 보고서를 말하는데, 이 책이 그렇다. 이 책을 쓴 사회학자가 딱 인류학자의 행태다.

중력파를 처음 발견한 과학자가 "고밀도 쌍성계 병합의 중력파를 감지했습니다"라고 학계에 보고했다. 사회학자는 이렇게 해설했다. "두 별이 서로에게 미친 듯이 다가가 온몸을 부딪쳐(?) 한 몸이 될 때 새로운 별이 태어나는 그 순간의 울음소리입니다." 게다가 책의 제목도 에로틱한 『Gravity's Kiss』, 『중력의 키스』다. 이러니 내가 어찌 이 책을 읽지 않을 수 있겠는가.

저자 해리 콜린스는 영국 대학의 사회학과 석좌교수로 과학지식사회학 이론의 기수다. 그는 전 세계 과학자 1,000여 명이 포진하고 있는 중력파 연구공동체 '라이고-비르고'에 소속된 유일한 비과학자였다. 그의 역할은 앞서 말한 민족지를 연구하고 작성하는 것이었다. 2015년 9월 14일 월요일 11시 56분. 연구공동체의 과학자 한 명이 전체 과학자에게 이메일을 보냈다. 중력파 천문학 시대를 알리는 신호였다. "여러분 제가 방금 매우 흥미로운 사건 하나를 그레이스 DB에 올렸습니다."

자신이 감지한 신호가 하드웨어의 주입 신호가 아니라는 것을 확증해달라는 내용이었다. 중력파를 감지한 과학자 마르코 드라고가 공동체 전 연구진들에게 보낸 편지였다. 중력파는 이론적 존재였다. 100년 전 아인슈타인은 일반상대성 이론을 발표하면서 중력파의 개념을 거부하려 했는데 무엇보다 확신이 없었고 관측된 적도 없었기 때문이었다. 이때부터 사회학자 해리 콜린스는 과학자들의 문제 제기와 갈등 합리적 의사결정에 이르기까지 전 과정을 매의 눈으로 관찰하고 분석했다. 『중력의 키스』는 관찰기며 동시에 분석기다.

중력파란 쉽게 생각하면 호수에 돌을 던져 일어나는 동심원의 파장이다. 일반상대성이론에 따르면 시간과 공간은 질량을 가지는 물체에 의해서 생성되는 중력에 의해서 휘어진다. 우주 공간에서 아주 큰 질량을 가진 물체가 폭발 또는 충돌했을 때 급격하게 질량이 변화하면서 중력도 변화하는데 아인슈타인은 이 과정에서 시공간의 일렁임이 중력파라는 파동으로 퍼질 것이라고 예측했다. 이메일이 공동체 과학자들에게 도달하는 순간 문제 제기가 시작되었다.

고질량 감쇠 나선 운동이 아니냐는 의혹부터 가짜 신호에 이르기까지 과학자들은 이메일을 주고받으며 검증하고 확인하면서 점점 신뢰 쪽으로 축이 기울었다. 세계 여러 곳에 흩어져 있는 천여 명의 과학자들이 인터넷으로 접속해서 집단지성을 모으는 과정이 상당한 볼거리다. 책은 1만 5,000통의 이메일 중에서 의미 있는 것을 선별해 수록했다. 의혹과 갈등과 개인의 사욕인 공명심을 해결하면서 합의를 도출하는 과정이 핵심이다.

최고의 과학자들이 '민주주의적 합의'를 도출하는 걸 보면서 저자는 과학을 '민주주의의 등대'라고 부르는 이유를 깨닫는다. 문제에 부딪힌 과학자가 천여 명의 과학자에게 도와달라는 이메일을 보내면 순식간에 각자의 지식으로 해결책을 내어놓으며 '진리'로 나아가는 자세가 된다. 과학이 민주주의의 롤 모델이란 말을 여실히 깨닫는 순간이다.

결론은 13억 광년 떨어진 우주에서 서로에게 반한 두 블랙홀이 미친 듯이 뛰어가 뜨겁게 부딪혔는데 그 순간 새 별이 태어나 우는 소리가 0.15초 들렸고 그게 중력파란 거다. 울음소리가 중력파가 맞는지 세계의 과학자들이 분석하고 의혹하고 증명하고 다시 의혹을 제기하고 검증하면서 합의하는 민주적 해결 과정을 사회학자는 세세히 기록했다. 『중력의 키스』는 단순한 과학책이 아니라 민주주의가 어떻게 완성되는지 확인할 수 있는 사회학적 보고서인 것이다.

이메일은 유머가 넘쳐나면서 긴박감이 느껴진다. 공개된 모든 이메일을 구경하던 저자가 한 사람에게 보내야 할 출판 관련 이메일을 실수로 단체 전송했는데 바로 답장이 온다. "조심하시오, 횃불과 쇠스랑을 든 자들이 당신의 집으로 달려올지 모르오." 중력파를 입증하는 데 모두 일조했기 때문에 누구에게 공이 돌아가는지 촉각을 곤두세우지 않을 수 없다. 여느 조직사회와 다름없는 현상이다.

『중력의 키스』, 해리 콜린스 지음, 전대호 옮김,
글항아리사이언스, 2021. 원제 *Gravity's Kiss*

모두들 검증을 과학자처럼 한다면

『강력의 탄생』

나는 여고 시절부터 과학을 좋아했는데 특히 화학을 좋아했다. 모든 걸 문학적(?)으로 받아들이는 내게 방사성 물질은 매력적이었다. 반감기를 거쳐 붕괴를 거듭하다 마침내 납(Pb)으로 돌아가는 것이 죽어 흙으로 돌아가는 인생 같았다. 게다가 연금술의 신비도 나를 자극했다. 책방에 가면 대중 과학서를 뒤적거리는 이유가 가장 넓은 우주가 가장 작은 원자와 일맥상통한다는 의식이 작용해서다.

김현철 교수의『강력의 탄생』을 사서 하룻밤을 매달렸다. 이 책은 짧게 말하면 1895년부터 1947년까지 원자핵의 발전사이자 과학자들의 투쟁사다. 가장 큰 매력은 한 과학자가 새로운 발견을 하면 그 발견을 토대로 다른 과학자가 또 다른 발견을 하고 마치 영화를 보듯 연속선상에 있다는 거다.

과학자들은 같은 연구를 하고도 간발의 차이로 발표가 늦어 그 늘에 묻히거나, 스승에게 연구 성과를 빼앗겨 죽을 때야 입을 열거나, 자신의 연구를 알아주지 않아 자살하거나, 위험한 연구로 죽어간 과학자들의 성공과 좌절이 펼쳐진다. 431쪽의 책이 순식간에 넘어간다.

한 사람의 과학자가 위대한 발견을 하면 수많은 검증이 이어진다. 예전에 읽었던 해리 콜린스의 『중력의 키스』가 그 검증과정의 좋은 예다. 별과 별이 충돌하면서 일으킨 중력파의 진위를 놓고 과학자들이 논쟁하고 토론하는 과정을 지켜본 사회학자가 정치도 과학자들처럼 한다면 진정한 민주주의가 될 것이라고 했다. 나 역시 철저하게 객관적인 검증이 자신의 이익과 호오의 감정에 좌우되는 정치를 진일보시킬 것이라 믿는다.

나는 물리나 화학이나 비중이 같다고 생각하지만, 화학자라고 불린 것에 펄펄 뛰던 과학자가 있었다. 방사성 물질의 족보를 정리하고 '붕괴'라는 말을 처음 만든 러더퍼드는 자신의 업적 「원소의 붕괴와 방사성 물질의 화학에 관한 연구」로 노벨화학상을 받자 통렬한 연설을 했다. "나는 오랫동안 다양한 변환을 다뤄왔지만, 가장 빠른 변환은 내가 물리학자에서 화학자로 바뀐 것입니다!" 나는 이 연설문을 읽고 웃었는데 그가 말한 '변환'은 '붕괴'와 같은 뜻이었다.

이 책의 시작이 바로 방사선이다.

1895년 뢴트겐이 X선을 발견하고 이듬해 앙리 베크렐이 우라듐에서 U-선을 발견했다. 그다음 해는 톰슨이 전자를 발견하고 1897년에는 퀴리 부부가 라듐을 발견했다. 러더퍼드는 화학자들의 도움을 얻어 방사성 물질인 토륨에서 방출되는 방사성 기체가 '라돈'임을 발견했다. 그의 가장 큰 업적은 원자 속의 핵을 발견한 것이다. 그리고 과학자들이 잇달아 양성자, 중성자를 발견했다.

여기서부터 책의 제목 '강력'의 이야기다. 원자핵 속의 양성자와 양성자는 같은 전기로 서로를 밀어내고 중성자는 전기가 없다. 과학자들은 이들을 결속할 힘이 없다는 데 봉착했다. 그런데 답은 머나먼 동북아시아의 일본에서 왔다. 1935년 일본의 수줍은 물리학자 유카와 히데키가 학회지에 발표한 논문에서 '강력'을 설명한 것이다. 그는 가상의 입자를 들어 핵의 구조를 설명했는데 거기서 강력을 언급했다. '중간자 이론'이라고도 부르는데 그의 논문은 주목을 받지 못했다.

잊혔던 그의 논문은 10년이 지나 영국의 물리학자 세실 파월이 파이온을 발견하면서 존재가 입증되었다. 일본이 최초로 탄 노벨물리학상이 바로 '강력' 덕분이었다. 우주를 지배하는 4가지의 힘이 중력, 전자기력, 강력, 약력이다. 우리가 경험하는 힘은 중력이나 전자기력이지만 강력이나 약력은 핵 내부에만 작용해서 알 수 없다. 이 책은 강력을 설명하기 위한 여정이라고 할 수도 있다.

상대성 이론과 양자역학이 나오면서 보다 정교하게 강·약력의 성질을 알게 된다. 파이온이 발견된 1947년으로부터 74년이 흘렀다. 오늘날은 직경이 27킬로미터인 대형 입자가속기도 있다. 내부의 미세물질을 밝히기 위해 핵 또는 기본 입자를 가속, 충돌시키는데 들리는 얘기로는 블랙홀이 발생할 수도 있다고 한다.

이 책의 저자는 페친 김현철 교수다. 그는 독일 본(Bonn)대학에서 박사학위를 취득하고 돌아와 지금은 인하대 교수로 재직 중이다. 유머 감각이 대단하고 감성도 풍부한데 욱하는 성질도 있어서 가끔 돌직구도 던진다. 나는 이 책을 의리(?)로 샀다. 그런데 딱 나의 취향이어서 흥미진진하게 읽었다. 읽고 재미없으면 모른 척하려 했다. 요즘은 수틀리면 페친 관계가 하루아침에 끝장나지만 우리는 친하게 지낼 거 같다. 뭐 이 글을 읽고 성의가 없다고 난리 쳐도 할 수 없다.

밤하늘의 별들도 힘 떨어지면 다른 별에 잡아먹히는데 인간관계쯤이야! 창세기의 '빛이 있으라'는 말씀은 우주선(cosmic rays)을 말하는 게 아닌가 싶다. 입자 형태의 방사선이 알파선, 베타선, 중성자선이고, 빛이나 전파로 존재하는 방사선이 감마선, X선이 아닌가. 모처럼 두뇌 운동을 했더니 이마가 뜨끈하다.

『강력의 탄생』, 김현철 지음, 계단, 2021.

4부

우리는 아름다울 수 있을까

고독이 선율을 따라 흐르다

『Blue Octavo Notebooks』

　　카프카(Franz Kafka, 1883~1924)는 체코의 프라하에서 태어나고 성장했다. 그의 아버지는 걸핏하면 식탁에서 소리를 지르고 폭언을 일삼았는데 이는 그에게 평생 상처로 남았다. 『아버지에게 드리는 편지』를 읽으면 내용은 서글픈데 문장에 유머가 있어 웃지 않을 수가 없다. 자신은 음식 부스러기를 바닥에 질질 흘리면서 자식들에게 식탁예절을 지키라고 소리를 지르는 모습은 희극처럼 느껴진다. 카프카는 식탁에서 절망하고 식탁에서 사랑을 얻었다.

　　1912년 8월 20일의 일기다. 그날 카프카는 친구 막스 브로트의 집에서 펠리체 바우어와의 만남을 이렇게 기록했다.

　　블라우스를 걸쳐 입은 모습이 아주 가정적으로 보였으나, 잠시

후 그녀는 이 인상과는 전혀 다른 모습을 보였다. 울퉁하고 빈 얼굴은 공허 그대로였으며, 삐뚤어진 코, 약간 무디고 매력 없는 금발, 거센 턱. 식탁에 마주 앉아 그녀를 처음으로 자세히 눈여겨보면서 나는 그녀에 관해 확고한 판단을 내렸다.

나는 글을 읽다가 '아주 가정적'이란 표현에 입꼬리가 올라갔다. 카프카는 가끔 나를 웃게 하는데 특유의 진지한 유머 때문이다. 무표정한 얼굴로 진지한 농담을 하는 사람을 어떻게 좋아하지 않을 수 있겠는가? 친구의 집 식탁에서 우연히 마주 앉은 못생기고 매력 없는 아가씨, 펠리체 바우어. 그녀가 그의 삶에 들어온 것은 대화를 나누면서였다. 첫 만남 후 카프카는 창작열을 불태우는데 하룻밤 사이에 단편소설 「판결」을 써서 그녀에게 바쳤다. 두 사람이 주고받은 편지는 그 자체로 문학인데 카프카가 그녀에게 보낸 편지와 엽서는 모두 545통이다.

그는 그녀와 두 번의 약혼과 두 번의 파혼으로 관계에 종지부를 찍었다. 마지막 파혼은 2017년 12월이었는데 그는 당시 폐결핵을 앓고 있었다. 일기에 "나는 한 여자를 사랑했지만, 그녀를 떠나지 않으면 안 되었다"고 썼는데 두 사람은 진심으로 사랑했던 것 같다.

폐결핵 말기에 이르러 카프카는 친구인 막스 브로트에게 자기 작품을 모두 태워달라고 부탁했다. 그러나 브로트는 카프카의 사후, 그의 작품을 모두 출간했고 카프카의 전기 『나의 카프카』를 썼다. 그런데 책에서 유일하게 제외된 노트가 있었다. 사랑하는 여자와 헤어진 1917년 말부터 1919년 6월까지 쓴 8권의 파란 노트였다. 여기에 쓴 글은 1953년에야 『Blue Octavo Notebooks』로 발간되었다. 'Octavo'는 팔절지 크기를 말한다. 그는 평소 쓰던 노트가 아닌 파란 표지의 팔절지 노트에 글을 썼다. 정확하게 말하면 펠리체와 마지막 파혼 이후부터 쓴 글이다. 카프카는 여기에 일기가 아닌 철학적이고 사색적인 글을 썼다.

이 파란 노트가 21세기 한 음악가의 앨범으로 다시 태어났다. 독일 출생의 영국 작곡가 막스 리히터(Max Richter)의 음반 《블루노트(The Blue Notebooks)》였다. 음반에는 모두 11곡이 수록되어있는데 그중 3곡이 카프카의 『Blue Octavo Notebooks』의 문장이다. 타이핑 소리와 함께 영화배우 틸다 스윈튼이 책을 낭송하는데 작곡가 막스 리히터는 작가들의 문장이나 목소리를 음악으로 취급한다.

막스 리히터는 버지니아 울프의 작품을 무용곡으로 작곡했을 때도 울프의 육성을 곡으로 다루었다. 그는 상당한 문학 애호가로 작가의 작품을 수없이 읽고 또 읽어 완벽하게 이해한 다음 작곡을 하는 것으로 유명하다. 이 음반의 곡들을 작곡하기 위해 막스 리히터는 카프카의 『Blue Octavo Notebooks』를 수없이 읽었을 것이다.

첫 번째 트랙에서 낭독되는 문장에는 "사람들의 마음속에는 방이 있어 빠르게 걷거나 사위가 조용할 때 귀를 기울이면 벽에 헐겁게 걸린 거울이 덜컹거리는 소리를 들을 수 있다"는 내용이 담겨

있다. 카프카가 얼마나 쓸쓸하고 고독했는지 말해주는 것 같다. 이 음반의 곡들은 영화음악의 성지가 되었다. 수많은 영화감독이 영화의 OST로 사용해서 더 유명해졌다.

〈아뉴스 데이〉나 〈콘택트〉, 〈셔터 아일랜드〉, 〈디스커넥트〉, 〈토고〉나 〈The Face of an Angel〉 등등 족히 수십 편의 영화는 될 것이다. 우리나라의 드라마 〈눈이 부시게〉에서도 OST로 쓰였을 정도다. 나는 영화를 볼 때 《블루노트》의 곡이 흐르면 눈을 감는다. 카프카 인생의 모멸과 사랑의 저녁 식탁, 사랑을 잃고 쓴 노트, 그의 책을 발간한 막스 브로트, 그들이 세상을 떠나고 오랜 세월이 지나 책을 읽고 음악을 작곡한 막스 리히터. 나는 카프카와 두 명의 막스를 생각한다.

올해는 프란츠 카프카가 세상을 떠난 지 100년이 되는 해다. 카프카는 문학에서 문화가 되었다.

『Blue Octavo Notebooks』, 프란츠 카프카 지음.
국내에서는 '카프카 전집' 2권 『꿈 같은 삶의 기록 – 잠언과 미완성 작품집』
(이주동 옮김, 솔, 2017) 중 263쪽 이하에서 카프카의 원고 순서대로 정리해 수록

종교가 된 피아노

『뜨거운 얼음』

누군가 내게 쓸쓸한 표정으로 이 가을에 혼자 듣기 좋은 곡을 들라면 이렇게 말할 것이다.

"글렌 굴드의 바흐입니다. 가능하다면 인적이 드문 산길이나 호숫가로 가세요. 그리고 벤치에 앉아 눈을 감고 〈골드베르크 변주곡〉을 들으세요. 가을 햇살이 그의 손가락을 빌려 당신의 상처를 치유할 것입니다. 반드시 글렌 굴드의 연주여야 합니다."

피아니스트 글렌 굴드(Glenn Gould, 1932~1982)는 병적으로 바흐에게 집착했다. 나는 젊은 날 이 두 음악가의 어울리지 않는 조합으로 잠시 고민을 한 적이 있다. 영화 〈페드라〉를 본 사람들은 알리라. 절벽을 달리던 차량 라디오에서 바흐의 푸가가 흘러나오자 앤

서니 퍼킨스가 외친다. "집에서 애나 보지 여기는 왜 왔어요?"

바흐(1685~1750)는 자식이 스무 명이었고 먹고 살기 위해 쉬지 않고 곡을 썼다. 그는 살아서 인정받지 못했는데 그의 악보가 정육점의 포장지였다거나 헌책방에서 발견되었다는 이야기는 그의 곡 상당수가 버려지고 분실되었음을 일컫는다. 바흐는 홀로 작곡할 때 비로소 숨을 쉬었을 것이다. 음악은 그의 일이었지만 그의 피신처였다고 생각한다.

어릴 때부터 외톨이였던 글렌에게 최고의 형벌은 피아노 곁에 가지 못하게 하는 것이었다. 혼자 있기 위한 도구이자 세상으로부터의 도피처였던 피아노는 그에게 신앙이 된 것 같다. 나는 18세기의 바흐를 20세기의 굴드가 이해했다고 생각한다. 어쩌면 시간을 뛰어넘어 두 고독한 영혼이 서로를 알아봤던 건지도 모른다.

글렌은 가벼운 자폐증에 결벽증, 강박관념까지 있었다. 타고난 천재였던 그가 청중 앞에서 연주한 후 느낀 것은 '이루 말할 수 없는 권력감'이었다고 한다. 그는 경쟁을 극도로 싫어했는데 돈보다 경쟁심을 악의 뿌리라고 생각해서 나중에 콩쿠르에도 나가지 않았다. 그리고 31세 이후 다시는 관객 앞에서 공연하지 않았다.

그는 죽기 전까지 녹음실에서 연주했는데 동영상을 보면 연주 자세가 피아노와 수평을 이루다 종내는 피아노와 한 몸이 되듯 껴안는 동작을 취한다. 나는 매번 볼 때마다 그가 음악 속으로 사라진다는 생각이 들었다. 곡을 해석하는 방식도 독특해서 눈을 감고도 그의 연주를 알 수 있었다. 그의 사후 정형을 벗어나는 연주자가 흔해졌지만 젊은 날의 내게 그는 특별한 존재였다.

이번에 캐나다의 음악사학자 케빈 바자나(Kevin Bazzana)가 쓴 글렌 굴드 평전『뜨거운 얼음』이 출간되었다. 나는 글렌에 대한 책을 두어 권 읽었지만, 저자가 프랑스와 미국의 작가여서였는지 미흡하다는 생각이 들었었다. 이번 평전은 넓고 깊어서 나는 글렌을 다 알아버린 느낌이다. 사람은 고향을 닮는다고 하지 않던가? 이 책은 굴드의 고향인 캐나다 토론토의 시골, 비지에서 출발한다. 아니, 유대계로 생각되는 성 '골드'를 1940년 그의 조부가 '굴드'로 바꾸면서 시작된다.

입에 욕설을 달고 살던 한 청소년이 글렌의 공연을 관람한 후 태도가 달라지자 그의 아버지가 친구에게 보낸 편지다. "음악도, 그 안에 하느님의 축복인 것들이 있다면 삶에 큰 영향력을 발휘할 수가 있는 걸세." 이 문장처럼 글렌 굴드의 음악 세계를 단적으로 말해주는 것이 없다고 생각된다. 실제 글렌은 예술가에겐 '도덕적 의무'가 있고 예술은 삶을 향상시키는 힘이 있다고 믿었다.

나도 믿는다. 세상을 변화시키는 예술의 힘을.

피아노가 명상이 되고 신념이 되고 종교가 되어버린 사람, 글렌 굴드의 이야기다.

『뜨거운 얼음』, 케빈 바자나 지음, 진원 옮김, 마르코폴로, 2022, 원제 *Wondrous Strange*

신부님, 음악과 문화를 이야기하다

『당신이 내게 말하려 했던 것들』

최대환 신부는 라디오 가톨릭방송에서 〈음악서재〉를 진행한다.
나는 가끔 그의 방송을 듣는데 명반 전체를 듣거나 긴 명곡 전체를
들을 수 있기 때문이다. 그가 독일에서 철학을 전공했고 상당한 인
문학적 지식을 갖고 있다는 것은 알고 있었다.

최근 발행된 그의 책이 도착했는데 표지가 눈길을 확 끌었다.
표지는 사진작가 마리오 자코멜리(Mario Giacomelli)가 이탈리아 신
학교에서 찍은 사진이었다. 눈이 내리는 날 젊은 신부와 신학생들
이 즐거워하는 모습이다. 수단이 활짝 펴진 모습이 빙글 한 바퀴를
돌았던 것 같다. 이 사진에서 나는 엉뚱하게 수피댄스를 떠올렸다.
　수피댄스를 본 사람들은 알 것이다. 그 춤이 얼마나 경건하게
시작되는지 그리고 얼마나 정중하게 끝나는지. 神을 만나기 위한 그

춤을 처음 보았을 때 나는 넋을 잃었다. 더구나 그들이 쓰고 있는 모자는 자신의 묘비를 상징하지 않는가. 나도 어느 여름밤 안탈리아 바닷가에서 수피댄스를 춘 적이 있다. 그때 우리는 유럽의 젊은 대학생들과 우연히 합류했다가 함께 돌았다. 여름밤 별들이 빙글빙글 쏟아지고 있었다. 나는 내가 별에서 왔음을 의심하지 않았다.

이 책의 제목 『당신이 내게 말하려 했던 것들』도 별에서 왔다. 〈별이 빛나는 밤〉을 그린 고흐를 위한 송가 〈빈센트(Vincent)〉의 노랫말에서 가져온 것이다. 이 노래를 부른 돈 맥클린은 하늘의 총총한 별들을 바라보며, '당신이 내게 말하려 했던 것'을 이제 이해한다고 고백한다.

이 책은 글 꼭지마다 영화와 음악, 문학과 철학, 신학과 사유가 있다. 인문학적 지식이 만만치 않음에도 쉽게 읽히는 건 문체의 힘이다. 그가 열거한 음악을 들으며 읽었는데 즐거웠다. 이 책은 쉰 개의 글 꼭지가 있다. 그중에 잠시 울컥했던 글 하나가 있었다.

내 어린 시절 엄마는 고단한 노동 후에 윗목에서 가끔 술을 마셨다. 흥얼흥얼 〈한오백년〉을 불렀는데 가사 한 줄이 내 목에 걸렸다. "한 많은 이 세상 냉정한 세상 동정심 없어서 나는 못 살겠네" 그때 세상은 엄마에게도 우리에게도 냉혹했다. 자식이 많은 가난한 과부에게 잘못 동정했다 덤터기를 쓸 판이긴 했다.

성장해서 읽은 책이 존 러스킨의 『나중에 온 이 사람에게도』

였다. 그는 연민과 도덕이 결여된 자본주의와 자유주의의 해악이 얼마나 큰지 맹렬하게 비판했다. 이 책의 원제목은 앞서도 말했듯 『Unto This Last』, 성경의 마태복음에서 인용된 것이다. 아침에 일찍 온 인부가 늦게 도착한 이들과 똑같은 품삯을 받았을 때, 포도밭 주인이 한 말이 "나는 맨 나중에 온 이 사람에게도 당신에게처럼 품삯을 주고 싶소."다.

이 글을 대부분의 사람들은 천국으로 들어가는 신자에 대한 것으로 알고 있다. 모태신앙으로 어릴 때부터 신실한 자와 죽기 전 회개하고 천국에 들어간 자와 같은 대접을 받는다는 것이 일반적인 해석이었다. 러스킨은 경제적 효율성을 앞세워 능력이 떨어지는 인간을 비참하게 만드는 당시 사회를 비판하고 대안을 제시하려 비유를 따왔다. 그런데 성직자인 저자는 이 '하느님의 셈법'을 동정과 연민으로 그리고 인간의 존엄성으로 해석했다. 정당한 품삯은 모든 이가 존엄을 가지고 살 수 있는 것을 의미하며 인간의 경제 논리를 넘어선다는 것이어서 나는 잠시 울컥했다.

신앙의 얘기가 아니었다. 바로 이 시대에 더 필요한 덕목, 연민이었다. 일자리를 찾지 못하고 무능하고 쓸모없다 버려진 인간에 대한 '하느님의 셈법'이다. 사람을 소모품이자 도구로 생각하는 경제학을 전면 거부하고 있다. 마음이 출렁거렸는데 이 화두로 모두 깊이 묵상해야 한다고 이끌어 잠시 심각하게 개종을 생각했다.

또 한 꼭지의 글이다. 어느 여름 휴가철 그는 독일의 과학자 슈테판 클라인의 과학자들과의 대담집『우리는 모두 별이 남긴 먼지입니다』를 읽었다. 이 제목은 천문학자 마틴 리스와의 대담 중에 나온 말이었다. 물리학자 카를로 로벨리의『모든 순간의 물리학』의 마무리 부분에도 같은 말이 나온다. 로벨리에 따르면 인간은, 그리고 인간 주위의 모든 것은 똑같이 '별 가루'로 이루어졌다. 이 존재의 비밀은 우리가 '고통 속에 있을 때나, 웃을 때나, 환희에 차 있을 때나' 늘 한결같다. 그런 의미에서 한 사람은 온 세상의 일부다.

저자는 세상 만물이 '별의 먼지'라는 과학적 진술에서 시의 언어로, 신비로 나아가다 우리 인간을 신에게서 온 작품으로 귀결했다. 나 같은 유물론자도 밤하늘의 별을 보면 경건해진다. 인간이란 이 우주에서 얼마나 하잘것없는 존재인가.

이 책은 인문학의 향연이다.

내가 편집자였다면 책에 실린 음악을 CD로 제작해서 독자들에게 선물했을 것이다. 음악을 일일이 찾지 않아도 독서하는 내내 행복할 것 같다. 저자는 이렇게 얘기했다. "당신이 내게 말하려 했던 것들을 알고자 애쓸 뿐입니다." 이 책을 쓴 최대환 신부를 보면 조반니노 과레스키의『신부님 신부님 우리 신부님』이 생각난다. 한마디로 정겹다.

『당신이 내게 말하려 했던 것들』, 최대환 지음, 파람북, 2018.

사는 게 참 웃기고도 정겹고나

'갤러리 조선 민화' 도록

조선 민화 도록이 도착했다. 셰익스피어 사전 두께의 벽돌이라 끙 소리를 내며 펼쳤다가 빠져버렸다. 서울 시내 그것도 종로구 계동에 '갤러리 조선 민화'가 문을 열었다. 이 도록은 갤러리 대표 이세영의 소장 목록이다.

민화의 매력은 자유분방이다. 호랑이는 멍청하고 용은 지능이 모자라 보인다. 심지어 춘화도 에로틱하지 않고 웃긴다. 무당집의 무녀도는 무섭다기보다 정겹다. 절에 있는 삼성각의 산신령은 친근해서 금방이라도 금도끼가 네 거냐고 물어볼 태세다. 문맹자를 위한 지옥의 시왕도나 눈을 부릅뜬 신장도는 불교를 안 믿으면 혼내주겠다는 공포가 아니라 구수한 옛날이야기 같다. 옛날이야기가 보따리로 풀어질 판이다.

내가 처음 만난 민화는 유년 시절 외갓집에 누워서 바라보던 횃대보였다. 벽을 가리던 그 천 위에 색실로 수놓아진 것은 분명 민화의 새와 꽃나무였다. 금슬이 좋은 한 쌍의 새처럼 살라고 누군가 정성으로 옮긴 화조도(花鳥圖)였다. 살림이 비교적 윤택했던 외갓집의 장롱 무늬는 십장생이었고 베갯모는 모란으로 기억된다. 그러니 내게 첫 민화의 기억은 손길이 자주 닿는 실생활이었다.

　세련된 유명 화가의 그림보다 더 많은 이야기가 있는 것이 무명의 민중 화가가 그린 민화다. 거칠어도 역동적이고 해학적인 집단의 정서가 녹아있다. 글을 몰라도 한눈에 무엇을 말하는지 들어온다. 세련된 귀족 문화도 백성들의 민중예술 앞에서 빛을 잃는다. 그러나 그 무엇보다 민화는 벽사기복(辟邪祈福)의 기능을 갖고 있다. 사악함을 물리치고 복을 받기를 기원하는 것이다. 외침과 실정과 온갖 압제에 휘둘리던 가난한 백성들이 할 수 있는 것은 기복뿐이었다. 이 환난이 내 곁을 스쳐 지나가기를….

　민화는 민중의 눈물이고 기원이고 소박한 삶이었다. 이 도록은 등용문의 잉어가 힘차게 뛰어오르는 약리도(躍鯉圖)로 시작된다. 자식의 과거급제를 염원하는 부모들이 선호하는 민화다. 그다음이 까치호랑이가 있는 작호도(鵲虎圖)로 액운을 물리치는 수호신 호랑이와 상서로운 소식을 전하는 까치가 함께 있어 하루하루를 버티듯 살았을 백성들의 염원이 느껴진다. 용과 구름이 있는 운룡도(雲龍圖)는 사악한 기운을 물리치는 기능이 있다. 용은 재미있는 전설이 많은데 학과 연애해서 봉황을 낳고 말과 연애해서 기린을 낳는다.

그러나 내 눈길을 가장 끈 것은 책가도(冊架圖)였다. 선비들이 거리의 화가들을 불러서 그리게 했을 것이다. 책들이 누워있고 곁에 문방사우와 백자나 화병이 있다. 단품으로 만들어진 상자 같은 서가에 누운 책들이 정갈하다. 게다가 항아리에 매화가 꽂혀있어 모든 감각을 동원하게 한다. 모든 사물은 한 방향으로 향하는데 기품이 있다.

민화는 서민만이 아니라 궁중과 양반네들의 삶에도 깊숙하게 들어가고 있다. 민중 속에서 발화된 민화가 계층이나 신분의 구별 없이 집단문화의 원형까지 되어버린다. 글자에 그림을 넣은 문자도(文字圖)도 재미있다. 문맹일지라도 글자의 이미지가 유교의 '효제충신 예의염치(孝悌忠信 禮儀廉恥)'를 말한다는 것을 그냥 알 것 같다. 가톨릭의 성상이나 성화가 문맹자를 위한 것이란 설이 있듯 한눈에 깨달음을 얻는 교육이다.

이 책에 실린 국립중앙박물관 디자인전문경력관 박현택의 글이다.

어느 날 글씨도 그림도 아닌 것을 만났다. 글씨와 그림의 교배, 잡종(hybrid)이다. 문장 옆에 그림이 들어가거나 그림의 이해를 돕고자 글씨를 옆에 쓰는 경우는 기존에도 있었다. 그러나 전혀 다른 변종, 문자도(文字圖)였다. '이런 식의 표현도 가능하구나'라는 통쾌한 해방감, 마음에 각인된 민화의 전복성(顚覆性)이다.

민화 한 점으로 긴 글을 쓸 수 있을 만큼의 이야기가 있다. 권력을 가진 자들의 리그가 아무리 화려해도 장구한 생명은 결국 민중이다. 외래문화가 침범을 해도 민화를 그리는 민중의 정신은 불변이다. 문화의 민주화는 민중들이 쥐고 있었다. 긴말이 필요 없다.

행여 종로 계동에 마실 나갈 일이 있으면 〈갤러리 조선민화〉에 들러보시라.

『조선민화 1』, 이세영 지음, 조선민화, 2020.

『조선민화 2』, 이세영 지음, 조선민화, 2023.

삶은 정지하고 정물은 움직인다

『순례자의 그릇』

어린 시절 어디선가 읽었던 이야기다. 어떤 남자가 도망을 치다 행인에게 자신을 보았다는 말을 하지 말아달라고 당부한다. 그리고 스르르 벽 속으로 스며든다. 쫓아 온 사람들이 벽에 총을 쏘고 남자는 영원히 벽이 되어버린다. 그 행인의 목격담이 나는 실화인지 허구인지 지금도 알지 못한다. 그러나 남자가 나무를 만났다면 나무가 되었을 것이라 생각한다. 살아있는 동물이 정물이 되었다가 다시 동물이 된다는 이야기는 충격이었다.

나는 어른이 되어 어느 자리에서 친구들에게 여담으로 말한 적이 있다. 그때 한 친구는 자연계의 보호색을 예로 들었다. "환경에 따라 피부색이 변하는 유전형질을 가진 남자가 아니었을까?" 하지만 내가 말하고 싶었던 것은 움직이는 '동물'이 아니라 '정물'이었다. 그때 나는 나무에 몸을 기대면 나무가 되고 싶었고 바위에 앉으면 바위가 되고 싶었다.

내게 '정물'은 휴식이었다. 정물은 스스로의 의지로 움직이지 못하는 무생명의 사물을 말한다. 영어로는 'Still Life', 조용한 삶이란 뜻이다.

화가 조르조 모란디(Giorgio Morandi, 1890~1964)는 이탈리아의 볼로냐에서 태어나 볼로냐에서 죽었다. 침실에서 평생 정물화를 그리며 결혼도 하지 않고 은둔자로 조용히 살았다. 그는 '병(甁)의 화가'라 불릴 만큼 많은 병을 그렸다. 내가 처음 본 그의 그림은 무채색이 가미된, 채도 낮은 병을 몇 개 세운 단순한 정물화였다. 음울한 듯 저위의 채도는 시간을 말하는 먼지의 색이라고 생각했다.

그러다 그가 그린 이웃집의 그림을 보고 다시 '벽이 된 남자'를 생각했다. 남자가 사라진 벽은 저 색이었을 것이다. 조르디의 그림엔 인간이 없다.

시인 필립 자코테(Philippe Jaccottet)는 스위스의 시인이지만 불어로 시를 쓴다. 그도 화가 조르디처럼 자발적 은둔자이다. 그가 쓴 『순례자의 그릇』은 화가 조르조 모란디의 작품에 대한 예술평이다. 나는 문장에 빠져 시를 읽듯 여러 번 음미했다. 정물에 생명을 부여할 수 있는 자는 먼 옛날에도 시인이었을 것이다. 정령(精靈)이란 얼마나 아름다운 단어인가!

이 책의 시작은 『두이노의 비가』의 한 구절을 인용하는 것으로 시작한다. "어쩌면 우리가 여기 있는 건 집, 다리, 분수, 현관, 항아리, 과수밭, 창문, 기껏해야 기둥, 탑…. 이런 걸 말하기 위해서인지도 몰라." 저자는 릴케가 불러낸 정물들의 시적 예술성을 완성한 이는 화가라고 생각했다.

이 책은 미술평론가가 쓴 글이 아니다. 시인이 자신의 생애에 축적된 모든 예술 감각을 모란디의 작품에 쏟아붓는 글로 느껴진다. 문학과 음악, 미술, 철학의 토대 위에서 사색하고 분석했다. 그러니 화풍이니 기법이니 하는 미술 평론에서 상당히 비껴있다.

모란디의 작품이 정면으로 마주하는 것은 '죽음'이다. 평생 은둔자로 살았던 수학자 파스칼은 '죽음'을 피할 수 없는 인간의 조건이 불행의 근원이라고 했다. 모란디는 파스칼에게 많은 영향을 받았던 것 같다.

그가 친구에게 보낸 편지다.

파스칼이 한낱 수학자였다 치자. 그는 기하학을 믿었어. 그것이 별것 아니라고 생각해? 수학과 기하학으로 거의 모든 것을 설명할 수 있어. 거의 모든 것을 말이야.

그의 작품의 색감은 뿌옇고 흐릿해서 선마저 희미하게 보인다. 구도는 단순해서 초보자의 그림으로 오해를 받기도 한다. 그렇다면 피카소를 생각하자. "나는 어린아이처럼 그리기 위해 평생이 걸렸다."

시인은 수도사처럼 살았던 모란디의 작품세계를 풀어나가다 마지막 그림 한 점을 만난다.

거의 흰색인 이 그릇은 상자, 꽃병, 술병과 나란히 있다. 이 사발은 다른 어떤 사발보다도 잘 만들어져, 순례자가 짐 속에 휴대하고 다니다가 '산 자의 우물'에 멈추어 물을 떠 마실 때 가만히 그 안을 들여다보지 않겠는가? 혹은 심지어 움직이지 않는 순례자, 두 발이 더 이상 지탱해주지 못해서 생각으로만 이동할 수밖에 없는 순례자조차도 그러하다.

이 책의 문장은 시처럼 아름답고 생각은 칼처럼 직진한다. 내가 보았던 그림의 켜켜이 쌓인 먼지가 시간의 모래로 느껴진다. 내 어린 날 이야기 속 한 남자가 벽이 되었듯 정물을 주제로 한 변주의 끝은 마침내 '시간의 순례자'가 되었다.

정령의 또 다른 의미는 '육체에서 해방된 자유로운 영혼'이다.

『순례자의 그릇』, 필립 자코테 지음, 임희근 옮김,
마르코폴로, 2022. 원제 *Le Bol Du Pelerin*

나는 격동의 시대를 춤추었으니

『최승희, 나의 자서전』

최승희의 『최승희, 나의 자서전』이 80년 만에 출판되었다. 나는 책을 받자마자 독파했는데 약간 흥분된 상태였던 것 같다. 그녀는 1911년생이니 1936년 25세의 나이로 이 책을 썼다. 격동의 시대 그녀는 인생의 주요 경험을 생의 전반부에 치렀다. 어쩌면 그녀는 자신의 앞날을 희미하게 예감했는지도 모르겠다. 그만큼 그녀의 생애는 파란만장했다.

내가 그녀를 처음 본 것은 '보살춤'의 사진이었다. 미시마 유키오는 『나의 사춘기』에서 그녀의 공연을 보고 에로틱하다고 표현했다. 나는 반라 상태로 성과 속을 동시에 표현하는 그녀의 연기에 놀랐고 여자에게 혹독했던 그 시대가 그녀에게만 유독 관대하다는 것에 어리둥절했다. 지금 생각하면 사진은 대중의 혼란기와 체념기를 모두 거친 인정기의 작품이었던 것 같다. 언론과 지식층이 예술이라는데 대중은 꿀 먹은 벙어리가 될 수밖에 없었을 것이다. 그녀의 사진은 이사도라 덩컨 같기도 했고 독일의 피나 바우슈의 느낌을 주기도 했다. 그러나 최승희에겐 그녀들에게 없는 것이 있었다.

광기나 열정은 세 여인 모두에게 있었지만, 오직 최승희에게만 있는 것, 나는 그것을 이제야 찾은 느낌이다. 인간의 운명은 자신의 의지와 함께 누구를 만나느냐에 따라 달라진다. 그녀의 의지가 엄청난 독서와 노력의 산물이었다면 그녀의 운명을 바꾼 사람은 세 남자였다. 동생의 재능을 알아본 오빠, 스승인 일본 현대무용의 선구자 이시이 바쿠, 그리고 동지이자 남편인 안막이었다. 세 남자는 모두 개화기의 지식인으로 그녀를 가부장제로 묶지 않고 자기 재능의 길을 가도록 날개를 달아준 사람이었다.

최승희는 해주 최씨 양반 가문의 막내딸로 태어나 숙명여자고등보통학교를 다녔다. 워낙 총명해서 월반을 했지만 가세가 기울면서 끼니를 거르는 일이 다반사였다. 그녀가 고난을 잊기 위해 택한 것은 독서였다. 특히 26살에 요절한 이시카와 다쿠보쿠(石川啄木)에게 깊이 빠져들었다. 시인 백기행도 자신의 필명을 백석(白石)으로 고쳤을 만큼 그를 좋아했다고 들었다.

그녀는 등록금 면제에 남들보다 3살이나 어린 15세의 어린 나이에 우등생으로 졸업했는데 특히 음악성이 탁월해서 스승들이 음악학교에 추천서를 써줄 정도였다. 그러나 장학금을 받아도 생활비를 자비로 충당할 형편이 되지 않았다. 당시 『경성일보』에 일본 현대무용의 선구자 '이시이 바쿠 무용 연구생 모집 공고'가 실렸다. 춤은 기생이나 추는 천박한 것이라는 인식을 전복시킨 것은 오빠였다.

그는 일본 유학을 했지만, 일자리가 없어 소설이나 글로 생계를 유지하던 식민지의 가난한 지식인층이었으나 무용이 예술의 부분집합임을 간파했다. 최승희는 오빠와 함께 공연을 보고 이시이 바쿠를 찾아갔고, 그는 그녀의 자질을 단번에 알아보았다.

그녀는 타고난 열정 위에 무서운 노력을 보태는 천재였다. 울며 반대하는 부모를 설득한 그는 그녀를 일본에 데려갔는데 최승희의 노력은 남들보다 몇 배를 불사했다. 모두 잠든 새벽에 혼자 일어나 몸이 납득할 때까지 연습했는데 열정을 넘어 섬뜩할 정도로 광기가 느껴진다. 이 시기가 그녀의 몸이 춤을 완성한 1기로 추측된다.

그녀가 만난 사람 중에 가장 훌륭한 사람을 말하라면 나는 일본인인 스승 이시이 바쿠를 꼽겠다. 그가 눈이 멀어 가장 힘들 때 모두 그의 곁을 떠나갔다. 그때 최승희도 그를 떠나 경성에서 연구소를 차렸는데 18살이었다. 엄밀히 말하면 배신인데 후에 그녀가 힘들어져 다시 그를 찾아갔을 때 그는 그녀를 다시 받아준 인격자였다.

기생의 춤을 조선에서 무용이란 예술로 승격시킨 최승희의 활약은 눈부셨다. 그녀의 춤이 '의식화'된 것은 오빠가 소개한 일본 유학생 '안막'을 만난 이후였다. 이때가 그녀가 '몸'에서 '의식'으로 나아간 춤의 제2기라고 생각된다.

> 오빠를 따라 방 안으로 들어갔습니다. 그러자 거기에 박영희 씨
> 와 마주 앉아서 마치 싸우는 듯한 목소리와 눈에서는 실핏줄이
> 터질 것 같은 모습으로 문학에 대해 처절한 토론을 하는 학생이
> 있었습니다. 그 사람이 박영희 씨와 오빠가 선택해 준 청년 안
> 필승이었습니다.

오빠가 소개해 준 남자를 만나러 간 박영희 씨 집안의 풍경이
다. 거기 필명 안막, 본명 안필승인 청년이 문학 토론을 하고 있었
다. 와세다대학생이자 좌파 지식인이었던 그는 반제국주의와 접목
된 계급투쟁의 급진적 사상을 갖고 있었다. 그는 임화와 함께 카프
(KAPF, 조선 프롤레타리아예술동맹)를 주도하고 훗날 최승희와 함께
월북했다. 자서전은 이 두 사람이 열정적으로 사랑하고 고난을 견
디는 부분에 중점을 두는데, 읽으면서 마음이 무거웠다.
　그녀가 20살, 그가 22살, 그들은 결혼했으나 5개월 만에 그는
일경에 의해 구속된다. 혹자는 그녀의 창작 절반이 안막의 기획이
라고 하는데, 나는 동의하지 않는다. 사랑한다고 무조건 따를 만큼
최승희란 인물이 녹록하지 않단 이야기다. 자서전을 끌고 나가는
문필력도 대단하고 의지와 자존감이 누구에 의해서 결정되는 사람
이 아니었다. 영향을 받고 스스로 설득하기까지 시간이 걸리지만
일단 납득되면 무섭게 치고 나가는 사람이 최승희였다.

    남편 안막이 감옥에 있는 동안 그녀는 '의식화' 무용을 공연했
는데 손님이 뚝 떨어졌다. 나는 이 부분에서 웃음이 터졌는데 잘 쓰
던 작가도 문제의식이 치밀해지면 글이 딱딱해져서 읽기 싫어지는
경우가 있지 않은가? 북한의 군무를 보면 아름답다기보다 '너희가
고생이 많다' 싶은 것처럼 말이다. 남편의 계급투쟁 영향을 받은 그
녀의 춤이 〈고난의 길〉, 〈고향을 그리워하는 사람들〉, 〈해방된 사람
들〉 등이니 관중들이 엄청난 피로감을 느꼈을 것이다. 생계가 힘들
어진 부부는 1년 뒤 다시 일본의 스승에게 돌아가 문하생이 되는데
이때 최승희는 그녀의 무용 인생에서 새로운 국면을 맞는다.

    2부는 그녀의 자서전이 아니다. 세계 공연을 다니며 쓴 에세
이로 그녀의 춤이 완성된 제3기로 보인다. 3년간 유럽과 미국, 남
미 공연을 다니며 피카소, 헤밍웨이 등 많은 예술가들로부터 찬사
를 받는 세계적인 무용가로 도약한다. 그녀의 춤이 가장 한국적이
며 동시에 세계적인 예술로 알려지는 시기이자 제2차 세계대전이
발발하는 때이다. 그녀가 일본군의 위문 공연에 동원되고 전쟁터를
전전하는 이야기로 책은 끝을 맺는다.
    여담이지만 해방 후에 월북해서 남편 안막은 미국의 간첩으로
숙청되고 최승희는 반혁명분자로 사라졌다. 그녀는 공산주의 사상
과는 맞지 않는 인물이었다. 예술을 모르는 당 간부들을 경멸했고
김일성 우상화를 비웃었으며 사사건건 마찰을 일으켰다. 이미 세계
공연으로 많은 예술가들과 교류의 경험을 가진 그녀에게 사회적

리얼리즘은 편견에 불과했을 것이다. 그녀가 안막을 만나지 않았다면 운명이 또 어떻게 달라졌을까? 역사에 만약은 아무 의미가 없겠지만 말이다.

조선의 가부장제와 식민지의 이중 압박에서 가장 약한 존재였던 여자가 어떻게 세계적인 예술가로 태어났는지, 그리고 가장 천박한 기생의 춤을 어떻게 예술로 승격시켰는지 세세한 내용을 담고 있는 책, 이 책이야말로 운명은 타고나는 것이 아니라 개척되는 것임을 극명하게 보여주는 것 같다. 80년 만에 출간된 귀한 책이다.

『최승희, 나의 자서전』, 최승희 지음, 권상혁 옮김, 청색종이, 2023.

실패한 가장에게 갈채를 보낸다

『베를린 필하모니 오케스트라』

베를린 필의 역대 지휘자는 9명으로 알려져 있으나 2명은 임시 지휘자였다. 상임지휘자는 모두 7명인데 제3대 지휘자는 빌헬름 푸르트뱅글러였다. 1954년 그가 타계하자 폰 카라얀이 제4대 지휘자로 선임되었다. 폰 카라얀은 나치당원 출신이고 권력 지향적인 인물이었다. 베를린 필 총감독의 말을 빌리면 "그는 자신이 내키면 매력적이고 상냥하게 대하지만 진심인 적은 드물었고 타인에게 거리를 두었으며 냉정하고 거부적인 태도로 상대에게 모욕감을 주었다."

그는 사진이 실물보다 못 생기게 나온다고 생각해서 왼쪽 옆얼굴만 촬영을 허락했다. 무심코 카라얀의 사진을 찍은 여자 사진기자가 경찰의 조사를 받는 일도 있었다. 그의 유미주의는 대머리 단원들에게 자기가 선택한 가발을 씌워 연주하게 했을 정도였다. 작가 힐데 슈필은 그를 '엘리트적이고 자본주의적인 명품 문화의 표본'이라고 불렀다. 입장료도 제일 비싸게 받았으며 어디서나 1인자에 대한 야심을 불태웠다. 단원들의 불만은 높았지만, 카라얀의 자본주의적 활동은 수입을 다섯 배나 늘렸다. 그들에게 있어 카라얀은 능력 있고 돈을 잘 벌지만 폭력적인 가장 같았다.

공연장의 청중은 기껏해야 2000명 정도지만, 음반과 영상물로는 수십 수백만 명을 맞이할 수 있다. 이것이 그가 돈을 버는 비결이었다. 그러나 카라얀의 폭주는 분노한 단원들의 저항과 건강상의 문제로 끝이 났다. 베를린 필은 돈이 잘 벌리는 이유가 자신들의 실력 때문이라는 자부심이 있었다. 그러니 아버지 카라얀이 자신들을 이용해서 돈을 버니 없어도 된다는 생각이었다.

1989년 제5대 베를린 필의 상임지휘자로 클라우디오 아바도가 등극했다. 베를린 필하모니 단원들의 열화와 같은 성원으로 선출되었는데 그는 이탈리아인으로 카라얀처럼 화려하고 극적인 사람이 아니었다. 그가 세상에 알려진 건 카라얀의 성질머리 덕분이었다. 카라얀은 베를린 필의 상임지휘자면서 잘츠부르크 페스티벌의 음악감독을 겸임하고 있었는데 경영진과 마찰이 있었다.

잘츠부르크 페스티벌은 일시적으로 객원 지휘자들을 초빙했는데 아바도도 그중 한 명이었다. 이때 아바도는 빈 필하모니를 처음으로 지휘했는데 말러 교향곡 2번으로 주목을 받았다. 이 성공으로 그는 메이저 오케스트라의 객원 지휘자로 초빙됐고 유명한 '도이체그라모폰'과 녹음계약을 했다. 당시 독일계 지휘자가 대부분이었던 도이체그라모폰은 레이블의 세계화를 위해 비독일계 지휘자들을 영입했는데 이탈리아인 아바도가 1호였다.

　그는 동문인 다니엘 바렌보임과 경쟁 관계였지만 여러 면에서 열세였다. 베를린 필이 카라얀 이후 차기 주자로 다니엘 바렌보임과 로린 마젤이 하마평에 올랐는데 엉뚱하게 단원들은 아바도를 선택했다. 사실 카라얀이나 다니엘 바렌보임 모두 권력욕이 있었다. 아바도가 객원 지휘자로 베를린 필 단원들과 같이 브람스 교향곡 3번을 공연한 적이 있었는데 단원들은 그의 민주적인 지휘 방식이 몹시 마음에 들었다.

　아바도가 선택되자 본인도 세계 언론도 모두 어안이 벙벙했다. 그러나 그것은 불행의 서막이었다. 그는 돈벌이 능력이 떨어지는 편이었다. 도이체그라모폰이 베를린 필과 카라얀에게 로열티를 따로 지급한 것과 달리 아바도는 신예 정명훈과 똑같은 개런티를 받았다. 음반 판매 실적이 좋지 않았고 '소니'와 계약을 맺은 차이콥스키 음반도 신통치 않았다.

　정명훈 문제로 열 받은 아바도가 'EMI'로 옮겼지만, 베를린 필의 음향을 잘 살리지 못했다는 혹평을 받고 풀이 죽어서 결국 몇 개월 후에 도이체그라모폰으로 조용히 다시 돌아왔다. 아바도는 카라얀과 베를린 필이 소홀히 했던 현대음악을 적극적으로 무대에 올렸다. 문학과 음악을 결합한 연주회를 개최하는 등 변화를 도모했다. 보수적이고 권위적인 독일 베를린 필의 풍토와 어긋나는 것은 당연했다.

　반면 경쟁자 다니엘 바렌보임은 정통 독일 고전 낭만주의 음악들로 청중들과 평단의 호평을 받았다. 이래저래 아바도에게 다니엘 바렌보임은 원수 같은 존재였다. 아바도의 시도는 계속 악평을 받았다. 나름 문학과 음악을 접목하는 문화운동을 시도했지만, 구호만 거창했지 작품과 음악이 완전히 동떨어졌다.

　보다 못한 음악 비평지가 "세련된 밀라노의 교양인인 아바도가 야만적인 베를린 청중들을 얼마나 개화시켰나?" 하고 촌평을 내놓았다. 취임 공연인 말러 교향곡 제1번의 히트 이후 발매된 음악들은 혹평을 받았다. 말러로 일어나 말러로 욕을 먹었다. 베를린 필의 연주에 찬사를 올리던 리뷰어들도 고개를 돌려버렸다. 능력 있는 폭력 가장이었던 카라얀과 달리 사람 좋은 착한 가장 아바도는 돈을 못 벌었다.

　음반 판매고가 급감하자 베를린 필과 사이가 틀어졌다. 수입이 없자 단원들이 대거 퇴단하기 시작했다. 먹고 살려고 교수나 솔로이스트로 전향해서 자동 물갈이가 되었다. 돈도 안 벌어주면서 베를린 필을 이탈리아식의 밝고 가벼운 음색으로 바꾸려는 아바도와 단원들의 사이는 갈 데까지 갔다. 푸르트뱅글러와 카라얀 시절 중후하고 강렬한 금관악기 사운드를 추구했던 베를린 필의 전통을 아바도가 부정하자 당시 리허설 중에 단원들과 고성이 오갔다. 아바도의 민주적이고 탈권위주의적인 리허설 방식은 처음에는 단원들의 호응을 얻었지만, 시간이 지나자 단원들은 이러한 방식에 염증을 느끼기 시작했다.

리허설에서 여러 템포로 시도해 본 후 단원들에게 물어보곤 했는데, 이런 방식은 오히려 단원들의 불만을 유발했다. 지휘자 본인이 스스로 템포를 결정하지 못한다고 생각한 단원들은 그를 신뢰하지 않았고 선택을 못 해서 리허설 시간을 많이 잡아먹는다고 생각했다.

1997년에 베를린 필과 아바도의 관계는 걷잡을 수 없이 악화했다. 리허설 시간에 따지는 단원, 잡담과 토론하는 단원, 지루함을 이기지 못하고 편지를 쓰는 단원 등의 모습을 공개한 기사가 나오자 아바도의 리더십이 문제가 되었다. 베를린 필의 모든 상임지휘자는 거의 임기가 종신이었음에도 운영진은 아바도와 더 이상 재계약하지 않겠다고 발표했다. 아바도는 2002년 임기가 끝나면 자진해서 상임지휘자에서 물러날 것이라고 발표했다.

그는 위암 수술을 받았고 쇠약해지기도 했지만, 메이저 오케스트라에서 그를 부르지 않았다. 아바도 이전 베를린 필은 한 번도 민주적인 가장을 가져본 적이 없었다. 명령받았고 연주했으며 그것은 조직풍토가 되었다. 아바도가 단원들의 의견을 존중해서 민주적으로 이끌려고 하자 파장이 일어난 것이다. 생각한 적이 없었던 사람에게 의견을 내놓으라고 한 것 자체가 멘탈 붕괴였다. 카라얀과 아바도는 독재와 민주의 극단적 사례다.

예전 서구로 망명한 비행사가 다시 소련으로 돌아간 기억이 난다. 시키는 대로 살아온 타성이 스스로 결정하는 자유를 이해할 수 없었던 거다. 탈권위적 리더십으로 현대 음악사에 새로운 장을 연 음악가, 아바도는 2014년 여든한 살의 나이로 세상을 떠났다. 자기 통제와 반권위주의는 그의 좌우명이었다. 그는 상대를 배려했고 무대에 입장할 때 지휘봉마저도 눈에 보이지 않게 숨겼다. 연주를 시작하기 직전에야 비로소 지휘봉을 무심한 듯이, 그러나 빠르고 신중하게 소매에서 꺼냈다.

보수적인 음악계에서 아바도는 민주화의 조용한 혁명가였다. 적어도 아바도는 대머리 연주자에게 가발은 안 씌웠다!

『베를린 필하모니 오케스트라』, 헤르베르트 하프너 지음, 차경아·김혜경 옮김, 까치, 2011. 원제 *Die Berliner Philharmoniker - Eine Biografie*

오직 조국만이 그를 외면했다

『윤이상 평전』

윤이상은 정치가가 아니라 음악가다. 그런데도 정치 이념에 휘둘려 갖은 고초를 겪었다. 언뜻 최인훈 중편소설 「광장」의 명준이 떠오른다. 그러나 윤이상은 자살하는 대신 독일 국적을 취득했다. 현대음악은커녕 고전음악도 잘 알지 못하던 일반인들에게 그가 알려진 건 동백림사건 때문이었다. 1967년 현대음악작곡가 윤이상이 독일에서 여권도 짐도 인사도 없이 사라졌다. 그는 중앙정보부 요원들에 의해 한국으로 끌려와 서대문 형무소에 갇혔다. 지독한 고문을 당한 끝에 사형 구형을 받았다. 그에게 씌워진 혐의는 간첩이었다.

독일 정부가 대한민국 정부에 격렬하게 항의를 했던 경우는 처음이었다. 프랑스 정부도 항의했고 유럽의 예술가들은 피켓을 들고 윤이상 석방 시위를 했다. 『생의 한가운데』를 쓴 루이제 린저가 반한인사로 돌아선 것도 이즈음이었다. 그의 간첩 혐의는 결국 무죄로 판결났다. 그러나 국가보안법 위반으로 징역 10년형이 확정되었다. 독일은 한국에 제공하기로 한 차관을 취소했다.

그가 옥중에서 자살 시도를 하자 놀란 정부는 그의 작곡 활동을 허가했다. 투옥 중에 작곡한 〈나비의 미망인〉은 독일에서 초연되었는데 31회의 커튼콜로 호평을 받았다. 스트라빈스키, 폰 카라얀 등 쟁쟁한 음악가 200여 명이 한국 정부에 탄원서를 제출하자 난처해진 정부는 1969년 집행 정지 결정을 내렸고, 그는 서독으로 돌아갔다. 독일은 그를 단순 체류 외국인이 아닌 보호해야 할 예술가라고 생각했다. 1971년 윤이상은 독일 국적을 취득했고 죽을 때까지 한국에 돌아올 수 없었다.

이 동백림사건이 얼마나 치졸했느냐면 잔인한 고문으로 간첩 혐의를 뒤집어씌워 사형과 무기징역을 남발했는데 재판 중 판사 세 명도 사표를 내는 사태가 벌어졌다. 결국 1970년에 모두 석방했는데 이유는 서독 및 프랑스와의 외교 마찰 해소였다.

윤이상은 1917년에 태어나 통영에서 자랐고 식민지 시대와 한국전쟁을 겪었다. 일본에서 음악공부를 한 후 통영으로 돌아왔는데 통영의 학교 교가가 다 그의 작품이라고 한다. 고려대학교 교가도 그가 작곡한 것이다.

1956년 나이 40이 다 되어 작곡기법과 음악 이론을 공부하기 위하여 프랑스 유학을 떠났고 독일에서 인정받아 정착했다. 그가

서방세계에 널리 알려지자 남북한 모두 콜을 보냈다. 그에게 조국
은 남한과 북한이 아닌 한국이었다. 그는 사상이나 이념이 아닌 음
악으로 통일된 조국을 보려 했다. 그가 사상에 심취했다면 남과 북
가운데 한 곳을 택했을 것이다. 그러나 모든 예술가의 궁극적 목표
는 '자유'다. 그에게 두 곳 모두 다 핍박과 억압의 체제였다.

독일에는 '베를린 윤이상 앙상블'이 있어 전 세계 순회공연을
다니며 연주한다. 북한에는 지금 '윤이상 관현악단'과 '윤이상 음악
연구소'가 있다. 매년 '윤이상 음악회'를 개최하고 특히 윤이상 관
현악단은 세계적으로 명성을 얻고 있다.

남한은 '윤이상 평화재단'과 '통영 국제 음악제', '국제 윤이상
작곡상'을 주관하고 있고 통영에는 '윤이상 기념관'과 '윤이상 거
리'가 있다. 윤이상의 현대음악은 어렵다고 한다. 사실 현대음악은
거의 불협화음으로 들린다. 피카소의 그림이 유치해 보여도 미술의
기초와 과정을 충실하게 밟고 올라선 경지인 것처럼 음악도 그렇
다. 그런 그의 음악이 동서남북 전 세계를 관통했다.

독일의 대통령 바이츠제커가 그에게 했던 말이다. "동양의 정
신을 서양의 악기로 표현해 주셔서 당신에게 감사드립니다." 김영
삼 문민정부가 들어서자 음악계에서 1994년 윤이상 음악제 개최
움직임이 있었고 윤이상이 참석하기를 바랐다. 사람들의 권유로 정
부에 방한 허가를 요청했으나 돌아온 편지는 '국민에게 심려를 끼
친 과거사를 사과하고 앞으로 예술에만 전념할 것을 요청'하는 치

욕적인 내용이었다.

1995년 그가 세상을 떠나기 전,『월간조선』에 윤이상이 정부에 귀국을 애원하는 편지를 보냈다는 왜곡 기사가 실렸다. 게다가 젊은 청년 부부가 찾아와 만약 귀국하면 공항에서 두 사람이 분신자살하고 명예를 실추시키겠다는 협박까지 받았다. 그는 죽는 순간까지 입국을 거절당했다. 제자가 보낸 통영의 멸치를 들고 눈시울을 붉혔다는 그는 고향땅을 끝내 밟지 못했다. 베를린 공동묘지 그의 묘비명은 처염상정(處染常淨)이다. "어떤 환경에서도 더러움에 물들지 않고 늘 깨끗하다."

『윤이상 평전』이 2020년 제3회 롯데출판문화대상 본상에 선정되었다. 윤이상의 부인 이수자 여사가 직접 원고를 읽고 오류를 바로잡는 검증을 거친 책이다. 좋은 책은 출판계에서 먼저 알아보는 것 같다.

『윤이상 평전 - 거장의 귀환』, 박선욱 지음, 삼인, 2017.

그럼에도 '진짜'를 논하다

『추사정혼(秋史精魂)』

오래전 『이회영 평전』을 읽다가 흥미로운 대목에 눈길이 갔다. 그의 형제들은 오늘날로 환산하면 약 2조 원에 이르는 재산을 처분해 만주에서 독립운동을 했다. 그들이 세운 '신흥무관학교'는 돈 먹는 하마였는데 운영이 힘들어지자 이회영은 국내에 잠입해서 독립자금과 활동비를 마련하기 위해 대원군 이하응의 '난(蘭)'을 모사해서 판매했다. 이하응은 추사 김정희의 수제자였다. 어린 시절부터 추사에게 사사한 그는 가장 뛰어난 제자라는 평을 들었다. 물론 그림은 완벽하게 모사할 수 있었다. 이회영이 추사의 운필법을 제대로 익힌 이하응을 흉내 내었다면 두 가지로 생각할 수 있다. 구매자가 가짜인 줄 알면서도 그림을 구매했거나 정말 완벽하게 모작을 완성했거나. 지금도 이하응의 작품이 추사의 작품으로 오인되어 전시되거나 수록되는 것을 보면 진위를 가리는 것이 쉬운 일은 아닌가 싶다.

　내가 아는 한국 미술계의 가장 황당한 사건은 천경자 화백의 진품 확정 발표였다. 어느 날 갑자기 국립현대미술관에 걸린 그림을 본 천 화백은 자기 작품이 아니라고 주장했다. 그러자 국립현대미술관은 미술품 감정위원회에 감정을 의뢰했고 진품 판정을 받아냈다. 당시 천 화백은 미친 작가라는 소리를 듣게 되자 모든 활동을 중단하고 미국으로 떠났다. 나는 전시회에서 천 화백을 만난 적이 있어 그녀의 정신이 온전하다고 생각했다.

　그때 느낀 것은 대한민국은 살아있는 작가보다 기관의 힘이 더 세다는 것이었다. 그런데 왜 이런 일이 벌어진 것일까? 이천 년대 초 재미있는 기사가 있었다. 국립중앙박물관 소장품 중 절반이 위작이란 말이 문화재청 감사에서 흘러나왔다. 우리 사회가 오래전부터 위작에 대해 너그러웠고 감정 기술이 낙후되었던 것일까? 그럴 리가 없다. 최종 소장자는 일단 고액을 지불한 작품은 진위를 떠나 위작이라고 인정하는 순간 엄청난 손실을 감수해야 하기 때문이다. 물론 미술관의 모든 작품에 의혹이 제기되고 공신력은 땅에 떨어질 것이다.

　예술작품이 물질적 가치로 환산되는 한 위작은 영원할 것이다. 특히 고문서의 경우 부르는 게 값이다. 다른 얘기지만 시가 1조 원으로 평가되는 개인 소장 훈민정음 해례본은 장물로 판명되어 국가에서 가택수색까지 했지만 찾을 수가 없었다. 2017년 미국 경매에 올라온 '장렬왕후 어보'를 사비 2억 5천만 원을 주고 구입했던 개인은 도난당한 문화재란 이유로 작품을 압수당했는데 국가는 소장자에게 한 푼도 지불하지 않았다. 그러니 훈민정음 소장자가 순순히 내어놓겠는가?

이영재 · 이용우 공저의 『추사정혼((秋史精魂)』을 읽으면서 무릎을 쳤다. 죽은 추사는 말을 할 수 없으니 천경자 화백처럼 붓을 꺾을 수도 없는 노릇이다. 도자기나 청동기라면 탄소연대측정법을 실시하거나 여러 과학기법을 동원할 수 있다. 그러나 동시대에 제작된 위작이라면, 그리고 관계가 사제지간이고 서체가 흡사하다면 골이 아파진다. 청조 경학의 연구자였던 일본학자 후지스카 지카시의 유족들이 한국에 기증한 추사의 작품도 상당수 모작(模作)과 위작(僞作)이라고 알려져 있다.

예전 학고재에서 전시한 추사작품 57점에서 진품은 9개뿐이었다고 한다. 시중에 나온 추사 관련 책들에 수록된 작품도 상당수가 위작인데 추사의 제자 권돈인, 조희룡, 윤정현, 이하응의 작품을 오인한 것들도 있었다. 간송미술관, 예술의전당 등 여러 기획전시에서도 상당수가 위작이라는 것은 공공연한 사실이다.

이 책의 저자들은 고서화 수집 전문가에 미국에서 미술사를 공부하고 수십 년간 추사를 연구한 학자들이다. 『추사정혼((秋史精魂)』은 추사 김정희의 작품을 8세부터 타계 전까지 작품을 추적해서 수록했는데 그것만으로도 이 책은 들여다볼 가치가 있는 책이다. 그러나 이 책의 핵심은 진위보다 올바른 예술관과 예술의 올바른 가치를 알리는 데 있다.

나는 강희맹의 작품 〈충절가도〉에서 잠시 뭉클했다. 강희맹, 강
희안은 형제인데 이들은 단종 복위운동에 가담해서 멸문지화를 당
할 운명이었다. 그러나 성삼문은 모진 고문을 당하면서도 이들의 개
입을 부정했다. 그때 강희맹은 32세였고 성삼문은 39세였다. 강희맹
은 그의 얼굴, 몸, 특징들을 새겨서 이 그림에 넣었다. 실존 인물을
그린 것인데 이 작품이 왜 홀대를 받는지 나도 의아하다. 저자는 〈충
절가도〉와 추사의 작품이 세상에 재평가되기를 바라고 있었다.

이 책은 1장 고서화 감상의 바른 길, 2장 추사 서도의 이해, 3
장 추사 진작, 4장 추사 위작, 5장 타인 작으로 나뉘어있다. 저자는
추사 운필법의 진가를 제대로 느끼려면 봉은사 현판 〈판전(板殿)〉의
획을 보라고 한다. 언제 삼성동을 가야 할 일이 있다면 봉은사를 방
문해도 좋을 것이다.

예술이 돈으로 환산되는 세상에 살고 있는 우리에게 전하는 정
인보의 말이다.

아 선비가 옛사람을 본받아 외로이 학문을 닦아서 이미 널리 배
움으로 말미암아 깊은 경지에 이르렀는데도 묻혀버리고 세상에
알려지지 않는다면, 응당 한이 되지 않을 수 없다. 그러나 만약
무식한 사람들에게 전파되어 참으로 알아주는 것이 기대될 수
없는 경우라면 도리어 영원히 묻혀서 그 깊은 아름다움을 잘 보

전하여, 무식한 자들의 입에 의해 수다스럽게 더럽혀지지 않는
것이 오히려 더 나을 것이다.

-『완당전집』서문 중

『추사정혼』, 이영재·이용수 지음. 선. 2008.

스님께서 외출 중이십니다

『모든 벽은 門이다』

이십여 년 전 작품이 단 한 점뿐인 전시회에 간 적이 있다. 성철(性徹) 스님의 다비식 그림이었는데 공중에서 내려다보는 '솔개 기법'으로 그려진 그림이었다. 운구부터 거화까지 시간대별 기록화 속에 운집한 만여 명의 사람들이 지금도 기억 속에 살아있다. 그림은 〈그날의 화엄〉이었는데 그때 나는 화가 김호석을 처음 알았다.

그는 성철스님의 피부색을 그리기 위해 생가를 찾아 방구들에서 황토를 채취했다. 그 안료로 성철스님을 그린 종이 뒷면을 골백 번 바르고 말려 앞면으로 색이 배어 나오게 했다. 화가에 의하면 대상자의 태(胎)자리 흙은 본인의 피부색에 가장 부합한다고 한다. 고려 시대 불화의 주요기법이고 조선 시대 사대부 초상화 배채법의 응용이다. 화가 김호석은 내가 알기로 선승의 초상화, 진영(眞影)에 있어 독보적인 인물이다.

　그의 원칙이 독특했다.

　나는 지조와 절개를 지킨 의인, 외길로 뜻을 이룬 사람으로 존
　경하는 마음과 미술사적 도전 등이 아니면 붓을 들지 않는다.

　진영 대상자에 대한 존경심으로 그림이 완성되어야 예배자들
의 마음을 움직인다고 생각했다. 영화 〈패션 오브 크라이스트〉에
서 제임스 카비젤은 촬영 내내 '살아있는 예수'로 살았다. 실제 주
변 사람들은 그에게 말을 건네기도 어려웠다고 했다. 화가 김호석
도 작업하는 동안 대상자에 대한 연구는 물론 스스로 분신이 되고
자 노력했다. 정신적 깊이까지 들어가기 위해 긴장하며 집중해야
했다.

　그가 그린 성철스님의 여러 그림 중 얼굴 없는 초상화가 있었
다. 그림을 본 당시 노무현 대통령이 자신의 감상평을 말했다.

　옷에 덧씌워진 권위나 허울을 보지 마라. 스님은 가셨어도 스님
　이 일군 법맥은 긴 생명력을 가질 것이다. 모든 것은 영원이면
　서 순간을 표현했다.

　화가 김호석은 그 말에 오래 침묵했다. 그리고 단 한마디를 했다.

스님께서 외출 중이십니다.

나는 벼락같은 깨달음으로 돈오돈수(?)의 세례를 받은 기분이었다. 그는 노통이 세상을 떠나자 〈얼굴 없는 노무현〉을 그렸다. 그에게도 내게도 노통은 외출 중이다.

착잡한 마음에 집어 든 책이 김호석의 『모든 벽은 門이다』이다.
화가인 저자는 우리 시대의 정신과 삶의 모습을 형상화해왔다. 이 책은 범접 불가한 열네 분의 인연과 생전의 모습을 글과 그림으로 풀어냈다. 성철, 관응, 법정, 일타, 광덕, 지관, 지효, 전강, 송담, 통광, 청화, 명성, 만해, 초의선사 등 대선사들과의 인연을 읽으면 저자가 수도승 같다는 생각이 든다. 그림을 그리는 것도 글을 쓰는 것도 어쩌면 구도의 길일 것이다. 길은 하나가 아니라는 생각이다.
책에는 거론되지 않았지만, 성철 스님의 행자 출신(?)인 명진 스님이 생각났다. 성철 스님은 눈동자를 움직이지 않고 사람의 눈을 응시하는 것으로 유명했다. 갓 출가한 명진이 눈싸움에 지지 않으려 그의 눈을 째려보자 웃으며 말씀하셨다. "이노무 자슥, 니 와 그리 빤히 쳐다보노? 니 눈병 났나."

그 길로 백련암에서 명진은 성철스님의 행자가 되었다. 이번에 명진 스님의 『스님은 아직도 사춘기』가 나왔다는데 아직도 택배 불가다. 김호석의 『모든 벽은 門이다』는 소장가치가 있는 책이다. 글과 그림, 그리고 작업과정이 도에 이르는 길 위를 걸어가는 것 같다.
세상사를 모두 다 안들 나를 모른다면 무슨 의미가 있겠는가?

『모든 벽은 門이다』, 김호석 지음, 선, 2016.

낭송으로 세상을 움직이다

「래노래」

얼마 전 우연한 기회에 시 낭송회를 관람할 일이 있었다. 낭송가가 드레스를 입고 조명 아래 감정을 싣는 모습은 모노드라마 같았다. 상당히 흥미로운 경험이었다. 국내에 시 낭송협회도 있고 낭송 모임도 많다고 들었다. 그러나 많은 이들이 시 낭송을 취미로 생각하며 예술 장르로 인식하지 않는 것 같다. 외국에는 시 낭송에 대한 이론이 정립되어있는 걸로 알고 있다.

러시아는 시인이 신작시를 발표할 때 군중 앞에서 낭송한다고 한다. 시가 지면 속의 활자에서 새처럼 푸드덕 날아오르는 것이다. TV 황금시간대에 시인이 시를 낭송하면 그 인기가 연예인 스타를 압도한다고 들었다. 운율의 힘은 시를 입술에 올려 낭송하고 싶게 만든다. 특히 셰익스피어의 시를 읽을 때 그렇다. 우리나라에선 90년대 말에 결성된 시 노래 모임 '나팔꽃'이 있는데 지금도 활동하는 것으로 알고 있다.

　이것들은 엄밀하게 말하면 유명 시인들의 시를 가사로 작곡한 노래이지, 낭송을 위한 곡이 아니다. 오직 낭송되는 시 한 편을 위해 작곡된 음악을 '음송곡'이라 부른다. 주로 피아노곡인데 유명한 음송곡 작곡가로 프란츠 리스트가 있다.

　그는 낭송 시를 위해 여러 곡을 작곡했는데 가장 유명한 곡이 〈레노레(Lenore)〉다.

　이 시는 독일의 시인 뷔르거(Gottfried August Burger, 1747~1794)의 작품인데 성악가 피셔 디스카우가 음악과 함께 이 시를 낭송하면 연기에 몰입한 연극배우처럼 보인다. 독일어로 멜로드라멘(Melodramen)이라고 하는데 말 그대로 멜로드라마다.

　시의 내용은 어둡고 괴기스러운 유령 로맨스다. '레노레'는 십자군 전쟁에 참전해서 돌아오지 않는 연인을 기다리는 여인이다. 어느 날 밤 남자가 말을 타고 돌아온다. 그녀를 태운 남자는 교교한 달빛 아래를 달리는데, 그는 이미 죽은 연인의 행세를 하는 '죽음'이었다. 날이 밝아오면서 그녀가 본 기사는 큰 낫과 모래시계를 가진 해골이었고 그녀는 무덤 속으로 끌려간다는 내용이다.

　「레노레」를 쓴 뷔르거는 18세기 독일의 시인이었다. 그는 이 시로 근세 독일 발라드의 시조로 불리게 된다. 생존 당시 독일에서 인정받지 못했고 수입이 없어 47세의 나이에 극심한 빈곤으로 굶어 죽다시피 임종을 맞았다. 우리나라에선 『허풍선이 남작의 모험』을 쓴 작가로 알려졌지만, 그는 살아서 인세를 동전 한 닢도 받지 못했다. 세 번의 결혼도 모두 파탄으로 끝난 그의 삶은 불행 그 자체였다. 성격도 강성이어서 자신의 시를 혹평하면 상대가 누구든 지면을 가리지 않고 싸웠다. 가난하고 고집 센 시인은 문단에서 배척당할 수밖에 없었다.

당시 독일 사회구조에 불만을 가졌던 그는 프랑스혁명을 지켜보며 독일에서도 혁명을 꿈꾸었다. 그러나 프랑스혁명 후의 혼란을 보고 독일의 지식층들이 다시 보수로 선회했음에도 불구하고 초지일관 혁명의 꿈을 버리지 않았다. 이래저래 그는 조직과 사회에서 배척당하는 인물이었다. 그는 계속 글을 썼지만 잠깐 반짝했을 뿐 독일 문학사에서 거의 잊힌 존재였다. 그가 세상을 떠난 후 그를 재평가한 사람은 괴테와 하이네였다. 자국의 문학계에서 외면받았던 그의 시 「레노레」는 영어, 러시아어, 프랑스어 등으로 번역되어 세계로 퍼져나갔고 19세기 낭만주의에 큰 영향을 끼쳤다.

1773년에 지어진 이 시는 세계의 음악과 문학, 미술사에 깊은 영감을 주었다. 고전음악에서 리스트는 같은 이름의 음송곡은 물론 15분 길이의 피아노곡 〈발라드 2번 b 단조〉를 작곡했다. 요아힘 라프는 동명의 교향곡 제5번을 작곡했으며 아벨의 모음곡 D단조의 전주곡 〈레노레〉는 조르디 사발의 연주로 유명하다. 슈베르트의 그 유명한 〈마왕〉은 괴테의 시에 곡을 붙였지만 음산한 분위기와 말을 달리는 장면, 아들을 데리러 온 죽음 등은 이 시의 영향을 받은 것으로 보인다. 많은 음악가가 〈레노레〉에서 모티브를 따 작곡을 했고 지금도 진행 중이다.

　19세기 낭만주의의 미술계에서도 조각, 그림, 판화로 〈레노레〉가 등장한다. 특히 프랑스의 외젠 퐁투스 자제(Eugene-Pontus Jazet)의 판화, 여인의 공포에 질린 표정은 압권이다. 문학에선 '뱀파이어 문학' 장르에 상당한 영향을 미쳤다. 에드거 앨런 포의 죽은 여인을 기리는 시의 제목도 「레노레」다. 독일어의 「레노레」를 영어로 번역한 이는 영국의 소설가이자 역사가인 월터 스콧인데 제목을 「William and Helen」으로 지었다. '레노레'는 여러 나라에서 'Leonora', 'Leonore', 또는 'Ellenore'로 번역되기도 한다.

　시 한 편이 예술사에 이토록 많은 영향을 끼친 것이 있을까 싶다. 시 낭송대회를 보다가 세상에는 오직 한 편의 시를 위한 음송곡이 있음을 생각한다. 18세기 뷔르거의 시대에는 프랑스어가 유럽의 중심언어였다. 그는 독일의 민요와 입말을 채집해서 사라져가는 독일어를 살려냈고 독일어를 사랑했다.
　대한민국에 시인이 10만 명이 넘는다고 한다. 어느 나라 어느 시대에도 시인이 많다는 말은 계속 있었다. 누군가 많은 문학 전문지가 월간 혹은 계간으로 발행된다고 개탄하는 발언을 했다. 나는 대한민국에 시를 위한 음송곡은커녕 시를 제대로 발표할 지면이 있는지 의문한다.

누가 알겠는가?

그 속에서 세상을 움직일 시가 나올지. 그리고 우리나라에서도 단 한 편의 시를 위한 음송곡이 작곡될지.

「레노래」, 고트프리드 뷔르거 지음, 1774. 원제 *Lenore*

《파리 리뷰(The Paris Review)》는 '작지만 세상에서 가장 강한 문학잡지'로 꼽힌다. 지금은 뉴욕에 있지만 프랑스 파리에서 발간되던 문학 계간지였다. 특징은 작품이 좋으면 신인, 기성을 가리지 않고 수록한다는 점이다. 경력, 성별, 국적 등 그야말로 '잘 쓰기만 하면 언제든지' 개방되어있다. 여타 문학지와 상당히 다르다. 비평보다 소설이나 시 같은 창작 작품을 우위에 둔다. 비평이 지배적 위치에서 작품을 비판하는 것에 제동을 건다. 그러니 작가들에게 '꿈의 무대'로 불린다.

편집자가 스무 명의 유명 작가들에게 이때까지 《파리 리뷰》에 실린 단편소설 중 가장 뛰어나다고 생각한 작품을 고르도록 했다. 그리고 서평을 부탁했다. 그렇게 뉴욕에서 발간된 이 책의 원제목은 『Object Lessons』이다. 만약 책을 다 번역했다면 두 권으로 분권

해야 했을 것이다. 우리나라에서 번역하고 발간한 책은 열다섯 편을 수록했다. 435쪽의 단행본으로 편집진이 작품 선별에 고심한 흔적이 보인다. 제목이 『모든 빗방울의 이름을 알았다』인데 레이먼드 카버의 작품 문장을 인용했다.

나는 책이 도착하자마자 읽고 아마존에서 원서를 뒤적거렸다. 각 단편소설에 대한 해설은 쟁쟁한 작가 또는 작가로 활동하는 유명 교수들이 썼는데 글쓰기 교본으로 볼 만큼 뛰어나다. 우리나라 소설이나 시집 뒤의 해설과는 판이하다. 유명 철학자나 사조나 현학적인 표현 따위는 하나도 없다. 작품보다 해설이 어려우면 독자에게 어필하지 못한다. 모든 비평이 쉬워야 할 이유는 없지만 쉽게 써도 될 만한 것을 어렵게 쓰는 이유는 의아하다.

나는 정기적으로 《뉴욕 리뷰 오브 북스(The New York Review of Books)》를 이메일로 받는다. 내 일천한 영어 실력으로도 문장이 어렵지 않다. 무식해서겠지만 내게는 우리나라 비평이 더 어렵다. 책의 단편소설 중 「히치하이킹 도중 자동차사고」의 서평을 쓴 작가 제프리 유제디니스의 문장 몇 줄을 옮긴다.

단편소설은 개념대로라면 반드시 짧아야 한다. 그것이 단편소설의 어려움이다. 그렇기에 쓰기가 매우 어렵다. 서사를 간결하게 하면서 여전히 이야기로서 기능하게 하려면 어떻게 해야 할까? 장편소설 쓰기와 비교해 단편소설 쓰기의 주된 문제는 무엇을 생략할 것인가를 아는 문제다. 남겨진 것은 반드시 사라진 모든 것을 함축해야 한다.

그리고 그 방법을 배우고 싶다면 이 단편을 읽으라면서 글을 전개해 나간다. 수록된 단편소설들도 좋지만 같은 작가들이 쓴 해설이 정말 좋다. 여기 실린 단편소설의 작가는 유명한 소설가거나 알지 못하는 새로운 작가들이다.

아르헨티나의 보르헤스 작품의 서평은 보스니아의 작가 알렉산다르 헤몬이 썼다. 나머지 14편은 레이먼드 카버를 위시한 미국의 소설가로 역시 서평도 미국 작가들이 썼다. 메리베스 슈즈의 단편소설 「펠리컨의 노래」를 선정한 작가 메리 겟스킬의 서평이 독특했다. 아마 이 책의 서평 중 가장 감상적일 것이다. 제목이 「가슴이 찢어지는 슬픔」이었다.

재혼한 엄마의 남편은 작가지만 폭력적이다. 나는 어느 날 그 집에 갔다가 매 맞는 엄마를 본다. 돌아가신 내 친아버지의 책상을 사용하는 그는 내가 집에 오는 것을 반기지 않는다. 엄마는 멍든 얼굴로 나와 밖에서 만난다. 어느 날 매 맞던 엄마는 화장실에 숨어 내게 전화한다. 나도 소설을 읽고 '가슴이 찢어지는 슬픔'을 느꼈다. 그녀의 헤어진 남자친구는 그녀를 '루벤스적'이라고 표현했다. 뚱뚱한 그녀는 누구에게도 사랑받지 못하고 있었다. 눈물을 흘리며 읽었는데 서평을 보니 그녀도 울고 있었다. 이런 작품에 무슨 서평이 필요하겠는가.

원제목인 『Object Lessons』의 뜻은 '실물 수업'이다. 글쓰기에 관심이 있다면 추천한다.

아니, 그냥 수록 소설만 읽어도 좋다. 그것만으로도 충분하다.

『모든 빗방울의 이름을 알았다』, 데니스 존슨·조이 윌리엄스·레이먼드 카버·이선 캐닌·스티븐 밀하우저 외 12명 지음, 이주혜 옮김, 다른, 2021. 원제 *Object Lessons*

시인이여, 오래 살고 볼 일이다

안나 아흐마토바의 생애가 수록된 영문 사진첩

폐허가 된 집을 위해 축배를

사악한 내 삶과

함께 있음의 고독과

사랑하는 당신에게 이 마지막 잔을

나를 배신한 입술의 거짓과

눈동자에 서린 죽음의 냉기와

잔인하고 생경한 세상과

우리를 저버린 신을 위해

– 「마지막 축배」 전문, 안나 아흐마토바

러시아를 다녀온 지인으로부터 안나 아흐마토바(Anna Akhmatova, 1889~1966)의 생애가 수록된 영문 사진첩을 선물 받았다. 상트페테르부르크에 있는 그녀의 문학기념관을 방문했다가 구입한 것이었다. 도스토옙스키, 푸시킨, 고골, 투르게네프 같은 작가들도 그곳에서 살고 글을 썼다. 내가 아는 그녀에 대한 일천한 지식은 화가 모딜리아니의 연인이었다는 것, 26세의 화가가 그녀의 누드를 그릴 당시 그녀는 유부녀였고 21세였다는 것, 그리고 1년 만에 남편에게 돌아갔고 화가는 그녀를 잊지 못했다는 것. 모딜리아니 때문에 그녀를 스치듯 일별한 것이 전부였다.

이 여자, 죽은 뒤에야 러시아 문학의 가장 위대한 시인으로 인정받았다. 그녀의 삶은 모욕과 능멸의 삶이어서 읽는 동안 내 눈은 어두웠다. 귀족 가문 출신으로 두 번의 결혼에 실패한 경험이 있고 남편은 처형당했으며 아들은 투옥되었다.

그녀의 시는 염세적이며 퇴폐적인 정신과 부르주아 귀족 취향으로 비난받았고 에로티시즘, 신비주의, 정치적 무관심 등 소비에트 인민에겐 용납될 수 없는 것으로 당으로부터 혹독한 비판을 받았다. 그녀는 소비에트 작가 동맹에서 축출당했고 모든 책은 폐기 처분되었다. 그런 그녀가 스탈린과 소비에트 공산주의를 찬양하는 작품을 썼다. 1946년에 축출된 후 3년 만의 일이었다.

그녀는 시베리아에 유형된 아들을 살리려고 간도 쓸개도 다 내어놓았다. "스탈린이 있는 곳에 자유, 평화, 그리고 대지의 위대함이 있다"라고 시를 썼다. 인간은 지켜야 할 것이 있을 때 비굴해진다. 그녀는 아들을 지켜야 했다. 이 영혼 없는 시는 후일 시집에서 삭제되었다. 아들은 1937년 체포당해 투옥되었고 그녀는 슬픔의 연작 『진혼곡』을 썼다. 이 시집은 스탈린 학정 시기에 소비에트 인민들의 고통을 다룬 걸작이었으나, 소련에서 출판되지 못했다.

여기서 주목해야 할 점이 있다. 그녀는 소비에트 작가 동맹에서 축출당한 후 번역 일을 했는데 바로 번역물이 한국 고대 시가다. 한국어를 모르는 그녀는 한국어 전문가들과 고려인이 한국어를 문자 그대로 직역하면 러시아어로 다듬고 시적 번역을 했다. 한국 고대 시가를 러시아 시의 운율과 리듬에 따라 바꾸는 데 탁월한 실력을 보였다. 고려속요, 송강 정철, 이순신, 남이장군, 이이, 이황, 김종서, 황진이 등 61명의 작가와 작자 미상의 시들이었다.

셰익스피어의 작품을 한국식 운율을 실어 번역하는 작업과도 같다고 생각하면 된다. 나는 국회도서관에서 그녀의 한국 고대 시가 번역에 관한 논문을 검색해서 여러 편을 찾아 읽었다. 그녀는 한국 고대 시가를 번역한 인연으로 한국에 관한 시 두 편을 썼다. 「불길에 휩싸인 한국」은 1950년 6월 27일 한국전쟁이 발발하자 쓴 시다. 「한국적인 것의 모방」은 1958년 6월 9일에 썼다. 그녀는 한국에 대해 깊은 관심을 갖고 있었다.

안나 아흐마토바는 열한 살 때부터 시를 썼고 십 년 후에 시인 그룹 '아크메이스트'의 회원이 되었다. 난해한 상징주의를 거부하고 시의 압축성, 간결성, 미적 명료함의 완전한 형식을 추구했다. 그녀는 이 모든 걸 처음부터 완벽하게 표현했다. 23세가 되던 해, 첫 시집 『저녁』과 두 번째 시집 『염주』로 명성을 얻었고 시 본연의 예술성과 감성적인 완전무결함으로 극찬을 받았다. 그녀의 시적 모티브는 비극적인 사랑으로 그녀만의 독특한 방식으로 표현했다.

"독창적인 작가는 남을 모방하지 않는 사람이 아니라, 아무도 모방할 수 없는 사람이다"라는 말이 있다. 마치 처음부터 시인으로 태어나기라도 한 것처럼 그녀의 시가 그렇다. 그녀의 시는 사랑에서 출발하여 인민의 고통 등 사회 전반적인 현상까지 나아갔으나 특유의 개성이나 예술가의 양심을 잃지 않고 있었다.

30대에 발표한 시집 『하얀 새떼』나 『서기 1921년』 등은 뛰어난 예술성을 가졌음에도 불구하고 그녀는 소비에트 비평가들에게 비판받았다. 게다가 전남편은 반 소비에트로 몰려 처형을 당했다. 1923년 34세 이후부터 그녀의 시는 소련에서 단 한 줄도 출판되지 않았다. 1941년 그녀는 전시 홍보 대상으로 지목되어 라디오 선전 방송에 동원되었다. 부상 군인들 앞에서 시를 낭송했고 전쟁이 끝나자 효용 가치가 떨어져 다시 축출당했다.

그녀의 시는 본질적으로 서정시다. 많은 예술가와 사랑을 했고 회고록을 썼다. 상징주의 작가 알렉산드르 블로크, 화가 모딜리아니, 시인 만델시탐과 사랑을 했고 실패로 끝난 결혼과 수많은 남자와의 관계를 반영한 사랑의 시를 썼다. 개인적인 경험에 우러나온 이미지, 음악적 언어, 간결하고 예리한 시적 어법이 탁월하다.

그녀의 시집은 스탈린이 죽고 나서야 발간되었다. 젊은 시절 서정시로 주목을 받았고, '왜 이 시대는 전보다 더 나빠진 것이냐'고 두려움 없이 말하던 그녀는 태생적으로 자유로운 영혼이었다.

그녀에게 정치성이 없다고 핍박하던 스탈린 정권은 그렇게 사라졌다. 사상에 동조하지 않는다고 핍박하던 정권이었다. 아들도 스탈린이 죽고 나서 풀려났다.

　그러니 시인이여, 오래 살고 볼 일이다.

살짝 밀려난 것들을 애정하다

『낯선 경험』

내 친구들은 미대 출신이 많다. 친구를 만나러 갔다가 미술사 강의를 청강하고 곰브리치에 빠져 관련 책을 미친 듯이 읽었다. 젊은 시절, 정통 미술로 안내한 친구들을 지금도 고맙게 생각한다. 덕분에 나는 그림을 보면 화가의 예술관과 누구의 화풍인지 어렴풋이 감별할 수 있게 되었다. 나의 사이비 안목은 아마추어 전시회에서 지금도 가끔 분란을 일으킨다.

뒤늦게 취미로 그림을 그리는 화가 전시회에서 작고한 유명 화가의 작품과 같은 가격표가 붙은 걸 보고 솔직히 황당했다. 기존 작품을 살짝 위작한 그림들을 경쟁하듯 구매한 고객들이 올린 사진을 보면 세상의 명성은 지인이 만들어낸다는 생각이다.

코로나 시기 유명 화가들의 그림을 설명한 책들이 유행처럼 쏟아졌다. 저자의 관점이어서 상당히 유용하게 읽었다. 가장 아껴가며 읽은 책이 화가이자 문학평론가인 천단칭(陈丹青)의 『낯선 경험』이었다.

천단칭은 중국의 비판적인 지식인으로 미국에서 활동하다 청화대학 교수로 초빙받았지만, 편향적인 교육에 반발하며 사표를 냈다. 기존의 예술사를 뒤엎은 시선이 좋아서 읽고 또 읽었다. 우리가 아는 예술사는 일등만 기록하고 세속적인 시선으로 예술을 평가한다. 이 책은 예술사의 두 번째 화가들을 얘기한다. 그러나 내가 아는 한 이들은 뒷줄에 둘 수 없는 화가들이다.

첫 번째 화가가 23세에 세상을 떠난 북송 왕희맹(王希孟, 1096~1119)이다. 나는 화첩으로 〈천리강산도〉를 만난 적이 있다. 왕희맹이 18세에 그린 이 작품은 무려 12미터에 달하는 두루마리 그림이다. 그의 그림은 단 한 점뿐이며 그에 대한 사료는 없다. 저자는 이 그림이 중국 산수화의 의외의 사건이자 고립된 문헌이라고 표현한다.

프랑스의 시인 랭보는 열아홉 살 이후로 시를 쓰지 않았고 피카소는 스무 살 전후가 그의 영감이 가장 뛰어난 시절이었다고 한다. 천단칭은 말한다. "열여덟 살의 감각기관은 최신 컴퓨터에 비유할 수 있다." 소년기엔 자신의 사상, 의도, 은유의 경지는 가질 수 없지만 왕성한 감성의 기예가 있다.

나이가 든 대가는 그림에 취사 선택과 개괄의 묘를 살린다. 그러나 소년은 빠트림 없이 더하는데 그 순수한 세심함이 작품을 살렸다. 나는 산수화를 그냥저냥 고문서 보듯 감상하는데 이 그림의 청록은 참 아름답다. 행여 베이징에 가면 고궁박물관원에 가보시라.

　두 번째 글이 이탈리아 '피사의 사탑' 벽화 〈죽음의 승리〉다. 화가는 부오나미코 부팔마코(Buonamico Buffalmacco, 1290~1340)로 익숙하지 않은 이름이다. 이 화가가 활동하던 르네상스 초기의 일등 화가는 조토 디 본도네였다. 조토는 회화사의 가장 중요한 작가이고 르네상스 미술을 꽃피웠다고 평가받는 화가다. 그러니 부팔마코는 그늘의 화가였다. 저자는 이 벽화를 보고 충격을 받았다고 했다. 그는 유럽의 위대한 그림은 유화가 아니라 습식벽화라고 말한다. 이탈리아의 성당이나 벽면에 그려진 벽화는 유명한데 다빈치의 〈최후의 만찬〉도 벽화다. 심지어 기독교인들도 유화 그림인 줄 아는 이가 많다. 〈죽음의 승리〉는 벽화 〈지옥〉의 한 부분이다. 저자가 말하고자 하는 것은 초기의 작품에 주목하라는 것이다.

　독일 철학자 슈팽글러는 『서구의 몰락』에서 이렇게 말했다. "모든 문명은 자신의 사계절과 흥망성쇠를 겪는다. 모든 예술의 시대 구분도 길면 몇백 년, 짧으면 몇십 년이지만 각각 소년기, 장년기, 노년기를 거친다. 나는 수많은 그림을 보았지만 갈수록 초기 작품에 끌린다. 왜 그럴까?" 그렇다. 초기 작품은 두 시대의 역사적 임무를 동시에 만날 수 있는 기회다. 새로운 주제와 새로운 형식이 출몰하면서 창의성이 발현되고 새로운 도구가 등장한다. 예술에서 가장

중요한 것은 지식이나 숙련도가 아니라 직관과 본능이다. 그러니
'고귀한 무지(無知)'로 표현된다.

세 번째 화가는 내가 좋아하는 중국의 장자오허(蔣兆和,
1904~1986)다. 그는 케테 콜비츠와 상당히 비슷한 느낌을 주는데
이 두 예술가의 공통점은 인민에 대한 연민이다. 그의 초기작이
〈아빠는 영원히 돌아오지 못합니다〉이다. 국가주의와 민족의식이
우선하는 중국에서 측은지심은 미덕이 아니다. 이 화가도 중국에서
숙청대상으로 잊혔다가 1980년 죽기 6년 전에 회복되었다.
그는 중국의 전통인 산수화가 아니라 고통받고 불쌍한 사람들
을 그렸다. 이 책은 모두 열여섯 꼭지의 글로 동서양의 그림을 얘기
하는데 책장을 넘기기 아깝다. 저자의 예술관과 문장이 만나 빛을
발하는 즐거운 전복이다. 두 시대를 잇는 초기작과 일등의 그늘에
가린 뛰어난 예술가들의 이야기다.

두 번째 정도의 화가, 또는 유명한 화가의 덜 유명한 작품들이
말해진다. 작품과 화가를 말하는 것도 재미있지만 문장으로 번득이
는 저자의 예술관은 배울 바가 많다. 책의 제목 『낯선 경험』은 원서
의 제목을 그대로 옮겼다. '작은 예술사'로 읽고 소장한다.
이런 책을 읽지 않으면 무엇을 읽는단 말인가?

『낯선 경험』, 천단칭 지음, 강초아 옮김, 선, 2018, 원제 陌生的经验

전복할 것이다

『케테 콜비츠 평전』

케테 콜비츠(Kathe Kollwitz, 1867~1945)를 사람들은 '미술사의 로자 룩셈부르크'라고 부른다. 그러나 베를린에 있는 그들의 묘지를 가본 적이 있는 사람들은 의아할 것이다. 로자의 묘지는 화려한 반면, 케테의 묘소는 소박하다.

가난해서 물감을 살 돈이 없어 판화에 치중했다는 케테의 삶은 검소했다. 그녀는 균형 잡힌 아름다운 모델보다 고생에 찌든 노동자를 선호했고, 행복한 사람보다 불행한 사람들에게 마음을 주었다. 내게 케테 콜비츠는 프롤레타리아 회화의 선구자이기 전 '세상의 모든 상처받은 이들의 어머니'로 새겨졌다.

유리 빈터베르크와 소냐 빈터베르크가 쓴 『케테 콜비츠 평전』을 읽고 쓴다. 내가 읽어왔던 케테에 대한 글과 달리 이 책은 케테 콜비츠의 생애를 전방위로 깊이 파헤쳤다. 책은 두 저자가 그녀의 행적을 찾아 시간의 지층을 발굴했는데 그들은 '성배 찾기'라고 불렀다.

나는 이 책에서 케테의 어린 시절 자화상을 처음 보았다. 그녀는 자화상을 400여 점 이상 그렸는데 그 작품은 한 번도 공개된 적이 없었다. 어린 날의 친구 집에서 발견했는데 말 그대로 '발굴'이었다. 학창시절의 그녀는 짧은 머리 중성적 이미지로 눈빛이 살아 있다. 입은 침묵하지만 눈으로 모든 것을 말하는 사람을 나도 본 적이 있다.

케테 콜비츠는 독일에서 1, 2차 대전을 모두 겪었다. 가난했지만 사회주의자 부모 밑에서 '매를 맞은 적 없는' 좋은 교육을 받았다. 그녀의 외조부는 권위주의적인 교회를 거부하는 자유 신앙운동가였고 아버지는 변호사 시험에 합격하고도 민주화운동에 뛰어든 건축 노동자였다. 그녀의 남편 또한 빈민층을 상대로 의료활동을 하는 사회주의자로 무료 진료소를 베를린에 개설했다. 그녀는 어릴 때 남동생을 잃었고 전시에는 아들과 손자를 잃었다. 케테는 한낱 시대의 소모품으로 사라지는 모든 노동자와 약자의 편이고자 했다.

나의 작품행위에는 목적이 있다. 구제받을 길 없는 이들, 상담도 변호도 받을 수 없는 사람들, 정말 도움이 필요한 이 시대의 인간들을 위해 나의 예술이 한 가닥 책임과 역할을 담당했으면 싶다.

국가의 폭력에 저항하는 이 사람이 케테 콜비츠다. 그녀는 1920년대 러시아와 1930년대 중국에서 선풍적인 인기를 끌었다. 특히 중국에서 케테에 감응한 루쉰이 펼친 현대 목판화 운동은 항일운동을 주도했다. 그러나 우리나라의 경우 오랜 세월 그녀는 금기 대상이었다. 우리에게 케테 콜비츠가 암암리에 알려진 것은 천주교 안동, 왜관 교구의 외국인 신부들을 통해서였다. 민주화운동에 민중미술의 걸개그림이 전열에 섰던 것도 1980년을 전후해서였다. 소설가 오영수의 장남인 화가 오윤이 거기 있었다.

히틀러는 그녀의 남편을 쫓아내고 그녀를 '퇴폐 예술가'로 분류했다. 게슈타포에게 신문을 당하기도 했던 케테는 총도 칼도 아닌 작품으로 세상을 뒤흔들었다. 나는 〈직조공〉 시리즈와 〈농민운동〉을 처음 접하고 소름이 돋던 날을 기억한다. 국가폭력의 핍박 속에서도 작품으로 저항했던 그녀를 생각한다.

『케테 콜비츠 평전』은 이때까지 나온 평전과는 다르다. 케테가 음울하고 어두운 작가라는 선입견이 있었다면 이 책은 기존의 생각을 전복할 것이다. 그녀가 얼마나 열정적으로 인간을 사랑했는지, 춤추는 것을 얼마나 좋아했는지 그녀의 인간적인 면모를 만날 수 있다.

편지, 메모, 스케치, 비밀 일기, 지인과 후손들이 기억하고 생각하는 콜비츠를 읽으면서 나는 두 저자가 마치 오랜 시간의 고분 층을 손으로 파헤쳤다는 생각이 들었다. 누가 내게 지금 이 시대 가장 필요한 사람을 말하라면 나는 '케테 콜비츠'라고 말하련다. 누군가 어둠 속에서 우는 밤을 생각한다.

『케테 콜비츠 평전』, 유리 빈터베르크·소냐 빈터베르크 지음, 조이한·김정근 옮김,

풍월당, 2022. 원제 *Kollwitz*

왜 이 소설인가

『홍루몽』

여고 시절 루쉰을 필두로 찾아 읽었지만, 중국 고전문학은 경시했다. 작중 등장인물도 방대하고 황당한 과장은 대체로 난감했다. 그래도 사대기서(四大奇書)인 『삼국지연의』, 『서유기』, 『수호전』, 『금병매』는 일단 통독했다.

삼국지나 수호지는 영웅호걸의 이야기고 서유기는 심심하면 울어대는 삼장법사와 함께 불경을 찾아가는 좌충우돌 원숭이의 모험담이다. 그런데 금병매는 수호지에서 뚝 떼어낸 부분소설로 화려한 춘첩의 포르노였다. 나는 반금련에게 빠져서 『금병매』를 몰래몰래 애호했는데 왜 사대기서에 들어가는지 아리송했다.

성애 소설의 속성이 그렇듯 몇 번 읽다 보면 아무 감흥(?)이 없지 않은가? 사대기서(四大奇書)는 명나라의 학자들이 정한 것이다. 청나라 18세기에 이르러 소설 『홍루몽』이 나오면서 학자들이 사대기서에 『금병매』를 빼고 『홍루몽』을 넣어야 한다고 주장하기 시작했다.

조설근(1715~1763)이 쓴 『홍루몽』은 중국 문학의 결정체라는 칭송을 받고 있다. 현재 중국 문단은 『홍루몽』을 사대기서로 인정하고 있다. 영문학에서 제임스 조이스 연구로 학위가 대량 발급되어 '제임스 조이스 공장'이란 놀림을 받는 것처럼 중국엔 『홍루몽』만을 전문으로 다루는 '홍학'이라는 학문이 있다. 기존학파와 신진학파들 사이의 갈등으로 서로 첨예하게 대립도 한다. 하여, 나는 이번 재택 기간에 오래 미뤄왔던 『홍루몽』을 읽게 되었다.

집에 도착한 책은 일곱 권이나 되는 대하소설이어서 나는 얼굴이 해쓱해졌다. 아직 읽지 못한 책이 쌓인 데다 만델시탐의 『회상』도 읽던 중이었다. 『홍루몽』은 읽을수록 점점 빠져드는 엄청난 가독성이 있다. 중국 소설의 마력이라고 해도 과언이 아니다.

'홍루(紅樓)'는 여자들이 거주하는 구역이란 뜻이다. 소설에는 여자들이 많이 등장하는데 거의 모두 불행하게 끝을 맺는다. 기서(奇書)에 걸맞게 환타지적 요소와 서사, 그 위에 비극적인 결말이 현대 소설의 뺨을 치는 구조를 갖고 있다. 가문은 몰락하고 사랑은 비극으로 끝나며 인생은 허무하다. 아들은 아버지를 버리고 가문을 도외시한다. 고전의 특징인 고루한 권선징악도 없다. 인생은 허무하지만, 생명의 기원은 영원한 신화적 요소에 바탕을 두고 있다.

중국 가(賈)씨 집안에서 일어나는 5대에 걸친 흥망성쇠의 이야기다. 남자 주인공은 사랑하는 여자가 있지만, 집안 어른의 계략으로 다른 여자와 결혼하고 사랑하는 여자는 절망으로 죽는다. 결혼한 여자가 다른 여자임을 알게 된 남자는 가출해버린다. 소설 속에 등장하는 여자들은 가정 폭력에 시달리거나 비구니가 되고 행방불명되어 죽는다. 살아있는 여자들은 과부가 되며 삶은 불행하다. 남자들은 대부분 막장으로 나오는데『홍루몽』하나로 다른 소설 백 편은 쓸 수 있을 만큼 방대하다. 게다가 등장인물은 500명 가까이 된다. 그야말로 이 소설은 '무궁무진하게 쏟아져 나오는 화제의 원천'이다.

신화적 요소로 남주 가보옥은 구멍 뚫린 하늘을 복구하고 쓰다 남은 '천상의 돌'인데 인간으로 태어나고 그가 사랑한 여자 임대옥은 '천상의 풀'이었다.

금세기 들어 중국에서『홍루몽』이 다시 등장한다. 시대의 이데올로기는 자신과 맞는 작품을 고금에서 불러낸다. 나치가 철학자 칸트의 계몽주의를 불러낸 것처럼 말이다.

18세기의 이 책이 20세기에 이르러 왜 중국에서 학문으로 자리 잡게 되었는가? 1917년 중국의 백화운동은 언문일치를 강조했다. 말하는 대로 쓰자는 운동은 중국 문화대혁명의 단초가 되었고『홍루몽』은 백화운동의 가장 중요한 텍스트로 자리 잡게 되었다. 심지어 만주족에 나라를 뺏긴 한족의 누군가가 반청복명(反淸復明)운동을 목적으로『홍루몽』을 지었다는 주장이 제기됐다.

만주족으로부터 다시 나라를 되찾은 한족의 입장에서 이 작품을 재해석하는 일도 있었다. 서양 문화의 유입으로 기존 사상이 무너지고 다른 인식의 창이 열린 것도 한몫했다. 서양 문화는 르네상스 이후 신화와 소설이 중심을 이룬다. 중국에 『홍루몽』처럼 인간적인 소설이 없었다. 행복과 불행 사이에도 끈끈한 인간의 정(情)이 면면했다. 또 홍루몽은 중국 문화의 백과사전이다. 황실에서부터 밑바닥 인생까지 온갖 직업군이 등장하고 전통 민속과 다양한 문체를 망라하는 고전문학의 총합이다.

『홍루몽』은 인생 일장춘몽이나 사는 동안 인간과 인간 사이에 따뜻한 정이 흐른다. 어떤 정치적 민족적 해석을 떠나 소설은 있는 그대로 드러낸다. 그러나 그렇게 간단하게 말해질 책이 아니다. 나는 책을 일독했지만 앞으로 서너 번은 두고두고 읽어볼 심산이다.

『홍루몽(紅樓夢)』, 조설근 지음, 18세기.

불멸자일까, 언데드일까

『풍화에 대하여』

시간에서 자유로운 존재는 없다. 생물이 노화하듯 무생물도 풍화하고 침식되며 소멸로 나아간다. 자신이 태어난 장소로 돌아가서 흙으로 동화되는 것이다. 그러나 가끔 시간이 주는 놀라운 아름다움을 발견할 때가 있다. 이끼 낀 담장, 세월이 묻은 벽돌, 오랜 손길로 윤이 나는 마루, 그리고 폐허의 아름다움. 자연의 감가상각이 건축물을 더욱 풍요롭게 만드는 경우다.

사람도 그렇다. 노년에 이르러 영혼이 아름다운 인간을 만나면 나는 감탄한다. 세상이 준 수많은 상처를, 인간을 이해하는 단초로 쓰는 이를 보면 콧등이 시큰해진다. 환경과 경험이 존재를 규정함에도 상황을 초월하는 인간은 경이의 대상이다. 쇠락이 완성의 과정이 되는 존재를 어떻게 사랑하지 않을 수 있겠는가.

오래된 건축물을 만날 때 나는 비슷한 느낌을 갖는다. 그런데 세월과 관계없이 처음부터 늙어있는(?) 건물을 만날 때가 있다. 안도 다다오의 노출 콘크리트 건물을 보았을 때 친구와 나는 함성을 질렀다. 처음부터 늙은 애인을 만나 늙을 염려를 하지 않아도 되는 안도감이 느껴졌다. 물론 그의 건축물의 가장 큰 특징은 자연과의 조화이다. '처음부터 늙은 양식'이 카페의 유행을 휩쓸지 예상하지 못했다.

신장개업 카페들이 유행처럼 인더스트리얼(Industrial) 인테리어로 콘크리트를 노출시켰다. '막 사 입어도 1년 된 듯한 옷, 10년을 입어도 1년 된 듯한 옷' 홍보문구가 생각났다. 건물 안으로 들어온 노후 양식은 비위생적인 느낌이어서 천정에서 뭐가 떨어질까 염려됐다. 어쩌면 건축의 역사는 세월과 환경으로부터 건물을 지키려는 투쟁일지도 모르겠다. 우리는 건축미를 얘기하지만, 건축가는 건물의 완성을 끝이 아니라 시작으로 보았을 것이다. 풍화하고 노후하는 건물을 유지 보수하는 일은 손이 많이 간다. 나는 인문학도 좋아하지만 건축이나 물리학, 유전학 같은 자연과학서적을 즐겨 읽는다. 골치 아픈 일이 있을 때 자연과학 서적을 집어 들면 머리가 명료해진다.

지금 내가 읽은 건축학 서적은 『풍화에 대하여』이다. 미국 대학의 건축과 교수 두 명이 공저한 이 책은 '건축물로 사유하는 철학서적'으로 읽힌다. 어떤 영역이든 경지를 넘어서는 순간 철학이 되지 않는가. 간단하게 말하면 이 책은 풍화와 시간으로 건물의 생애 주기를 말하지만, 행간에서 인생을 읽게 된다.

풍화에 의해 건물이 지속적으로 변형되는 것을 소멸과정으로 보는 것이 아니라 건물의 새로운 시작으로, 건물이 계속해서 자신의 모습을 바꾸어가는 '완성의 과정'으로 본다. 노후과정을 지체하기 위해 건축자재에 대한 수많은 혁신이 있었지만 '폭풍이 몰려와서 자연이 그 힘을 드러내 보여주기까지' 결함은 알 수 없었다. 일례로 '빛나는 도시'라는 뜻의 시테 라디우스(Cité Radieuse)로 유명한 프랑스의 건축가 르코르뷔지에는 '전 세계를 위한 건축'으로 어떤 기후와 환경에서도 섭씨 18도를 유지할 수 있는 단열벽을 도입했는데 유리벽이 그중 하나였다. 내부 공기 순환시스템을 가동해서 일정한 온도와 습도를 유지하기 위해 외부를 차단했다. 그러나 이 폐쇄 유리벽은 여름철에 건물을 온실로 만들어 버렸다. 우리나라에도 성남시청과 용인시청 등의 관공서 건물이 이 건축법으로 유리 건물을 지었다가 여름엔 찜통이 되고 겨울엔 시베리아가 되었다. 첨단 냉난방 내부 공기 순환시스템이 생각대로 되지 않았던 것이다. 폐쇄벽은 결국 창문을 내어 개방벽이 되었다고 한다.

이 책은 풍화 현상을 건축에 활용한 역사적 사례와 모더니즘 건축이 간과했거나 잃어버린 것을 주도면밀하게 짚어낸다. 1920년대의 모더니즘 건축 이전의 건축물이 유기적인 재료를 사용해서 자연과 함께 소멸했다면 이후의 건축물은 무기적인 재료로 노화를 거부하며 영원한 젊음을 꿈꾸었다. 그러나 유기질 재료는 재활용이

가능하지만 무기질 재료는 소비재로써 폐기된다.

　이 책은 자연을 거부하는 모더니즘 건축을 비판적으로 바라보는 시선이다. 저자는 건축을 말하지만 '풍화'라는 단어가 주는 다의성은 많은 생각을 하게 한다. 우리는 옛 건축물보다 튼튼한 재료로 아파트를 짓고 수명을 40년으로 재건축을 추진한다. 영원한 젊음을 추구하듯 건물을 완성하고 더 많은 이익을 위해 건물을 파괴한다. 현대는 미학이 가치를 앞서는 시대이다. 영혼이 아닌 육체를 보는 시대가 불안하다.

　『풍화에 대하여』는 미국 건축가협회(AIA)의 건축이론상을 수상했다. 소감을 말하자면 전문서적과 대중서적의 경계에 있어 가독성이 좋다. 건축을 인생과 바꾸어 읽으면 생각이 깊어진다.

『풍화에 대하여』, 모센 모스타파비·데이빗 레더배로우 지음, 이민 옮김, 이유출판, 2021. 원제 *On Weathering*

우리들의 세헤라자데

『지니 너 없는 동안』

나는 작가들이 새로운 작품을 발표할 때마다 『아라비안나이트』의 세헤라자데를 생각한다.

아내의 불륜을 목격한 후 왕은 '세상 여자의 씨가 마르도록' 하룻밤 자고 날이 밝으면 살해한다. 무서운 왕과 죽지 않기 위해 이야기로 목숨을 연명하는 세헤라자데는 팽팽한 긴장 관계다. 나는 가끔 이 이야기를 작가와 독자의 관계로 읽는다. 잔인한 왕처럼 독자는 언제든 등을 돌릴 준비가 되어있다. 독자의 침묵과 무관심은 혹평보다 더 무섭다.

이은정의 『지니 너 없는 동안』을 읽고 쓴다. 작가는 "팔리는 소설을 쓰고 싶었다"고 했는데 나는 '죽고 싶지 않다'로 들었다. 어느 날 밤 세헤라자데는 왕에게 알라딘과 요술램프를 이야기한다. 소년

알라딘은 모험을 거쳐 요술램프를 갖게 되는데 문지르면 요정 지니가 나타나 말한다. "무엇이든 다 이루어주겠다."

소설 속의 '동안'은 폭력적인 아버지, 매 맞는 엄마와 사는 10대 청소년이다. 아버지는 원양어선을 타는데 6개월에 한 번씩 집에 올 때마다 각 나라의 골동품을 가져온다. 그의 의처증은 시간의 공백만큼 길고 깊다. 어느 날 동안은 아버지가 가져온 골동품 주전자를 문지르다 지니를 만난다. 무엇이든 이루어주는 지니가 아니라 타인의 불행만 들어주는 지니다. 그것도 딱 다섯 번인데 그중 한 번은 매 맞는 엄마를 위해 썼고 아버지는 바다에서 사라졌다. 이 소설의 핵심은 '지니'가 아니라 '불행'이다.

누구든 한 번쯤 마음속에서 증오하는 타인의 불행을 욕망한 적이 있지 않은가? 십 대 청소년들이 친구와 나누는 '불행'에 대한 생각은 짚어볼 만하다. 타인의 불행을 비는 것은 나와 우리의 행복을 비는 것이다. 그러나 진짜 불행은 타인의 불행으로 인해 자신이 행복해지는 것이다. 누군가를 불행하게 만드는 방법으로 사람들에게 희망을 줘서는 안 될 일이다.

나는 책을 읽으면서 영어로 번역하고 싶다는 생각이 근질거렸다. 이은정 작가는 이런 작품을 쓰는 사람이 아니었다. 『눈물이 마르는 시간』, 『완벽하게 헤어지는 방법』 등 생의 비의에 깊숙하게 침몰했던 작품들을 읽은 내게 이 작품은 생뚱했다. 그런데 재미있고 그래서 유쾌하다. 장르를 획획 바꿀 만큼 작가의 저력을 확인하는 시간이어서 즐거웠다.

무엇이든 들어주는 램프의 '지니'는 사람의 마음속에 있지 않을까? 성취만이 아니라 욕망하고 타협하고 체념하고 포기하는 것도 '완성'이라고 생각한다.

날이 밝았다. 이렇게 재미있는 세헤라자데를 죽인다면 왕은 영원히 불행해진다. 나는 왕처럼 책을 열 권 주문해서 나의 지인들에게 돌렸다.

소년은 램프를 바다에 던졌고 나는 책을 서가에 세웠다.

『지니 너 없는 동안』, 이은정 지음, 이정서재, 2023.

소소하다고 외치며 대포를 쏘다

『슬픈 쥐의 윤회』

도올 김용옥이 소설집을 냈다. 그가 지인들에게 보내는 책의 서명은 매난국죽의 난을 치고 낙관을 찍는다. 내가 소장한 그의 책들은 모두 난분분(亂紛紛)이다. 사실 이 소설집이 집으로 온 지 몇 달 되었지만 어제 날을 잡았다. 책 제목은 『슬픈 쥐의 윤회』이다.

도올의 소설론을 보자. 그는 지금 소설(Novel)이라는 것은 작가의 상상력을 동원하여 꾸며낸 이야기, 픽션(Fiction)이라는 의미로 쓰고 있지만 소설(小說)이란 말 그대로 소소한 이야기, 작은 이야기, 항간에 떠도는 이야기들이라는 뜻으로 써왔다는 것이다. 그 최초의 용례는 장자의 '외물편(外物篇)'이며 소설의 반대개념은 대설(大設)이 아닌 대도(大道)이고 소설은 '작은 이야기'라는 것이다. '이야기'는 픽션, 논픽션의 의미가 없고 중요한 건 의미와 재미이지 실상에의

접근이 아니라고 했다. 본인은 철학적 담론을 중점으로 하나 이 소설들은 철학적 대설(큰 구라)보다 더 매력적이라고 주장했다. 여기서 웃음이 터졌는데 도올 특유의 구라(?)와 허풍과 너스레가 보였다. 그래서 난 영어의 Author와 Novelist에서 그를 'Author'로 부르기로 했다.

이 소설집은 단편 13편으로 구성되어있다. 소설이라기보다 수필로 읽힌다. 화자는 모두 도올 자신이다. 평소 그의 행태대로 글은 의식 무의식을 넘나들며 아는 것을 다 토해낸다. 예를 들면 '그는 창밖을 슬픈 얼굴로 바라보았다'로 끝날 문장을 창의 디자인과 재질을 거론하고 슬픔의 기원을 모티브로 하는 동서양의 문학과 철학을 들먹이며 독자를 정신없게 한다. 그러면서 할 말은 한다. 딱 그의 스타일이다. 재미있다.

단편소설 하나를 보자. 「꾸어취스커파더」라는 소설의 제목은 '과거는 공포다'라는 중국어이다. 과거는 과거 속에 있어야지 튀어나와 현실로 다가오면 공포가 된다는 것이다. 작가가 일본에 있을 때 알게 된 미국 여자가 일본 남자와 두 번의 이혼을 하고 알코올 중독자가 되어 그의 한의원으로 치료를 받으러 오겠다고 떼를 쓰는 이야기다. 문제는 이 여자의 근황을 알기 위해 전화한 사람이 작가라는 것이다. 그리움으로 안부를 물었는데 덥석 물려버렸다. 여자의 스토킹에 작자는 전화를 피하며 비명을 지른다. '꾸어취스커파더!'

두 번째 소설 「삼십여년일순간」을 보자. 유명해진 저자에게 초
등학교 동창이 집요하게 전화를 해 온다. 그와의 어린 시절을 기억
하고 약간의 부채감으로 약속을 했지만 바빠서 잊어버린다. 약속
시간이 4시간이나 지나서 간신히 연락이 닿았는데 동창은 화를 낸
다. 그 목소리에 자신의 얼굴을 물속으로 밀어 넣던 어린 시절의 잔
인함을 떠올린다. 거기서 '평범한 악'이 나오고 무의식의 잔인성과
인간의 내재된 폭력성이 나온다. 저녁에 동창 부부와 만나 식사를
하는데 두 번 다시 만날 일이 없다고 생각한다. '과거로의 퇴행'은
삶의 모욕이라는 것이다.

　이 두 편의 소설에도 그의 지적 편력과 온갖 현학적인 담론이
다 나오는데 나는 실실 웃으면서 건너뛰었다. 그가 빠트린 '콜 포비
어(전화공포증)'에 대한 훈수를 두려다 그만둔다. 독자의 특권이다.

　드디어 이 소설집의 제목이기도 한 「애서윤회(哀鼠輪廻)」, '슬픈
쥐의 윤회' 이야기다. 난 이 소설을 읽으면서 포복절도했는데 종내
는 눈물을 글썽거리고 말았다. 한 줄 요약은 닭장 속의 닭들과 새
끼 딸린 어미 쥐의 이야기다. 새끼를 먹여 살리기 위해 고군분투하
는 어미 쥐와 닭과 병아리를 지키려는 화자의 노력에 관한 것인데
이 속에 살아있는 것들의 슬픔과 동서양을 넘나드는 종교와 지식
이 다 나온다. 쥐로부터 닭과 병아리를 지키기 위해 쥐약을 살포하
는데 어미 쥐는 일곱 마리의 새끼에게 부지런히 먹이를 날라서 결
국 새끼들이 다 죽는다. 멘붕 상태에 빠진 쥐와 화자와의 대면에서
쥐는 달아나지 않고 멍한 눈으로 바라본다. 실제 그의 연구소에 닭

을 키우고 있다는 얘기를 들은 적이 있다.

성경의 마가복음과 레위기, 조류로 보는 일본 사회 분석과 영화 〈마더〉와 정풍의 부부 해로와 맹상군의 함곡관과 심지어 메소포타미아의 길가메시까지 인용된다. 위풍의 석서가 나오고 이규보의 주서문이 전문 인용되는데 쥐의 통로가 월남전의 그 유명한 '구찌 터널'로까지 비교되는데 어안이 벙벙해진다.

중국 유학을 했다더니 중국 특유의 뻥까지 배워왔나 의심하는 찰나, 죽은 닭의 축문과 더불어 로버트 프로스트의 영시까지 등장하면서 짜증이 아니라, 나는 그만 웃음보가 터지고 말았다. 어미 쥐와 새끼 쥐들의 장례는 성대하다. 축문까지 지어서 매실나무 아래 묻어준다. 그리고 그의 불교적 세계관이 등장하는 것이다.

내가 닭을 보호하는 것이나 서 백작(쥐)이 새끼를 보호하는 것은 '생생지위역'의 생명 고리이며 동일한 우주 생명의 위엄이 하나는 선이 되고 하나는 악이 된다. 〈음부경(陰符經)〉의 '천생천살(天生天殺)'은 석가모니가 왜 윤회를 해탈의 전제로 생각했는지 그의 정서를 이해할 수 있으며, 선이 악이 되고 악이 선이 되는 일은 끊임없이 일어나며, 지금 우리 주변의 모든 이벤트는 수 없는 윤회의 한 운동일 뿐이고 근원적으로 탈출하지 않는 이상 해탈도 아타락시아도 없다.

얼핏 그의 소설들은 장황한 인용의 나열로 불친절해 보인다.

그러나 친절하게 말미에 꼭 교훈을 설파한다. 삶의 지혜든, 불교론적 생명론이든, 인간에 대한 연민이든 그의 소설들은 사실 친절하다. 아무리 어려운 글을 인용해도 투명하다. 어렵게 쓰고 싶은 욕망을 억누르고 소설을 쉽게 쓰려 노력한 흔적이 역력하다. 독자는 투덜거리고 낄낄거리다 뒤통수 한방씩 맞으면 된다.

이 소설?
도올답다. 읽어보면 안다.

『슬픈 쥐의 윤회』, 김용옥 지음, 통나무, 2019.